70后实力派·闫文盛作品系列

闫文盛 著

灵魂的赞颂

ODE TO
THE SOUL

山西出版传媒集团　北岳文艺出版社

·太原·

图书在版编目(CIP)数据

灵魂的赞颂/闫文盛著. — 太原：北岳文艺出版社，2021.10
ISBN 978-7-5378-6466-4

Ⅰ.①灵… Ⅱ.①闫… Ⅲ.①散文集－中国－当代 Ⅳ.①I267

中国版本图书馆CIP数据核字(2021)第211150号

灵魂的赞颂
闫文盛　著

//
出品人
郭文礼

责任编辑
高海霞

书籍设计
张永文

印装监制
郭　勇

出版发行：山西出版传媒集团·北岳文艺出版社
地址：山西省太原市并州南路57号
邮编：030012
电话：0351-5628696(发行部)　0351-5628688(总编室)
传真：0351-5628680
印刷装订：山西人民印刷有限责任公司

开本：787×1092　1/16
字数：282千字　印张：21.5
版次：2021年10月第1版
印次：2021年10月山西第1次印刷
书号：ISBN 978-7-5378-6466-4
定价：59.80元

本书版权为本社独家所有，未经本社同意不得转载、摘编或复制

主观书 I
灵魂的赞颂

在万物之中

一、我的异地他乡

我在别人所走过的路途中寻找自己的梦。我的寻找大体是虚弱、无力的,也根本没有充实感,不会像自己所感同身受的那样,是"具体和切实的存在"。但是,别人所走过的路偶尔也会打动我,使我流泪,在异乡的街头,想到我们不过都是沧海一粟。"我的异地他乡"永远是为此而存在的,它始终没有解除,也不会有任何断裂和问题。我的完整、连续的异乡感激发了我冷寂之中唯一的热情。我因此以我秘密的语言写下了"对他们的思念"。

二、"共同活着"

我读了很多书……从洋洋洒洒的文字中升起了作者的肖像……我无日不在与他们"共同活着",而且备尝人世的辛酸。

这些书的作者都逝去多年了,但整本书读起来仍然是鲜活的,有一种音乐性贯穿于其中。读它们的时候,我在想:音乐性、旋律感仍可能是最高的尺度,因此,整本书都是"醉人的",像作者站在不远处大声歌唱。没有诅咒——诅咒都消失了，完全没有意义。作者力图证明的那些事物也都消失了，但书籍却留下来，像天空和海洋都留下来——"在大声歌唱"。

我们从事物发源的角度，可与作者发生最深入的对话。在最深的阅读中，阅读者是没有存在感的；最深的阅读会被子母河的水融化，变成与创造的源头同样重要的事物。最深的阅读就是最深的书写，二者之间可以最凝聚的力量进行对换。

在万物之中，只有思想的奇观才有价值。这个道理一旦被一个疯子所领悟，他就会把他的所有行动都同他的思想家本体联系起来。他的思想的峰巅就是他自己描绘和嘲弄的天穹。他已经不需要攀登便能拥有万物始终如一的诞生。

有时候，是我的感觉驻扎在那里，有时是我看到的实体。我每次路过"它"的身畔，都是急如星火，因此，我事实上只拥有一种路过的幻觉，我从未与我所看到的一切进行对话。我不知道那些葱茏的流水从哪里发源，更不知道那些盛装的桃花由谁植种，但我知道它们"始终都在那里"——从不犹疑，从未挪动。

我只是从树上捡起了一片叶子，我熟悉这片叶子，因而有一个须臾，我觉得我就是这片叶子。我的写下、剥离和粉碎都是旧的，我从来都没有使它们获得新鲜的意义。这使我意识到了我可能达到的漠视的奇迹！

在人间低处，困倦是压倒性的，所以它终于流行起来。

我无法准确而完整地看到树叶的凋落，无法准确而完整地看到一颗心的长成（缓慢漂移）。无数年迈的人从我的身边走过去了，携带着他们自身也不可知的回返的意愿……树叶尚未降低它们的命运之感，因此万物复苏依然，毫无悲伤。

三、尼采（1）

我准备像写一部不存在的书一样去写我的著作，因为它的极端忘我。我准备像爱尼采一样爱我自己，因为这种极端天气。

我们谈论的隐秘，其实不止栖居于你的内心。我们谈论的双手，其实只是你的捆缚。

我准备只写这部书的目录。我准备只采取一点花架子。我准备只爱这尘世。

但是这部不存在的书，它笼罩的不只是我所居住的乡间，它还笼罩整座城市。

它还笼罩无形，它是唯一的镇定。

我从这部书里所获得的情意，或许只有你一人明白。但我爱一切尼采。我爱他疯狂而变形的命运，我爱他的精神之隐秘胜过一切灰尘。

我爱这尘世，请教给我不爱的法门。请教给我不写之书的书写法门。请教给我寡人的"说话"。我带着圆润的喉……

请容我书写一本不存在的书。请容我做一个末世的打铁人。

我总是怀着对我们的"命运"的大好奇。

我已经渐渐抵达那里，滴水无言……但它还不是我的思想。我并未觉得我需要书写和纪念我的发现？我只是一个站在灰尘中的人，路口飘过皑皑白雪……

我只是一个站在白雪中的人。

我们无端的手只是一种捆缚，我们的人生，只是一个飘荡星空，我们只是一朵鲜艳的不存在的花束，我只愿意去写一部不存在的书。

未完成的书。

无尽反对和无形无相的书。

我只愿意成为一个不存在的人,"没有个性的人",一个极其普通的、离奇的、讲故事的人。

唉,我终将成为对文学、对抒情的反对,我终将成为对叙事的反对。

我终将成为对一切不写之秘和曲折的反对。

四、尼采(2)

我们心怀爱的冲动,但不是任何能动的兽。黑暗趋光,我们始终有无尽的悲欢。但是,谈论一盅令人上瘾的药与毒是有害的,它会使你疲于困倦,诞生于一次次不远不近不圆不方不明不白的归途。在长满了人的山谷,听上帝孤独如天籁的咳嗽声。用尽你的血,去染红一部书的结构,去安慰要渡江的老头,去剥下他用以伪装的外衣,去解救他偏颇的烦闷的灵魂。

我们生产,然后自我消除。我们制造,然后消解与破坏。我们讲述,然后批判讲述。我们热爱,然后丢掉热爱。我们醒来,然后隐去醒来。我们觉悟,然后鄙视觉悟。在一切不可谈论、不可存在、不可针砭、不可拘泥、不可判断、不可束缚、不可泅渡的书中,我们是唯一的沦落者,紧张无度精神爆发言辞杂糅混合了无数尼采。

但尼采也是不可谈论的,所以,我们唯有杀死尼采,吞噬他的血肉,化解他的灵魂,使自己成为一个背德的不洁的人才是成为我的唯一的方式。在我准备谈论的这部唯一的虚无的书中,包含以下隐秘的结构元素:

我,主观,寡人书

母亲之使我成为我

没有个性的人

像卡夫卡、佩索阿和尼采一般的大多数

追忆逝水年华和一盏午夜摇曳的灯

成为非我,不可谈论的镜子

灵异的,幻想的

目光的宫殿

腐败的现实

叙事者及叙事的反对者

昌耀、策兰以及我们的悲伤

文学发生学

哲学的欺骗

诅咒宇宙,以及一颗沉闷的灵魂

……

总之,这是一部目录之书。它通过罗列世界上最长的目录而抵达一个不可能的尽头。

五、凡·高(1)

人们并不爱艺术家的命运。任何艺术家的都不爱。任何人都不爱。

艺术家存在的任何星空都是灰暗的才是对的。艺术家的任何孤独都无比地接近才是对的。

艺术家的任何命运都无比地接近才是对的。

人们并不热爱、接近任何艺术家的任何孤独。人们并不接受任何艺术家的任何暗示。

人们并不迷恋任何艺术的源头。那些热烈的光彩都是刺目的。那些为艺术而献身的艺术家的命运都是刺目的。

那些明亮的光刺目，那些晦涩而暗淡的光也是刺目的。回忆和追寻都是刺目的。

这就像任何寓言和象征是刺目的。任何诗意的曲折的循环是刺目的。任何归途也都是刺目的。

任何不归途都是刺目的。任何绝对的孤独都是刺目的。任何真纯的艺术家都是刺目的。

我们的共同命运是刺目的。

单一的歌唱和无尽的悲观是刺目的。单一的温情和书写是刺目的。

不言不语是刺目的，没有绘制的生活是刺目的，飞翔和寂静都是刺目的。

人类的不死的命运像一只飞鸟在真空中的飞行。它凝固在湖水中的动态是蹀躞的，也是刺目的。

六、凡·高（2）

我们的生命存在强烈的幻灭感。它没有实质。一切艺术和生活都是心灵的虚像而已。在我曾经看到的流水般倾泻的尘世中，我还看到了那种颤抖。我看到了那些交叉句子，在极度不安中，我看到了，并且想及时地记录下那些交叉句子。但是，由于极度疲惫，我第一次没有这样做。现在，我仅仅能够回忆的是，我看到了那面无限下滑延展、辗转崎岖的怪坡，我看到了它在下滑中的凹凸，一些虬髯枝杈，一些大小洞窟。我看到了我的隐忧，一种难以言喻的无情事实在一个高度锻压的须臾中被制造出来。我仍然感到极度疲惫,但是似乎需要写作。不写的快乐在此刻难以获得。我所看到的怪坡深长、悠远,似乎有不可触及的底端。我看到了它在虚幻中的开阔和平坦。但它的底部是否真的完全无存,我几乎难以确证。我宁愿踏实安放我的肌骨,而不想过度纠缠于这个梦境般缠绕而不可重塑的早晨。但是,不经由我们发明而呈现的各类战争弥漫在我们之中,地球上正在呼吸悲欢、生死无穷的七十多亿生灵,他们互为彼此爱与痛的见证。我们的生活的最终完成,似乎有赖于这种残损的热情和小小的见证。阳光也会浓烈地照耀那面斜坡,我们站在地平线上,混沌的曙色站在地平线上……我看到一切已死的灵魂复活,他们和万千生物共分宇宙,七十多亿穹苍……它们共同站在地平线上。

七、凡·高(3)

我们很难赋予那种幽微的人生处境以崭新的定义,因为人之长生如长逝,活一天,死一天,"苟延残喘"而已。我们根本来不及仔细感受,何谈去深入描摹。只是,我们偶尔会觉得,艺术虽是生活的夸大,却也接近了某种理解的本质,它所呈现的内在喻指或许便是:我们曾这样活过……

可是,不思而活最好,浑浑噩噩最好。因为生活本身的混乱和无序,已经构成了一个徒劳的象征。我们所能感觉到的它的方向性,很可能只是一个思想的误区。生活是除了激发你要站立起来伸个疲惫的懒腰外,根本不代表别的什么。

我们活着,只是日复一日的重复。那些我们所没有彻底观察到的生活,几乎成了诱惑我们活下去的唯一的理由。在日复一日地目睹自己的身体和灵魂犯错误的时刻,我们也在抬头注目,但无论是右侧还是左侧的高山,都不是使我们压抑起来的实指的悲观……

我们蹲伏在大地上的时刻，那些隐身的部分是不出现的。我们无情地睡眠的时刻，那些隐身的部分也是不出现的。那些幽微的处境没有长在多数人的记忆里，所以，在我们多数人缺席的时刻，隐身的凡·高是不出现的。

只有在一种绝对例外的长满了荆棘的情境中，我们相逢了一个不识的灵魂但却无法伸出手去，因为我们曾经回避了自身对于一切生活的爱憎。在我们面对一切自我而不识的时刻，凡·高是不出现的，那压榨他变成灰烬的大力隐暗而幽微地生长出来，但因为我们的一切不识，而使彼此的灵魂错过……

时间仍在无情地流逝，凡·高并非我们的唯我的意志，凡·高只是我们对自身的一种不识……

八、读本雅明：论自我毁灭

若谈到心灵之弦的断裂，我们在许多人身上都可找到见证：尼采、本雅明、芥川龙之介、昌耀、茨威格、策兰都大体如是。自我毁灭有时出于绝望和厌弃，有时出于思想的沸腾，有时却只能简单地归因于对世事的较真。一个与整个世界产生了最深刻理解与妥协的人不会选择这样的道路，或者说，他已经获得甚而干脆无须自我救赎。作为对人类心灵感兴趣的写作者，我对这种种处境都了然于心。我知道他们内在的柔韧、敏感和坚硬之处，如果对于所经历的种种不堪无法消除、遗忘和转换，那日复一日的自我反噬会彻底消解他们对于生活的爱心。我们生无所寄，看春花秋月空空，即使无老病在身，也会失去对浮华表面和万般喧嚣的所有依恋和猎奇之心。这本来是我们一切奋争的根本，拆除了这种根基，我们人生的出口便只有两条通途：或大至无限，生死只谓出入世，或根本没有出口，那堵截了呼吸和各种生之欲望的上苍之手已经在将你的命运收紧。在乡下，在万千大众眼中，死亡确实也会变得随意，死神根本没有耐心聆听，而无聊之心会在看清事物本相后获得无比的坚定性，结果便由此而注定了。我们心灵中对于明天的烦乱之感无法遏止，那些细小的悲欢已经全无诱惑，而岁月的流水一如既往地流淌，它们只是在重复日常生活残余的一点惯性罢了。正是由于亘古以来的无限重复，我们开始觉得生命大致如此，而徒然之草也已萧瑟、枯萎，我们所见识的自我放弃遂变成了清晰的现实。多少年来，我们滞留于对这一历程的追踪之中，渐渐地变得与许多事物雷同，所以，只是作为幸存者，我们被想象、被怀恨、被惦念，但所有的一切已经被跨越了，"这些山峰、时间和来路，它们已经毫无艰险"。

九、深度存活……

在逝者面前，一切存在都变轻了。整个尘世太喧嚣……一切书写和谈论都变轻了。

在死亡面前，我们都没有做到缄口不言……

但逝者的真正诞生，只存在于我们整体的想象之中。我们谈论了无数次灵魂，但灵魂从来都没有静候我们……

灵魂只是我们假想中的敌人，它为我们呈现本不存在的事物。这失趣的、失衡的、不存在的灵魂，不断被谈论和驳难的尘世之吻。

在逝者面前，我们都成了最不纯粹的敌人，既爱慕江湖，又假爱节操，既节欲，又催情……

灵魂成了我们最不真实的记录，我们是一切重物中最为污浊的部分。

十、读本雅明：叙事

困倦的时候，我是一点点地看着我所爱的这个人、憎恶的这个人、赐予的这个人、目睹的这个人慢慢地睡过去的。他一睡过去，我便明白，那个熟识的形影再也不会出现了。作为审慎的研究者，我很反常地记起了他在告别睡眠之前的那些梦境，如果不是必须，他从此后就完全不必记挂和莅临，他再也不会醒过来了。那个时辰，距离现在大约两个小时，等我从后来再经过大地上的灰尘往回返的时候，我看到日光西斜，很多情景已经退却了。饥饿感一阵紧似一阵地到来，他看着那面幽蓝色的墙，开始动手做一顿午饭。

这可能是误导者的午饭。因为到目前为止，太多的人已经不再选择用古老的方式进食，这样的话，如果他们学不会新的技艺而饿死，也不必给周围的人带来太多哀伤。吃和不吃其实是一样的，作为一个已经过时的人，他深明宇宙运行、生命息止的原理。即使在永远不醒的梦中，他也知道，如果是这样缓慢的消失，他的亲人们便毫无责任。他很庆幸，他先于世人了解了这一过程。后来，他便开始用自己的方式进行记录。

面对记忆和往事，他采取了曲笔，并且毫无遗憾地扔下了自己的悲观，只有这一点，他是坚信不疑的。但他从来不会向人道及，他已经离开了常居的那些岁月，他从路途中极偶尔地捡回的那些小珍珠（细如发丝的雨水），也向来无人道及。总之，他无须向任何人说话，而他们由此也便完全沉默了。

整个午后是漫长的，在他之前和之后的一生中，他知道灯光和大风都是漫长的。有时，他痛悔自己曾经发了疯似的与不相关的人争斗，但他最终所得到的，也只是他的决绝和他人的彻底遗忘罢了，这本来也无须诉说，可是，他又莫名地写了下来。等到他回望之时，他的身边也是空荡荡的，沙尘很多，他的视野受阻于中途,因此,他的形象便渐渐地凝固在了那些遮天蔽日的沙尘的远处。

但我作为旧人,或许是唯一的见证者,从我决定叙事起,他的故事便涌至我的脑海。我并未意识到自己将存在多久,但是一些凝固的图像被悬挂在灰色的墙上,我看着他们开始做事,那些外在的物质,打湿了浮尘。我推开了人群,慢慢地走进那些图像的深层,就像一个隐形的人走进了他尚在沉睡不至的梦中。

十一、读本雅明:在阳台上

阳光照射到阳台上并能使我感觉到人世的温暖,这也是阅读可以开始或者完成的标志之一。为了大体清晰地明白你的寓意,我已经尽可能地排除掉任何想象了,只有阳光的暖意可以使我在抬头的一个瞬间感到镇定,只有远处车辆的小小噪音可以使我感到好奇和镇定。作为阅读者,我们得以开启自己的标志之一便是来到了晴天丽日的阳台上。我在片刻间急骤的转换中来到了我已久违的一个梦境里,我总是异常小心、笨重,我总是在克服自己。那些涌流在灰尘中的光线,它们动止相宜的部分其实也是在反复克服自己后的一个转圜。我必须使我的生活简单下来才能使时间和思考聚集,若非如此,我常有的疲惫之感会弥漫到我所在的整个区域,整个房间和整个阳台。当然,无论多么破碎和不坚定,我仍然活在一个循环往复的时空中,我活在对于过去的记忆、猜测和痛恨中,我活在无数我曾经抵达或未至的时空中。那隔窗而望的,便是我的流亡岁月,我正是在这片刻里获得了一种删除后的安慰并告诫自己前行的。当然,这是一个租来的居处,我目前的多数灵感,都诞生在一个个被租赁的时辰中。但我站在阳台上,可以看到并重新喜欢上白昼里的全部事物。

十二、我身上飘着大雨

我身上飘着大雨。这是你唯一能做的梦。这是你唯一的倾泻,瓢泼的大雨。世界的柱子。宇宙的宝库。里面注满了我们这些年的熙来攘往。里面是灵魂的宝库,无敌的存在……

(你呆若木鸡的样子,像个患了失忆症的病人。有话外之音对着你说话,絮叨不休。)

你被命运抽中了,请你站到那边去。看看天堂的样子吧,这就是你要去的未名之区。

请撸起你的袖子,抽一管血留在这里,作为你在这个星球上活过的证据。

你不会再回来了,祝福你——被命运抽中的人。这不是灾难,这是上帝的原野和你的良心共同的选择。

接下来,请告别他们吧。接下来,请忍受你短暂的孤单。你很快就会忘记这些孤单。

你是被命运抽中的人。你该深深地感谢那些为你掌灯的人。他们仁慈地选择了人群中的少数。

恭喜你,孩子,你会在短暂的忘却里重新诞生一次。你应该宠幸的是命运的蜜。

你会留恋鸟叫吗?不用担心,天堂里什么都不缺。天堂里有随时随地的笑声。

如果你愿意,也可以与他们相认——(指着你右边缓缓走近的几个表情落寞的人)——现在,只有他们与你是一样的。他们也被命运抽中了。

他们回过头来。他们刚才也被这样祝福过了。现在，他们与你的目光对接。

嗨，"你们都被命运抽中了——现在我们的生死不被掌握在任何人手中。"

现在，我们都是上帝这边的人。看看那些顾虑生死的人吧，看看那些在茫茫无际的时间里顾虑生死的人吧。

"真值得同情！"连你的语气都变好了。你的语气带着超越了人间之爱的意思，带着超越了人间之死的样子。

你的时间洋溢。你寂寞地打量着你未来的同类。他们同你的时间洋溢。

"你为什么不去亲近他们？嗨——不过无所谓的，反正你们相处的机会多的是。"

在天堂里，你会生活在天堂里吗？你会见到创造你的上帝？上帝会留下你的血液创造另外的人类吗？

不，这都已经不是你所考虑的了。现在，请你喝下超越生死的幸运的蜜。

（天堂的光亮起。光线瞬间转换。透明的薄雾笼罩了你。你回顾人间，人间蒸发了。现在只有天堂稀薄的光亮起。絮絮叨叨的声音衬托着宁静。）

只有寥寥几人。果然是欢歌笑语。但只有寥寥几人。那么多的宁静从哪里来的？

欢歌笑语——是最轻量级的欢歌笑语。

你作为嘉禾的代表望着低矮的山岗，那里住着永恒之物的亲吻。每个初来天堂的人都向山岗献礼。

你看不到同类，他们或许到天堂的别处去了？他们或许变了主意，留在了人间地。

他们或许到别的天堂去了。据说天堂的构建重重叠叠，是无穷的。据说天堂没有今天和明天之分。

据说天堂的流水潺潺,繁花遍目皆是。只是天堂里人烟稀薄。你得忍受天堂的孤单和宁静。

嗨,你还记得人间吗?那里尘埃和人群故去,那里已经没有你曾经生活的任何痕迹。

你不必回头了,那里如同天堂般宁静,只是繁密的花在混乱中生长。

它们取代了人类的爱,在密密麻麻地扎进天穹。

它们长得再高也达不到天堂之高。它们长得再高也只是凡间花朵。它们会一季一枯。

它们是没有超越生死的花朵。天可怜见的,它们终归会成为故事中的花朵。

芸芸众生离开它们已远。

嗨,你看到那几个人了吗?他们来了。他们没有到别的天堂去。

他们的表情更加落寞。从他们的脸上,可以映照出你的脸。你是透明的,却看不到自己?

他们向你走了过来。没有人说话。他们是丧失语言的人。他们是忘却了语言的人。

你是透明的,如同没有存在一般。他们从你的身边走了过去。

他们就这样消失。天堂里依然有欢歌笑语,但声音都被他们的消失吞噬了。

(现在,天堂是宁静的。你站在空空轩宇。)

你站在繁密花朵核心的空空轩宇,观察着你最后的同类消失。

宁静消失。那最后的言辞消失。你拥有再也无法恢复的透明骨骼。

嗨,上帝呢?上帝顾虑地看着你古老的容颜。

(上帝上。上帝是一个白胡子老头。他看着你古老的容颜。他看似浑浊又透明。他是一个白胡子老头。他仅仅是一个白胡子老头。他看着你，微微叹息起。他的叹息也是透明的。你看着上帝，你不知道为什么这个梦境是如此透明，透明得看不到任何界限。）

你的梦境消失。现在，你的透明消失。

你慵懒地看着自己镜中垂迈的脸。

江上数峰都在，但泥泞的事物却干燥已极。你曾与我耳语，我知你的肖像未绘。从此地仰望，那群山与云絮交接，形成了时间中的另一片海域。久前有接二连三的匠人们到那里开采金矿去了，如今草色遥看，仍是一片大雾茫茫。匠人们尸骨犹存，但并非死亡枕藉。因此，江山数峰一仍其旧，可是人流皆去，村庄星落，泥泞的事物涌现，雨水燥热……孩子们跑下山岗，在欢呼的雨中，你曾与我耳语，他们都是这样娴于奔跑的儿童。他们人生的图像未绘……因此，你的重瞳未绘。

夜深时的灯火次第闪烁。人间夜语阑珊。只有你的歌唱是宁静的吗？也许只有你的歌唱是宁静的，也许只有你徘徊在秋寒与春困之间的歌唱是宁静的。那些扛着粒米大小的机子的人都是一样的，他们从半坡起步，俯瞰高空，因此，他们始终"在万物之中"。因此，他们始终都是明亮的，可以从空中高处俯瞰我们（粒米一般的生存）。

如果是在一望无垠的旷野，终年积雪的浩瀚可以教给我们的时间是积雪之莹洁的话，那在逼仄的人类时空，时间也可能因积雪的泥污而变得错乱。

这时，我们便需要以人力清理出一条白色寥廓的天际线。我们需要在积雪的映照下行驶过斑斑旅途。我们需要积雪的映照而深达那遥远的远方。

积雪的莹洁是使时间蔓延而不停滞的力。积雪的明亮是青铜之纯。积雪的厚度是光的莹洁的厚度。在漫漫旷野，积雪映照着远古的时间的大力。

深厚不污的积雪是那白色寥廓的天际线。深厚不污的积雪是人类命运和历史的先知——它洞彻一切使我们获取新生的大力。

它以光洁的深度对抗那数也数不尽的生之迷途。

十三、第三地带

我坐在阳光下，沐浴着思想的盛宴。鸟雀没有从我的身旁惊飞，时间的水面纹丝不动……没有一丁点儿"时间过去了"的感觉。我享受着神圣而至上的"时间的纹丝不动"。

我向远山极目远眺的时候，乡村里的事物一如往常地继续生长着：枣和苹果在变红，树木的叶子都变得萎黄了，大小牲畜在瞪着眼睛进行午休，中午赶路的人抬头看着天空中云层挪移的速度——乡村没有因为它的生长变得更老更旧，它本来就是旧的，从来没有陈陈相因的图腾之感。我当时坐在一块乡村的青石板上，远山的轮廓似乎亿万年都没有变过。我对于万物生长的错觉可能是无来由的……

时间也并不是连续的，它由许多充满了毛刺和荆棘的裂缝构成。当我们意识到这一点的时候，就如同牧人看到荒草一般绕过了青山。终岁在望，时光隐隐，但是在我们的心底，总有澄净的裂缝未来。我在最北的山脉上站立了一会儿，一种羊只漫山的空洞的幻觉笼罩了我。一种细雨的尖刺让我感到困苦。我似乎生活在虚实结合的第三地带，我所有经历的时间中的注目都是空的。

天空从此被压得很低。如果是无风的夜晚，我们便能够在步行经过的任何地方，感觉到上帝的温暖。"不过，还是应该审视我们的无知。哪怕仅仅是为了对我们的人生进行一点基本的辨析。我们的理智和思维的起点，或许便建基于此。"

漆黑的夜色如同母腹般的造物，而天空退居到我们生命中的无限远处。这是被我们暂时忽略的宇宙。"我们的知觉不够，那所有的错谬也被藏匿起来了。在我们聆听的夜晚，上帝为我们输出了他最为无知的寒意。"

夜晚是玄妙的缩小。因为我们的目击范围变成了我们的无知的堡垒，上帝便隐居在了我们的身后。"我们的热忱不够，否则那所有的光明便会集中到一个月夜。我们心中的黑暗不够，否则那时间便会被撕裂，变成大异于我们的物种。"

天空被压缩，降低为尘埃。而穹星隐隐，像为我们的无知做出指引。

与卡夫卡相遇

一、虚无中诞生

卡夫卡总是别有用心地写日记。他很小心地记录了自己整个一生陷入创造以及被毁灭的过程。我相信日记是他创造力的源头。我相信创造力是他灵魂的源头。我相信灵魂是他灵感的源头。我相信日记释放并解除了他最终的束缚。我相信他是认真的,对待自己的内心甚于一切外在之物。我之所以特别想远离那些夸夸其谈的人、不慎重的人,其缘由大概在此。现在我已经很小心地对待一切人了,这个世界,我宁愿它给予我所有的虚无,也不愿意看到它的不诚恳。但我究竟怎么说才能抵达那一切不可及的尽头并使我的命运随之延伸——我相信,这才是我最终活下来的理由。有时,我们根本不需要借口就可以排除、删改,尽情地诋毁他人。我相信耐受力是一切灵感的源头。它与灵魂共同铺垫了我们的成长和降落之路。

我相信我们所遭遇的本质上的虚无更大过一切非本质的人生。

我相信虚无中诞生是我们一切艺术家的启示录。

没错,我一直在追踪自己的灵感之路。在迄今长达二十年的历程中,我一直在追踪影响力的源头。我看到了许多夸夸其谈的人、不慎重的人,但并无与之绝交的借口。在我们的身周，那磅礴而喧嚣的声浪使我感到头昏，尽管，在非本质的人生中，我积累起了自己迄今书写之中的不可阐释性——它们触发了我的归引之路，但我仍然感到头昏。我相信在一切有价值的自足之中，必然有其本质性的理由。

没错，我一直在向上走。

我并未用尽全力。

那专注的人生可以带来非同寻常的理解力。我视一切经历为不可复制的心理享受。在我曾经经历的精神的困苦中，诞生了那不可能重现之物。我描绘我的灵魂。在我庄严的一生中，我着力于建构。我并不耻于谈论艺术。尽管，它们只是虚无主义者的昏睡之枕。

可笑的是，总有"欲念浮动"。我们一直在反复。追寻那一切消逝，在万物不可见的空虚中铺排自己的一生。卡夫卡，以及"我们的同类"，都有一只"较温和的手"，一颗"较残忍的心"，一颗时或灵敏时或麻木的大脑，一段"荆棘丛生"的旅途，一个捕捉时光的计时器，一大摞分门别类的日记本（用以叙事的、抒情的、记录思维现状的、找寻往日生活的、写遗书的、遥想未来时空的、描绘战争的），一个舍我其谁的妄念（"我历来只谈自己，不及其他……"），种种情欲，身体的内在病痛，愚蠢的意志力和荒唐的秩序感，一大段一大段的虚空，一些仇人们，一种怀恨的、自卑的、烦乱的、不幸的、受辱的、崩溃的、不切实的然而时时涌动的存在之感，一个暴躁的父亲或者支离破碎的家庭，或者支离破碎的爱情，或者一些支离破碎的空白纸张。我们的生活中总是散放着书籍和如此破碎纸张，而我们所有的努力便是将之打乱并重组，但一切都不完整，一切都不可重塑。

在空白之中，我们别无选择，我们拥有最大的虚无。一切皆在诞生。

那宇宙之上，真有一只上帝之手？

二、破坏者的注解

对于卡夫卡以及许多人来说，日记或者书信都可以呈现为他们的内心；但对于生活的本质而言，身外之物大体是无用的：日记多半会被销毁，书信大多是被丢弃，内心的激情多半会在逐日的流动中慢慢消泯；那些孤单的少年时期会远去，随之而来的，是类似于去国或者去乡的悲哀；有时，想象一种迥异于当下时光的生活，抛弃一切自认为重要的人与事物，流连于任何一种不同于所在地之观察之日的日出，都会使自己的思绪呈现出另外一种荒芜的面目；都会使自己的内心呈现出另外一种疏朗和空洞的面目；对于我们无处不在的生活而言，并无须深入，那些日记的记录者，都已深悉旧日的苦楚；都已深悉当下的苦楚；那些迷恋写信和倾诉的人都已远走，在沉痛的辗转之中，那异乡风景也会变得陈旧，随着事物再度变得熟识，庸俗生活的本质会如镜子般重现；那照耀积雪盈日的强光会使寒冷的冬季升温；那一切已经形成事实的部分会慢慢地改变我们的思维构成，那逐步加深的季节征候会使我们的记忆变得毫无用途；对于我们来说，任何细节般的究诘都毫无意义；对于热衷于书写的卡夫卡主义者而言，任何远离内心的生活都如同虚伪的和短暂的空白之日；因此，日记或书信发挥了一种作用，它们不止呈现了卡夫卡们的内心，而且填补了那些难以逾越的时光；对于庸俗的漫长的生活而言，卡夫卡是不存在的，任何逗留于内在的片面的思绪都是不存在的；随着生命老去，那昔日的光阴会成为虚妄的注解，它们仍旧毫无作用；在寂静的流逝之中，没有激越的高迈的部分，任何灾变都不足以构成对往昔的破坏；有时目睹一个真正老去的人，像精算师一样去计量生命伸长或缩短的部分，会使正在涌动的生活凝定下来，如同一个人在向晚时分的停驻，如同一个迷恋活着的人在死亡面前划分粗疏的界限；那些年，生活毫无指望，理想如同虚设，阅读从未发生，焦虑无处不存，而灰黑的乡下面孔无日不灰黑，它已经很难恢复到从未受到破坏的时候；因此，日记中那些针扎一般的疼痛类如灵魂的图腾，它已经破坏了生命的完整，它已经完成了一些事实，并使那些仍在守候的事物变得耐心全无；因此，写信成为多余的部分，那收发信件者成了多余的人；任何聆听都是无用的，对于立志破坏时光完整性的卡夫卡来说，任何注解都是无用的。他似乎并未写下任何字句，从来不曾对庸俗生活的质地发言；从来不曾纠结于任何不安或惶惑的部分，他的生活宁静如同坟墓；整个世间，并无任何噪音可以影响正在活着的部分，并无任何噪音可以影响已在安眠的人；这广大的人生像虚拟的灯火，它们照亮了那日落之后的魂魄，并使立志于安定的人发声；但这种努力是无效的，因为破坏者从不应述，"他们通常过着毫无注解的生活"。

三、与卡夫卡相遇

生命中有许多淤泥、沉重的铁。我们已经渐渐地不再书写的淤泥、铁。远方的山水和一种沉闷的、反复被激发的、单独的、窒息般的梦境。卡夫卡和他的爱情，单调到极点的、只在内心回旋的、无可排遣的梦境。爱情。左右迭增的、如云层般犬牙交错的光线。对世俗生活的拒绝，一种不可思议的充满了自责和自诘的处境。从表面上看来，生活没有丝毫问题，但处处泛滥着那种恼人的悲伤。灰色的空际中有万物遭弃后的变种。卡夫卡。他只是一种无端的主观之物。我们有时与他相逢，但更多的时候，却离他异常遥远。总之，我们各自都是孤寂的。在不同的时空中。我有时会痴迷于诅咒那种沉闷的悲伤。但书写和惦念均无问题。我们共在的这个星球，有如卡氏般慷慨的悲歌，有如李白般的"疯狂""梦境"和"游侠"（李长之语）之气。有我们的祖母和流浪儿一般的前生。有我们自诩的纪、传。有我们用心描绘的花朵和鲜艳的血。有二十年不变的失眠的长夜。有灵魂经过时的荆棘。有黑铁和迷离的曙光。好了，有卡夫卡的存在，我们的绝望总是会变得更加清晰一些。在更为精准的坐标系中，坐着我们明亮的发光的咒语般的星辰。有自我焚毁和风景中的密林。好了，有我们的存在，人世总是温情脉脉。但人世为何温情脉脉，它在被无限黑暗的夜晚包裹中的星辰，也并无任何一丝冰凉的沉重。但我们为何总在仰望，它压榨、破损，成就了我们与人类、与猩群，与万千生物的共同症候。我们总在与身外的物相逢，我们总在与我们身体中的卡夫卡相逢。他在每一段尘世的终点，等着我们。

四、变形记：读卡夫卡

虽然时间在大幅度地流逝，但似乎一切都没有改变。卡夫卡以他的孤寂一生完成了一种独特的隐喻，他几乎已经逼真地经历了一个被自我的坦诚所逼迫和压榨的历程。佩索阿著文说，追求被他人理解类似于自我卖淫，在卡夫卡这里也庶几近之。这才是一个人身处最空旷的时代时最孤寂之感的由来。读这些经典的篇章，能觉察到我们心灵内部惊人的局限。以前我揣测卡夫卡著名的带有赌注性质的遗嘱，即他恳请焚烧自己全部文稿的动机其实是出于一种内在的不舍而故作试探的惊人之言，但现在看来，将它理解为，他希望像一颗星星般完整地消逝更为确切。这其中自然有绝望和悲观。可是，以卡夫卡的年齿而清晰地洞彻及此，在我们几乎是难以想象的。我们观察他的整体创作，自然时觉惊艳，但或许只有他自己才是自我失败的真正识者。他还没有说出那最深邃的、那更为彻底的一切，但烟火散尽，他已经生无可恋了。

所以，他只能见证一种天才式的命运。这种悲伤，带着甜蜜、温暖和百感交集，简直可以视作是自我放纵和不求救赎之寓言的极限了。

五、形式的外衣（卡夫卡的甲虫）

一个人若要探知亲情和容忍的界限，使自己变成一只甲虫可也。给自我披上形式的外衣，让那最坚硬的外壳从根本上束缚自己。这样，使生活变成一个囚牢的目的就可以实现了。在自由、温暖、放松而有慰藉的环境中，我们的呼吸是充分而畅快的。但是，让自己长出甲衣，可以把坚硬的生活的墙都划疼，何况原本就脆弱而贪生的人性呢。可我们似乎不该责怪任何趋利避害者，我们所能做的，只是掰断自己的甲衣，使自己的情性和境遇更合乎他者的命运的流水罢了。完全做到这一点，对生理基因上略区分于大多数的人来说是异常艰难的，所以才有无尽无休的悲剧发生。我们读《变形记》的时候，所能感受的，真是异常逼真的现实主义，卡夫卡又哪里是在故弄玄虚呢。

佩索阿

一、不安之人

举四肢之力,他诞生于荒地的时刻,天空亮了,这人间秘密的忧患被公开。

和卡夫卡多少有些相像,葡萄牙作家费尔南多·佩索阿也是身后得名。他生前仅仅出版过很少的著作。在佩索阿去世半个世纪后,一些重量级的文学家和哲学家才陆续注意到他的写作价值。同为葡萄牙人的诺贝尔文学奖得主若泽·萨拉马戈有言:代表二十世纪精神的作家首推卡夫卡、佩索阿和博尔赫斯。而在哈罗德·布鲁姆的《西方正典:伟大作家和不朽作品》中,佩索阿名列二十六位经典作家之列,其幻想创作被认为"超过了博尔赫斯的所有作品"。

作为一个写作者,佩索阿以他尽可能地触及本能的设想,为我们展示了写作这项事业所可能产生的惊人的纯度和同样惊人的广阔。如果我们要找到一个合适的角度去谈论他,或许可以这样说,他是将生活的纷乱的隐喻作为写作材料来进行工作的,即他需要完整地复述的心灵事实来自一种"遮蔽和重复"。他的感觉反复演进,但起点却与我们无有不同,他同样需要对抗的是那种心灵的残缺和遗忘,只不过通过不同的异名写作,他层次不同地完成了记忆和思考的再生和孕育。可以将他的异名写作视之为一种处理灵感的方式。通过这样持久的耕耘,佩索阿铭刻了自己的内心,从而抵达了一种单调和纯明之中的丰富。

佩索阿是一个感觉主义者,他以心灵观察和感觉自然。感觉在某种程度上主宰了他的写作。佩索阿以浓烈的感觉来面对世界,自然万物在他的内心镜像中平静而丰富地存在着,层次交叠,像他自己培育的一般。他是以万物为悲喜,所以,他无比地内在、敏锐,甚至在有些时候,我能感觉到他具有某种将之吞噬或被其吞噬的气质。他使自己存在于这种存在之中,欣喜和厌倦相伴相随,最后,他的无力也被更多的事物席卷。他寄情的是自然吗?有时,我觉得似乎又不仅仅是。他寄情于"自然在我"的一个复杂的境地中。否则,他不会这样写:"我感受不到外面的自然,/我的房间黯淡,墙泛出微微的白色。"

但佩索阿曾经陷身于爱情——"我喜欢你的信,它们异常甜美,我喜欢你,因为你也很甜美"……佩索阿情书选句。程一身译。(《坐在你身边看云》)。爱情把陷身于它的人变成了一个痴呆儿。同一日(一九二九年十月九日),佩索阿写了两封情书,表达他在爱情之中的狂乱的请求。爱情之书将寄向何人?这其实是无关紧要的。对于佩索阿来讲,他只是想要告诉一个人他身处绝境中的孤单情绪,他需要爱,但又恐惧于爱,担心于爱(在这方面,他比绝大多数人的纠结更深)。但我多么理解他的"我头脑中破马车的发条终于咔嚓一声断裂了,我的心已不复存在",这种理解带着我可能已经生产出来的思维的断裂。读到这个句子的时候,我能看到是一只多么枯瘦的手、一颗多么黯然的心、一群多么狂热的血液在书写,但是,我可能已经生产出来的思维的断裂在驱逐着我,嘲讽着我,饥饿着我。

关于《文学家的情思》，佩索阿再次为我们提供了一个样板。或许这样来理解它更为准确吧：情思的本体出自一种内在的判断失误，它滋生于一种类于失控的癫狂的情绪中。但是，我们的灵魂十分享受这样的处境（非关情色之喻），所以尽管两个自我在反复蹉跎，它到底还是将这种无法抑制的"狂喜和惧怕失落的绝望之感"表达了出来。"你喜欢我吗？因为我是我或因为我不是我？或者你厌恶我吗，甚至在没有我的情况下或反之？或别的什么？"本来即是独语，但它颇不宁静，所以借助了一个承载。至于这所有的种种，是否真的关切心灵的重心，在许多时候，我们是无法直接判断的。因为在书写之中，同有流动的灰尘。而我们生活中的悲怆，便兀自扎根在这里了。

谈谈爱情，它既是救赎亦反救赎。所以，爱情多有幻灭，正如我们难见永生。当然，在佩索阿那里（包括卡夫卡也同样如此），爱情要更为复杂一些。这倒并非是说，他利用了它又抛弃了它，事实上，佩索阿几乎毕生都为情感的疏失所苦。他只是在爱情这个角落，艰难地抒发着他一以贯之的思考之悲。他似乎只能如此（情感的繁重也可能逼迫他发疯），但他的"光荣的缺席"也是征兆，他亲自奠造又亲自毁灭的部分都是征兆。他的抑郁破碎幸福失败都不能拯救他，他的忍受也不能拯救他。他是他怪诞的命运的头颅的征兆。

对佩索阿这样天生的写作者来说，文学可能不是最正确的生活，但一定是最真实的。从这个角度来理解佩索阿一生为什么会留下堪称浩瀚的两万五千多件遗稿，或是不错的切入角度。写作在实质上已经代替了情爱生活（否则，他不会觉得写作比爱情更重），它的强度、冗繁和复杂，它的谵妄、空寂和玄虚，它的荣耀、尊贵（最深切的文学表达可以引发的）和极度卑微（被忽视和不理解的困境可能会带来的）如此充分地交织在一起，并形成了一个完整的人所佩戴的七十二副面具下的飓风般的交响。佩索阿的写作自然是无比地退缩到了心灵的裂隙里，所以，我曾经说：心情过于安定时，最好不要去读佩索阿。因为他的多数写作，其本质就是一种失落的写作。他的文字大体是枯燥的、辩驳的，就像他的生活一样枯燥、辩驳、烦闷且百无聊赖。但也正因为如此，我迄今所能读到的他的一切创作，都做到了以他的内心所思为原型和本体直接展开。

我们固然知道，伟大作品本来即出自创作者心灵的真实，但如佩索阿这样来书写一己心灵之空、之惶惑（不安）的作家却极为罕见。在他反复地从写作之中寻找一味味人生解药的时候，我所能看到的，仍是他的写作的疾病如何占据了他不求解脱的心灵。这是诗人的进击，也是诗人的退缩。我几乎可以判定，一个内心充斥了饱满而充盈的生命感觉的读者很难进入佩索阿的失落的写作世界。一种过于安定的心情对于阅读佩索阿毫无指引（无法感同身受）。当然，在他最能贴近自我的文字里，他似乎并不在乎他所写下的一切可否对他人产生丝毫引力。写作何如？对他而言，不过心灵缄默时的说说而已。他要追求什么？说的过程，既是倾吐，也是规约，既是腾空，也是充实。他一直在追逐这种本能，并将其视为个人的最高宗教。这可能便是写作的最早的原型，我们如果对世界少迷恋、多厌弃时，可以试着读读他。我们对生活过度热爱时，就不应该碰他。我们感到寂静的心灵有渗漏时可以试着读读他，如果心灵完整圆满时就不必碰他。但世间事，不如意者十之八九，失落者实是所在多有，所以，我以为佩索阿的书写，几乎便是一种失落的永恒，他令我们对他产生烦闷的同时又激励了我们的阅读。因此这种令我们要发疯的艺术，打开的是一枚枚"情绪的阅历"的针眼，在阅读真正进入的时候，我们就得无所畏惧，哪怕他充满了绝望感的文字会使我们的心灵滴出血来。

这样一来，当我们谈论佩索阿时，就必须重点指出：他又是极能经得起重读的作家，每每新读，皆如初逢。我很难解释清楚这种相反相成的阅读感受，只能从"我们的灵魂无比相似"来加以判断。在发现他的时候，我们其实是在剖解我们自身。但是，我们一般不会使用这样真诚的力度撕裂自己，我们总是对自我有所保守。佩索阿不保守，他有时甜得发腻（由前引其情书可见），有时却冷酷决然得像个暴君（在他向唯一所爱的甜美温柔的情人去信拒绝婚姻的时候：一边谈论她的美和与她相爱的唯一性，一边毫无余地地拒绝她，推开她）。如此一来，他所剩余的部分便唯有感觉的集中：他如此深入地体验了整个人类心灵的孤寂，但他却幻想"我的心略大于整个宇宙"，在写作和死亡之前……一次漫长的集中。

一种燃烧之中的燃烧。

在他已经力竭的时候，他仍然在挖掘、勘探，不加掩饰地将自己焚毁为灰烬。他所有的作品，因此都成为他心中不乐意的奉献，但他这样度过了一生：四十七年，他与我们在冥冥中的相逢。就是这样，他可能就是流逝本身。

我经常谈论的"新鲜如初"便也浓缩在此。每一个"佩索阿"都是新的。因此你我未老。天地荒芜，也是新鲜如初。跟踪在万物背后的旅行，贴着天涯萧条处的步履（一切踟蹰的、举步维艰的），都"新鲜如初"。我经常谈论的去除写作的痕迹（没有写作的进入感，不需要任何煞有介事）便浓缩在此。每一个夜晚都低沉得像是刚刚离开海平面。夜的疏星升起，却看不到一丝蒸腾之雾。天地喧嚣，却大音希声。万兽都在地球之笼中。我经常谈论的多个世纪的龙吟虎啸便浓缩在此。但是神祇无法复制我们爱的卑微和蜷曲，神祇的语气和呼吸不足以支持我们、砥砺我们。天涯，草草。春日？草草。无数人奔跑和经过了，但无数人黑发白发生火，却遗失过快，沧桑的月色始终没有到来。我们奇特地捕捉到了上帝神色的徘徊！

致意如佩索阿这样的伟大的灵魂可以让我深察世事如云的本质。从某种程度上讲，我们如今的生活即是他们曾经的灵魂图腾在此世和未来的延续。造物任凭有语言和文字的积存，因此造物是公正的。我有时会觉得自己的喘息的韵律离他们如此之近。这也是造物的公正所赐予我的某种神秘的征兆。我深信自己的思考中有虔诚的信服之念,因此我深信诗会去除和收纳一切。诗具备造物中以万物为刍狗的恒定表情,因此诗是人之信和天地间的公正。诗完成了我们所有不可能的情感,因此致意这些曾经以灵魂铸造诗篇的人也是致意浮云,也是致意夜色,也是致意酷寒中的烈日在天。苍穹遥望,与我们晨曦中渐次抬升的目光互为造物的两端。

不过,对佩索阿本人来说,他并不畏惧面对自身。此人身上所体现出的那种不安、孤绝的气质,正印证着他对整个人世的透视和觉醒。他一个人活着,但可以拥有庞大无极的心灵。所以,他的沉闷气质,更接近于一种冥思中的灵敏。我们需要虔诚地进入,放弃阅读者的自我屏蔽,否则,我们必然会与这样的写作者错过。这个自甘沉闷地生活着的被替代者、自我的不识者,在某些时候,他是"拒绝"任何人进入他的心灵。

我们看到,在《惶然录》(即《不安之书》)中,佩索阿不仅描绘了自我的存在之悲,而且描绘了我们生活中的许多相似。我一点一滴地注视着这个人内心的风景,一点一滴地复原了自己对于思考之困的原始的记忆。他以自己在落日黄昏中所收获的惶然思绪将我们引到了灵魂的悬崖边上,四顾崖下茫茫……正是由这种思考的压迫(夜晚的压迫)所引出的无数影像,形成了他无眠之中的漫长书卷。

二、惶然录

在我对于写作的想象中,应该很早就有这么一个影子(佩索阿)存在,他比博尔赫斯和卡夫卡更为接近我。佩索阿所选择的是直面自我的困顿进行表述的传统,他以强烈的主观之思替代了一己的肉身在世界上的完整行走。

我并不认为他的主观是夸大的。"相对于他失去的句子,他留下来的记忆更多一些。相对于多梦而惆怅的夜晚,他的咀嚼更多一些。青山妩媚如常,他耻于描绘他的悲伤。"

由韩少功先生所译的《惶然录》,似乎尤重于此。这部托名为伯纳多·索阿雷斯先生(一个小会计师,与佩索阿的生活颇为相似)所著的散文著作,由于过度呈现自我,所以表面读来略觉"沉闷",但若深入下去,则能看到其内在的万顷波涛。书写者以枯寂面壁的姿式写出了日常所思,穷究于自己的灵魂风暴,由此形成一个日复一日的内心奇观,直至最终,这个奇观变成了一个梦幻的城堡。而以作者的本我之思达至宇宙无穷,佩索阿也毫不含糊,自诩甚高。

但是,我们贪大求全的秉性根本容纳不下这样简单的、靠近本质的书写。读《惶然录》这样的书,会使我们不甘于命的强大喧嚣无处安放。至于佩索阿所反复揭示的"我们活着"并有无数分身的事实并没有令我们羞愧难当,事情恰恰相反,仅仅读上一百五十页书,我们就不能不厌倦他的书写。因为在某种程度上,他的灰色身影便也是我们在这个世界上的庞大倒影。

《惶然录》自然是心灵的史诗、精神的长卷,较之普鲁斯特以时间和意识的交缠流转追忆逝水年华的"复我"行动,佩索阿所写的,却只是一部"无材料的自传",他的指向是无,是自身的反对和非我,是去除和遗忘。由他所写下的文学之真,深刻地验证了我们自身所受到困囿时的游离和惊悚。因为关于虚无的思考,几乎是我们的本能。

而此著之所以能打动我,大概最先就源于佩索阿的不须假借(尽管他还是设置了一个异名的作者),他以心灵所思直接承载万物之重,以"卑微之躯"(韩少功语)对抗全世界。在某种程度上的书写者和某种程度上的我看来,命运没有根本的指向,没有任何物质,命运本是一个透明的晶体,但却附着无限尘埃。这就形成了某种厌弃的绝对。

当然,《惶然录》也不完全拒绝情节和故事表述,但它的触及尘世,却是以作者的游离之姿。佩索阿注视人世的目光中若能有丝毫深情,大概也就不会是佩索阿了。尽管他会怅然于人世的离别和偶尔乡居的惶惑,但他的根本却是警觉和"无视"。并且,他的警觉和"无视",不受惶然所限。

若更进一步说,佩索阿能影响我,或与他耽于书写处境时的悲伤有关。书写尽管不是他的出路,但却成了他访问自己的唯一抉择。在书写者佩索阿看来,"无法进入他人的世界"或是他主观感受的溢出。因为,我们本来是被动地诞辰的,我们本来不够热爱这尘世,但注视着芸芸众生,熙熙攘攘的街头,时而寂静时而喧嚣的命运,我们却不得不心怀悲悯,感同身受,甚至"沉痛入骨"。

在这样一部呈现绝对之思(连"感觉"有时都被视为凡庸)的书里,佩索阿提供了一个"吝惜"激情的只有"恨的爱"的人物形象。佩索阿所坦陈的"我热情的容量极小"或许正是他对于人世的最大的告白。在这样一个拒绝吸引,也拒绝深入(任何一个他者)的世界里,佩索阿的自识是重过一切的。但是,一个黄昏的平常景象也会刺痛他,"一种无穷无尽的单调"会阻碍他"进一步的思考",我们藉此而知,在他"痴人说梦"一般的特殊语境里,他是如何孤寂地看待这人世,他所拒绝的事物,又是如何一点一点地变成了他的梦中风景并使之沉醉。

如果我们能够明白佩索阿始终生活在梦幻一般的事物中的特殊纪年,我们便不难理解他对于任何一点微小的改变的恐惧。"有时候,我认为我永远不会离开道拉多雷斯大街。一旦写下这句话,它对于我来说就如同永恒的谶言。"但是即便如此,佩索阿仍然需要通过否认梦幻来强调读者误读的存在:"读了这本书前面一部分的任何人,想必都会形成一个观念,以为我是一个梦想家。如果事情是这样，那他们就错了。我没有足够的钱财来成为梦想家。"

不过，如果我们比佩索阿更为固执一些，认为他的强调仍然不过是在对自我的反对中所构成的梦幻语言，则我们会对他的究诘的审查更深一些。一方面是对于思考、悲伤、梦幻、生活的工笔描绘，一方面又深刻地进行质疑："跋涉就是一切，而生活是没有的。"所以，在佩索阿的世界里，一定充满了一个冥思者无所不在的沉默的独语："我的内心是一支隐形的交响乐队。我不知道它由哪些乐器组成，不知道我内心中喧响和撞击的是怎样的丝竹迸发，是怎样的鼓铎震天。我听到的是一片声音的交响。"而我们异常理解，在这样内心的乐音中会产生怎样细密繁缛的灵魂。在一个外在世界的强光的照射之下，这样的灵魂或许可以视作我们回归到自我诞辰地的最后的努力。我们通过《惶然录》，逼真地看到了回归旅途中的全部风景。

整整九年来，我一直在回忆佩索阿是如何神秘地进入了我的阅读世界的，又是如何由于对感受和表现力的不凡而打动了我？但是毫无结果。或许，《惶然录》中所提出的"我存在我"是一个已然写就的解答。因为佩索阿写作的虚拟事实已经准确无误地告诉了我们人类思考的全部悬疑、重复、荒芜和空疏，而他的所有笔墨，都来自"实现"和"反实现"两个方向。我几乎不用刻意就能够完全深入佩索阿内在世界的想象，或许对我是一个深刻的打击和提示。我并不愿意理解和感激他所有的思想，因为这种浅薄的所知会堵死我的所思。

我并不把佩索阿看成是哲学的，但《惶然录》确非一般的散文著作，它处处皆有哲学的影子。我也并不把佩索阿看成是文学的、写作的，但他确有文学家之姿。他的不安和无限摇摆，是一个"命己"的方式，也是一个"脱己"的方式。在他的不思构建中，有一个隐而不彰的宏大的宇宙时空。所以，这个简单、纯真、荒唐到极限的一人，几乎容纳了我们所有人的气质。

佩索阿简单吗？是的，他异常简单，因为他写出了一部似乎每个人都可以写出的著作。他对于写作的阐释和我们对于饮食家居的阐释一样出自本能和自审。但是，佩索阿真的简单吗？不，从他为自己要抵达所思之真而付出的全部"惶惑"来看，他一点都不简单。《惶然录》远非佩索阿一生创作的全部，但它的命意所在，却几乎又是对全部人类之存在的一种"讽刺"。

在《更大的差别》中，佩索阿提供了人类的意识在不断的攀升中已经抵达的两个台阶：其一便是苏格拉底所说"我仅仅知道我什么也不知道"，佩索阿视之为第一个台阶；其二则是桑切斯（十六至十七世纪葡萄牙哲学家）所说"我甚至不知道我什么也不知道"，佩索阿视之为第二个台阶。而在第一次读完《惶然录》的一瞬，我的大脑空空，一种对于未知的恐惧袭来。我在想的是，在这个世界上，任何具象的事物都太浅薄了，任何故事都太浅薄了，能够承载心灵的任何物质都太浅薄了。不思而想令我疲惫和黯然神伤，但是，研究无知者对于无知的富足之感令我感到好奇。此后九年，我便开始了向我的内在进一步开掘的漫漫无尽的书写。

而在我的书写历程中，关于《惶然录》的阅读总是断断续续。我发现在佩索阿身上，兼有一种可怕的绝对性及一种可怕的犹疑。但是，我简直不能指望我们中的多数人可以理解这种分裂的伟大。因为在某种程度上，要理解佩索阿，也就是要理解我们心灵中一个"残缺的整体"。在他身上，连那种抽象的确定性也剔除了，他是使它们都回归到了存在的本体。

现在我们来追溯佩索阿的有限，或许可以认为：这种有限性的出现，是因为他只有一己肉身的感知；而佩索阿的无限，是基于他想突破一己肉身的感知。所以，他创造了异名写作的方式，试图将自己的各个维度上的灵感发挥到极致。仅仅以文学评论的方式是无法完整地"发现佩索阿"的，而以更宏大的理解人类心灵宇宙的方式来谈论他，或许才是我们接近他的唯一法则。

异名者作为佩索阿灵魂的变体，固然承载了他的不同的身世、不同的言说方式、不同的思想路径，但他们通过各自的努力，使佩索阿的完整性变成了一个透明而敞开的魔瓶。我们看到，作为制造者的佩索阿在制造的同时已经失去了他自己。他的灵异和通达终结在一个起点上。没有任何一个他的创造者会深刻地同情他，因为他毕竟无感，因为他毕竟是最终失去的人。

佩索阿无须说他是为任何时代写作的，因为他的写作没有生活（如果他作为一己之私的生活可以被轻松过滤掉的话，事实上他也做到了，以他的嘲讽和对自我的刺伤），他的所感没有依托（如果那些向他提供了视觉的景物可以被排除在感官之外的话）。但是，正因此故，我们也可以说，他的所失即他的所得。佩索阿对时代的超越性正是这样建立起来的。

有时候是词在振动，而我来到这些虚无的错处。
你是带毒的诗人。你总在迷失。但你相信一切。
是。他在建立。夜在他的前面。

《惶然录》自然是一个人对于"世界吞噬万物"之感觉的内在倾泻。作为散文家的佩索阿，似乎总在设想但事实上他又并不准备将这些手书的灵魂札记留存给人看。因此，他不止一次地幻想他所住宿的屋子着了火：一场突如其来的大火掠过他夤夜疾书的陈旧背影，掠过他无数的彷徨与挣扎，从而形成一种"白茫茫一片大地真干净"的震撼之效。作为写作者的敏感灵魂，佩索阿无法冲突过去的人世的障碍在这样的烈焰悲欢中得以解救，从而使世事了然、万物如初。假若收入他的手稿的箱子始终没有被打开的话，在时光的自然流逝中，那些渐渐枯黄的纸张会带走他最强烈的内在悲伤，他作为一个造出七十二个异名的创世神的丰功伟绩便只能灰飞烟灭。当然，这已经不是佩索阿所感觉到的痛楚。真正的憾恨只能盘桓在我们的心头。或许，正是为了避免同样可能发生的悲剧，我们才从头至尾地通读他的沉闷至极的书（他的带有生存之本质特性的书写令人感到"沉闷至极"），我们才不住地加强了这样的自我辨识。佩索阿对自我的日常心灵的书写，他在《惶然录》中所倾注的理解力和感受力都已经达到了一个极限——除了深入地体察他的异名世界、他想在自己身上造出无数世人的雄心，我们还有多少别的道路可走？从《惶然录》对于"自我隐喻"的开掘来看，一种异名状态的终止恰好体现在他的力竭之处。当然，若能使每一次异名的释放得到完整诠释的话，则佩索阿的文学版图会异乎寻常地超越所有人。这种自我创世的企图在佩索阿的无尽书写中得以漫漫时光的印证（他四十七年的生命史中蕴藏了一整座星球的运行轨迹？），他通过异名者的创造来消解自我在某一种异名状态下的衍伸性重复。《惶然录》是这样的，它面对一种不可被华丽的世界所侵蚀的亘古的日常，面对自我在每一种时刻的并不自觉的醒悟，面对死亡的不可信誉，因而也面对了一种不可能达致完成的极度的书写。佩索阿正是因此收集了我们命运的每一缕信号却独咽苦果的。他的死亡因此只是一次异名状态的终结。他的无限（衍伸性重复）始终在继续："他"，因此活在我们所有的未知者的灵魂之上？

我对佩索阿的理解是不求解答的理解，或许正是因为我的无欲和不足，才可能接近作为佩索阿化身的多数，但我永远不可能也似乎不必接近他的本身。但是，如果我的兴趣稍浓，我会略为涉猎一些介绍他的单调生平的书（他为什么会写作《惶然录》这部"无材料的自传"，与他的生平过于简单或不无关系，而阅读他的生平资料，也并不足以充实对他的了解，换句话说，他的真正传记，其实质并不在于对其生平的关注）。但经过零零碎碎的阅读，一个虽然模糊但正逐步趋于清晰的文学肖像还是慢慢地在我的心中被构建起来。

我视他的异名写作，为一种完全的虚构，他只是在他的内心里过着"世俗万千的生活"。即或他在对于自我的打碎和重建中所呈现给我们的文学面孔，也是对于迟缓的激情和宁静的激情的加强。他很认真地对待了自己本体中的不同思维的种子，很投入地分析这个世界投影于他的理解中的一切。但他的主体人格，确是个写作的人，而不是埋头于实际生活的人。只是令我们感到悖谬的是，他又是处在生活中的人，而不是一个避世者。他的所有面向指引着我们接近一种被摹写的纯真，他的枯寂的文字，实则是他的枯寂的灵魂。正因为他完全不会迎合我们，所以，我们可以看到他"无处不在的绝对灵魂"。

自然，佩索阿的空洞灵魂才是构成他的全部。如果他的灵魂不是一只空荡荡的"水桶"，那他已然充盈的内部不可能容纳太多的思维的汁液，换句话说，因为已经水源充足，他的心灵中不会再升起任何干渴之意。而这种伟大的干渴一旦得以缓解，佩索阿也就不会有如招魂般来召唤他自己。事实是足够幸运的，佩索阿以他完整的生命，招来了近于自我全体的各类形象（异名）。然而，他的灵魂仍然是一只空桶，他无法摆脱自己呼唤中的自由和思索。在他的终极惶然中，多个异名的喧嚣并不足以解决他的根本问题。他只是如同泄欲一般空疏而放松地躺在椅子里，窗外仍是令他吃惊和悚然的全世界。

三、致佩索阿的信

费尔南多·佩索阿先生：

这是我此生中第一次给你写信，而信件本身代表了一种关系的亲密（如果不是去信绝交的话)。我们之间本无任何往来（在两个相隔遥远的时空），而且你也从未进入到我的梦境之中——尽管我深信梦境的力量并且经常从你那里汲取，但我仍然相信我们之间是绝缘的。我只（能）与你的文本发生关联。这或许是你生前所想象的最为美好的一幕了：一个人死了，但他的生命形式以另外的途径存在着？不必讳言，写作的事实本就是如此，只是我们会经常觉得这个让生命活着的理由并不充足。因此，作为弥补，你的文字之外的形象延伸并形成了你仍然存在的某种真实。而我，一个你的后来者，总是以为你还活着。获得这样的生活，得到时光静谧流淌的神奇指引，在最清澈的小河中观察流水长逝之中你的倒影，假想没有繁星的夜空就是我们所有人不可逼视的帘笼。夜空的守候之中可以聆听你的低语，我以匀速的阅读向你致敬？不，我们只是一直处在神秘的讲述中，我坚信你的想象力可以穿梭于生死的空寂，我坚信你一直活着。像我们共同的喃喃自语？是啊，世界已然如此，生死大为趋同。我们的一部分已死的身体也不会转化出灵魂，但是语言的种子植种在心，我们都可以感同身受那种理解力之疼。是的，你还活着，未知明日竟日何。你还活着，观察语言的种子生根发芽，长成一棵棵笼盖四野的巨树。只因你还活着，我们的共同灵魂才可以有相似的孤寂同享；只因你还活着，才使今日变得不同于昨日的沉闷。但沉闷是最可观的、必然的感觉事实。你的思想长在草席上？乡村的幻梦、低声都仅仅是你仿若上帝的吟咏？只是你还活着，你的书写、未来就还活着。你的沉闷也在继续。世界是你的枕席。我阅读着我的阅读、书写着我的书写之时，这种自我乞食（流连）于宇宙的幻觉无比分明。但是你还活着，像时间一样愣怔乖谬、默喊有声。这无穷无尽的生之重涯，有你的棱角形容足证幻觉的活着。我对你默读出声。我们一定相逢于人世的重重幻觉、生死相接的洞穴之中？任风吹散风的流动吧，任树木化为树木的灰烬的余音吧，但是光阴袅袅，你还活着？我们都没有非生非死的过失。在活着的外围，你多像一棵枯树，但有着低头垂泪的庄重肃穆……

　　生命有着波浪起伏的韵律，它不是恒定如一的。因此，以梦想家之姿来记录时光的流淌就是你类如上帝的创世。"我并不想过多地描摹别人的创造。我只想深入地建立自己的创造。"这是一种不言而喻的孤寂的引申。在很多时候，生命似乎别无闲暇，它只是一种不言而喻的等待和创作的联盟。不做梦意味着对灵魂进行更深入的自主的体察。不做梦意味着日出的灿烂如火和霓虹之绚丽、辉煌？不做梦意味着我们的梦想暂歇，不做梦意味着你内在悸动的无声？但你常常以梦想家之姿来建立生活本身的修辞。自然界的万物生长也是来自命运（生活）本身的修辞。有时我会觉得时间（自我们有意识以来）已经存在太久，它的繁花绿树都构成了对微小的物质神情的强烈麻木（冲突）。我们似乎不必憧憬可以发生任何令我们难忘的场景，葡萄牙的海与中国海的广阔，里斯本街区与中国任何一个都市的巷陌有着本质性的区别吗？我们在生活中思考着我们死后留给世界的遗墨，但把生活本身粗鲁地划分和遗忘，甚至驱逐出我们的感觉领地。唯想象力有时孳生在最小的空间之内，我们的灵魂宇宙似乎除了不必要（不刺眼）的孤单外已经足够地独立和丰富（自称单元）了。正是写作带着清晨寒露之声令我们起早漫步，徜徉在一种别无所得的困惑和虚无之中。山峰和天空都是重的，但穹庐的羽毛为轻。它终将领有我们魂魄的神情远去另外的文明：想象我们的并不孤寂？我们（所有人）长达一生的不安之旅蕴藏着无限的辞别和沙尘，却终究渺茫如微生物的叹息（隐秘的沙尘中万千足印的叹息）。

　　如今我在读你的著作，我一点一点地增长着对自我判断的意识。你曾经一点一点地记录你和你周围人的生活，直至后来你与他们同去（归去来兮）。一个时代划过去了，地球上出现了崭新的人类，他们产生了崭新的上帝般的意志和情感？不，一切仍是古老的，除了人们以为"新年使人快乐"的自识。一切替换都没有那么迅捷，甚至，所有的开启和落幕都是无意义（也是无辨识的？）。你的力达无穷的书写看似没有边际，但实质上也只不过表达了一种不死、不觉、不察的虚妄罢了。世界笼罩在一些虚无缥缈的烟雾之中，而你利用譬喻的征象完成了你的生活（书写，等待落幕），一切行动都融入了高大威猛的天空云影之中。读你的著作，仿佛在与我们潜在的自我对话，"我"在无比冗繁的生活中漫漫地生成。这些孤独、色调偏阴暗潮湿、棱镜般的句子是你写下的吗？你的生活，以及整条街道（道拉多雷斯大街）安在？如今，我们的生活年代也有一条条道拉多雷斯大街，密布在一切敏感多思者的心头。在无数穿梭于生活的感觉空间，在无数充满了怀想的奇妙时空，我都可以随口吟诵（书写）出你的句子。不，你永未完成对一类人丛迷茫生活的描摹，你缩写的不是人类的心灵，而仅仅是一场刻骨铭心的战争（水漫金山）。时光如此放纵而漫长，你亲眼见证宇宙的伸缩、街道的明暗变化、一个幼小孩童的天才以及他追逐自己心灵之潮涨落的一生……我如今读你的著作，感觉无比亲切、熟识，便像是阅读了这样的一生（自己人的杰作）。我永远都会厌倦但也痴迷于这样的杰作，我永远都立志于毁坏而不是维护它。书写的怪气味弥漫在我开始阅读你之后的每一个日子里，我自我安妥能力的滞后永远使我懊恼、沮丧，自内而外充彻了深深的不安。我们的书写（向感觉世界的乞食），一次次带有心灵冒险性质的精神的赛马在影响（想象）着万物？在生成万物？是的，你的内心中万物生长而萧条，你仅仅是你的灵魂自我枯索的象征。

书写并不神圣至上，但它却是唯一的。在你大量的、散碎的不安篇章中，你劈波斩浪般地提供了大量纷杂的材料来展示自己的思维景观。生活的觉醒并不比郎当有声的行驶中的电车更有意义。正在进行的生活并不比沉寂悠长的死灭（长眠于墓地）更有意义。反正这总是所有人类共同的（不可泯灭的）归宿。当感受力的沉浮不在，洋面上的水浪却仍旧不受任何影响地萌生和发展。大大小小的时间港口里发生了多少故事啊？绿色森林（层层叠叠）和蓝色云雾（恍惚，荒古）中发生了多少故事啊？我宁静地瞪视着今日的车流（蚯蚓一般的蠕动），我会在想象中发生多少故事啊。我们内在的不安之所以如此纷繁，但悲无可泣，也大抵由于在时间和联想中发生了多少故事啊。水源的开合、昼升夜落、书卷的堆积都是我们命运和思绪的砥砺？的确如此，你的不安篇章可以有无数种变形，可以有无限组合，可以试以无数种译笔。我俭省地谈谈这部书（想象中的完整性）对我的灵魂的触及吧：首先，它不妨是认真而庄重的，也可以说就是"灵魂的天籁性"的写作，所以，它可能是没有"风格"的，无限地趋近于自我内在的体温和思维的所得。其次，它显示了书写之力的缩小和对宇宙边界的扩大，所以有着特别黏附和胶结也特别通畅而散乱的自我的神性。再次，它寓言化地写出了虚无的困境，因而可以达于空荡荡的坚实和无穷。总之，它的蕴涵同我的理解和思想都是相契合的。通过这样的写作，我们的生活被化繁为简，任何物质和精神的迷惑看起来都毫无颜色（空虚的笼罩）——或许正是因此而使它不可完成吧。它因此而成了一部关于存在的疑虑的书。但我对它的所有解说都太流于片面了。我觉得我仍然没有真正地读懂它。

是的，或许你并不曾告诉我，文学当是本心所为，并且，它最好的形貌便在于此。但事情大致是这样。你之所以写作只是一种写作的无意识在作祟吗？但不必相信自己已经越过了文学的里巷，因为文学家如此起居和生活，却不可能清晰地知道他将面对的未来的一切。文学家的本心带着深入骨髓的命运之感,但是他也仅仅乎与整个人类生长着相同的感官。他对感觉的体恤更深是由于他"无事可为",他必须沉浸在思想中才能使自己所在的光阴不为虚度。我们的本心有着比时光的形象更为浓黑的面孔,有着比单调的活着本身更受裹挟的面孔,有着沧海桑田般的消逝的面孔,而注重这种消逝和生长的速度,并不屈服于时光无情的律令,大概便是对写作最高的阐释了。除了这种婉转低徊的音韵,我们的本心再无可为?你对感觉的体会尤深,因此你的内心常常争战不休,但我觉得一种甘于内在喧嚣的偏向性的澹泊更足以笼罩一切。你常年居住的阁楼里生长着整个宇宙的沉静中的嚣声,我给你写信,是否会打破你正在经历的宁静中的诘疑,你在想象着未来?因此而有了隐蔽在百年后的分身?你的未来者提前拜会了你的居所。你的本心如此执迷于一种自我维护的困境,你已经抵达的自我想象的尽头同样充满了自我维护和撕裂的嚣声。我们是自我分裂的吗?在本心的无常悸动中能够感受到各种时光漫溯的惆怅,并不屈服于时光无情的律令却依然谨遵无知的自我,你在这样的古老时光(自我)的秩序中度过了四十七年。人猿揖别?阁楼上的琴声却长存而不可泯灭(你记录了这种琴声并使这一段时光负重),我们捡拾着这种种感受的草莓,从未目睹你死后的形容。里斯本这个托盘!它并未长着使我们深恸至爱的感官……

现在,我想和你谈谈感觉的重复,谈谈那些伟大的村落。你的经验所限,使你不无忧伤地成为一个村落的局外人。你只有在偶尔居住于乡村时才会想起那些伟大的"白骨",写出一些逸出你的道拉多雷斯大街的句子。你的生活的经验构成了这种生活最基本的谜面(惶惑的),你的忧伤(灵魂备受抑制)的经验构成了往昔岁月的尖塔?我有时在空旷无人(熙熙攘攘)的街头走着,同样会看到那些象征着往事泯灭的尖塔。我从未用心地体会生活，但它在不断地生殖。你的职业生涯略无可谈，我知道我们的生存事实（一份仅仅可以维持生计的职业）略无可谈，但是假如没有这样的生存事实，我们是否还能够在生命的基本的层面徘徊不去？生活像一颗铆钉一般把我们的命运镶嵌进最无底的深海里去。因此，每次解析生活，都只是一种感觉的差异性的重复。我阅读你曾经写下的那些句子，看到的都是你心情的赘余。这一切绝无可谈。这所有的一切都是重复，利用我们触遍了生命温度的手掌握紧，利用我们精神的涣散松手，再把它们送到纸面上，把它们封锁起来？我们已经很难写出最具有自我（内在刻度）的句子了，假如不去向整个世界展示这种无知的话。你自律、自居的一生使我疑惑，但是，除了这种绝对性的孤独，我们何曾会理解最真实的自我呢？有时我想，真该到你重复生活的岁月（街头）去走一走，完整地重复一些时日你的生活，但阳光只要升上湖面（日出东方），我就会打消这个念头。或许，只有黑暗中的光阴会有不同的喧嚣，而阳光下的一切明丽和拘谨都无比相似。我最为痛悔的是，居然完整地读过了你的一些书卷——假如我仍然保持零散的阅读，我对你的理解可能会更有冲击感。这是我们对阅读的感受的重复的相似？但是在一个没有导师的世界上，连伟大的村落（生长泥土、菜蔬和绝对的朴素）都是多余的，我们何必在意这些呢？重复正前所未有地展示了我们的伟大胸襟的消逝。

莫非，写作只是把我们的灵魂和肉体隔开的方式？看起来，这像是一个玩笑。玩笑而做作。我在想，如果你的生活是循规蹈矩的，在一种面向孤寂的日常性的背离中，你才会选择写作。你面向一种赤裸的灵魂式肉体（肉体式灵魂），但你无法完成所有的句子。书写只是一个小小的慰藉罢了，它是"不完美"的行动之一，但是除了写作，你不会再有更好的方式来面对自我。

事情为什么会发生如此之大的变化？因为我们生来只是为感受的，但不是写作。把我们日日疲惫的灵魂从麻木不仁的肉体知觉中剥离出来，使它的外围笼罩一种云雾般的玄妙气质，似乎就是我们想对全世界说出的千言万语。但是不必相信我们灵魂和情感的纯净，不必相信我们毁坏的花木就比任何世人要少，不必相信我们真正建立了一个洞察无疑的宇宙。写作只是以其纯真而刺痛的幻觉来安慰我们，以时间的破碎和完整性来吞噬我们。这遍地的泥土、遍地的灰尘是你的吗？这遍地的歌声是你的吗？在节制的微笑中面对生活，在目睹世人庸常的幸福和他们看不见的离别中想象他们的离别——大致就是这样了。面对流逝，你也没有做得更多，甚至与太多入世者相比，你反而做得更为稀少罢了……总而言之，写作把我们的肉体和灵魂慢慢地剥离，"幻想行动便是真实的行动"？除了写给自己心灵信件外我们便再无可为了。那天际的白云便是我们精神意义上的彩虹，它在我们的幻觉中光芒闪烁。我们正是因此而活着（写作，光芒闪烁）？我们正是因此而隔世相逢，将自己的一生赋予一种内在意义上的战争（摒除河流与水源）？

我们活着并且思索只是自然造物的秘密缘由。事实上，我们的夸张和局限都太多了。我相信你已经切实地"拥有了"（感觉的造物主），但即便如此，你仍然不能充分地见证自我的流逝。你的书写是对自我的抵抗、对黑暗夜色的细致的斟酌。你的书写，也是你不以为然的付出：一生的情感、身体和时间的局促。事实上，你生而为人的遗憾和不足真是太多了。我们作为庸俗的世人（我在思考自己作为庸人的这一面）不可理解你独身过日子的兴奋。在无限的蹉跎（期盼某一种事物的尽早结束）和无限的获得之中，日常性渐渐变成了一颗毒瘤攫取了你，你的全身心都弥漫于思考的生活的重量——但那是昔日的你、纸面上的你、印刷体"你"。如今你长眠的地下也有耽于思考的日常生活？一颗毒瘤？我反复地想象过一种我们作为"牺牲"的可能性，但是，不为"牺牲"的日子不是常有么？自在的、飞扬的思绪不是常有么？被送入焚尸炉前的自我粉饰和对于自然美景的歌颂不是常有么？无论如何，这样的幻灵般的岁月正是我们身受腐蚀的见证。我们作为凡人的意念没有奇迹，不可救赎。你可曾厌倦自己对于厌倦的书写？或者，书写行为本就是一种高高大大的"牺牲"，你把自己放到祭坛上正是为了粉碎上帝的终身成就。我反复地想象过我们不畏牺牲的可能性：我们是上帝的替身还是十足的小丑？你的书写行为，莫非是向感觉、思念、记忆和未来的取宠？正是你生而为人这个事实让你充斥了迷惑与不安。我略带悲伤地读着你的书卷，你的"名字"：一道面具？我怎么可以相信自己，我怎么可以相信你曾经如此真实地活过，带着自我惶惑难熬的生命事实？一道面具：一道道面具！

　　直到此刻我才觉得，选择在这样的心境下（我的一部分我已经丢失，我所经历的一切都已经变为历史，我生活在无与伦比的幻觉中）给你写信，或许可能是最为恰当的选择。我无法不对正在进行的时间形成体察，无法不去想象一切归于绝灭的未来，但是，这所有的体察和想象也仅仅只能停留于此，寂静和空虚没有伸展，因为它们是僵死的。虽然这并不足以强调，但有时，我却知道自己对这种绝对性的、僵死的诚挚迷恋。是啊，这是在人间，在冷热相间的大地之上，我总是能看到一些复杂而浮沉的事物在强烈闪光。我为什么不是忘我的？文字无法形成道路，它们无法助我们做出任何抉择。无论是在你曾经生活的年代，还是在今天，这一切都没有任何改变。我在阅读，听到你的叹息犹在，但是，与时光的荒芜的揭示相比，你的抵抗力已经渐渐消融。如果有一些事物事关记忆的毒性，并且已经为我们所获取，但是，一定更有一些事物，浑朴而不从众，它们才是真实地合辙于我们观念中的部分。

我们希望获得一种灵魂的涨溢？这似乎是我们凸出的隐秘？不，不，与时光荒芜的揭示相比，这些都不是最重要的。我们无知而坦诚，充满畏惧和惊悚地活在这个世界上。同样的无知而坦诚，视觉中满是活着而深受裹挟的模拟的"幻觉"。如此，则我们的灵魂没有摆渡它的牧人，它是随意的、尽情的"飞噭"。我们没有大地（宇宙）的量尺，但宇宙之大固存，我们如萤火之虫：要翻垦吗？那夜晚的亮度，《不安之书》的月夜之弧都是虚无。我寂寂无闻，只知你在遥远彼乡，但行踪非为确数。你在遨游？夜幕为你扯出葱茏的幕布。总之，"你在遨游，夜幕为你扯出葱茏的幕布"。

  在这封信的最后，我向你谈一谈《主观书》吧……我的确是受你创作《不安之书》的启示（写作状态的洋溢）开始了我的写作旅行。从二〇一二年十月二十八日开始，贯穿整整六个年头的漫长的纸上行旅，七百余个篇章，整整七十万字！①真要拜你灵感的伟力之赐。当然，如果说《主观书》本就是我的内心之物也是事实，但是，在此之前，我的确未曾写出这样大批量的正式而有效的诗来（自二〇〇四年秋到二〇〇六年夏所写的十万字的《你往哪里去》是唯一的例外，但却是偏散文式的）。《不安之书》是散文，而《主观书》更多致力于诗性的抒情……总而言之，在今天（二〇一八年十月二十八日）这个日子，早晨八时略过，在我终将结束这封信的时候，我的情绪澄明，窗外的阳光正好（"微风不燥"），人间万物都有着无可比拟的"宁静芳菲"。我似乎已经许久没有经历这样的日子了。在这样的心境之下，我或许可以试着比较我们的异同（尽管这本是无意义的）：你通过七十二个异名拆分和拓展了自己，而我如今所想的是，尽量在一部集大成的作品中完成和聚合我整体

---

①这是在写此信当日的统计。《主观书》在此后继续书写，迄今文字总量已经逾一百万字。

性的身心。所以,《不安之书》是由起初有计划的写作经过期间十来年的"休耕期"后逐步走向了一种内在激情表达的自由,而《主观书》最先却是无计划的(尽管我动笔写它的时候已经三十四岁),仅仅是通过《不安之书》感受到了灵感的启示而开始进入,之后却弥合了我的绝大多数命运感知和写作经验,因此,它或将成为我"唯一"的一部书。我们生活的根本没有区别,而一切表象的不同方才构成了我们灵魂的战争的角度和模型的不同?你过早地经历过了人生的各种离别,因此使自己过于脆弱、敏感,也过于强大;而我僻居宁静和慌乱的乡野十五年,几乎没有生离死别的表象,但在心灵上却多次地体验过了(这种几乎不可一谈的精神性的创痛一直弥漫到了今天)。你经历过良好的早年教育(对阅读和写作异常有效的),而我的童年时代却难得有这样的机缘。我真正有意义的文学生涯开始得很晚——尽管我写作的第一个起点是十六岁,但是直到十年之后才略窥门径;而你在二十五岁的时候,已经开启了《不安之书》的创造性写作;我最初的理想或许不是一个文学家?因为太遥远了。如今我四十岁了,我的感受大体是温暖的,但也时常心怀恐惧和担忧。我被一种自我观察和思虑的潮水所淹没,面对生死、情感、心绪的稳定性都多有抒发;但有时我又坚信这些自我都是小的,因此心怀行走天下、放旷野外的不合格的理想……我们始终被一种日常性的生活吸引过去,在幽微的笔触中书写着我们在宇宙生涯中的起点和共鸣。这种共鸣是孤寂的无限缩小,因此我们不可有根本性的交流(因为拒绝交流)。我只能在此写这样的信札,而永远不会获得任何回应(这也是我在生命历程中的基本感知)。如果在幻想空间,我们或者有难得一见的友情?但我对此并不抱期望。因为时间的发生比我预想的更早,流动得更快。你的存在的虚无比你写下的更重。作家?不要试图去揭示什么,只要表达阐发的艰难("浓重的趣味性")就够了。因此,我们人生的隐蔽和敞开也都是未完成的,永远有无数的裹挟和对立在簇拥着它,从而对它视而不见!

　　还要说什么呢,一切都是空白的……

来自远方的、敬重你的灵魂

2018年10月7日–10月28日

中国诗人昌耀

　　优秀的诗歌总会穿越时间的阻隔，就像专为无数的后来、无数的今天写下的。

　　很多时候，我们生命的局限性昭然在目。我们需要以突破自我的方式来突破它的堤防，需要以一种理想主义的方式（文学的）来突破生死之间的逼仄。或者可以说，使我们的足迹变得阔大的一个根由便是我们诞生和存在的渺小。我们不会满足于自我的本位而不思奔走，无论是地理时空上的挪移还是心灵内在的狼奔豕突——这种带有时间性的变迁填补着我们生命中不足语人的精神空缺。书写，正是在这个维度上使我们的力量（须臾和虚无）得以呈现。很多年来，我都将西部诗人昌耀视之为我精神旅途上的一个"僧人"，面对他的书写进行念诵，成为我长日寂寂中可以久久思之和憧憬的一类功课。但是，日常生活的纷繁忙碌，使我对他的阅读少之又少；即便如此，我也还是通读了他的全部诗卷，通读了关于他的传记。他的一切精神的昂扬和蛰伏都使我服气。（"我从文学的角度来读他。"）在这片土地上，我能感觉到他的气息离我如此之近。昌耀诗歌对于命运的吁求与一切杰出的艺术家心灵是相似的。尤其是在他生命的后期，他一再地向着自我灵魂的边境进行冲击，他用尽了他有限的呼吸和力。由他所书写的这片隆起的西部高原是超越时空的；他的不朽正是由此而奠定。（我读昌耀如此，读卡夫卡如此，读佩索阿和策兰都是如此。在他们对于自我的深究和无以遣怀的"爱的狂热"中，一种我们看不见的，却更为张大的"时空"正是以另外的方式存在和建立起来的。）昌耀或许是我们这个时代罕见的高峰。他冲破了板结的地块，深挖出历史和时代裂隙中精神性（"诗"）的涌流。

我想，生活就是这样一首诗：

缓慢而沉着的甬道。你激情的步履迅速在月牙的照射中苍老。你几乎从未圆满。或许，你天然有残缺记忆，如一切伟大的诗人、艺术家所经历的？

你拒绝幸福？以全身心的力追求进而抛弃那圆满而使人幸福的？

然而那只是幸福的片面。生命无法自铸伟辞。只有离别和惨痛的苦难可以助力。你成为自己的精神而径自发生时，树叶枯黄已入秋冬。

你看到它们的飘落了吗？纤尘负重于落叶之身，大地承纳你所有的压力和病痛。你看到它们返春时岁月的踊跃了吗？

你看到海洋的潮汐如母性的经血涌动，也是绿叶在吸收天地精气后所看到的。它们浓郁如雾，又须臾凋零。

它们都是自然的实体。但人类的精神有时空虚，你写下它空虚的实体。

有一年新岁乍见，你写下它新颖而将消逝的实体。

是的，生活就是这样的诗：它的每一个四季都日达千钧。你如负轭的驭夫。而西部的山峦也在年年筹集善款。森林之目光修葺了神的栖所。人之站立和攀登的峰巅孕育了神的脊骨。它们以高海拔将人类文明的种子藏之名山。

你西行到了自我心灵和身体的极地。在那里，你要以高昂的呼吸证明你的健康。时间是狰狞的、夜中的咆哮。独虎拐过亭午。你要以高海拔调试你心率的进退。而后你以断绝归路的心年年扎营在故土之外的边关。那里苍山依旧。溪涧的深水喷涌灌溉。我站在西宁的街头感受那些深水灌溉。

在夏日的黄昏我徘徊在你曾经的居所一带。

是的,生活毕竟是这样的诗:它的铭刻以二十年为单位。我目睹那些劳役的句子长叶、长枝。二十年中你无法尽度世事沧桑变化。但你的诗句如养分充足的植木长得很好。

那长天碧空里的鹰已经飞得很高。你注视到它们落入飞翔尽头的样子了吗?在书写和耕犁的指向中你注视到未来的样子了吗?我阅读你的叹息。如今世间寥寥数人阅读你的叹息。

当吟咏之力聚集时,我所阅读的就是你一世的叹息。

他像个苦力背石上山。但他终于到了山顶。举目四望,一览群山之小。他也有了巨人行径。

蚂蚁流着口水。好,就这样衔泥筑巢。

他像个苦力背着巨石。(反复。)山顶上有毛茸茸的青草。

积雪映衬着月色。他现在天下高处,观察蚂蚁筑巢。森林里也有群龙飞舞。

在任何时候谈论昌耀,话题都不轻松。

因为,诗人首先是经由命运的重击而写下了诗。

何谓昌耀?或可将其称之为"在大地面部的岩石上铭刻诗歌者"。昌耀是中国当代诗歌史上发出了青铜之声的诗人,也是公开说出自己书写了命运之书的诗人。但可惜的是,作为深察自己命运轨迹者,昌耀一生多舛,在六十四年生命中遭遇多种磨难,虽然身后享有哀荣,身前却万般寂寞,最终只能以悲壮自戕(跳楼自杀)的形式结束了自己的生命。

或是由于悲剧性的死亡,当然,再加以长期以来所积累的诗歌成就,因此昌耀在二〇〇〇年去世的当年,即引发了一场追悼的高潮。在这种悼念中,不乏一些对诗人的创作生涯充满了爱与痛惜的声音。诗人直面死亡带来的震撼,或多或少地影响了二十一世纪最初几年的昌耀研究。在迄今最可注意的解读昌耀的专著《昌耀评传》中,作者燎原详尽地记下了昌耀在一九九九年十二月五日与其通电话时的一幕:

接着,昌耀哽咽了……哽咽着,他接着我刚才的话题说道:"我也想不通,好像上帝让我到这个世界上,就是专门来受罪的。"

但肉体生命的终结并不代表昌耀诗歌精神的消亡。他的灵魂,符合"大诗人死后方生"的基本规则,在二〇〇〇年至今的二十一年中获得了惊人的成长。

毫无疑问,昌耀过去是,现在更加是"诗人中的诗人"(韩作荣语)。

读昌耀的诗,会觉得时间是通透的。旷古的草叶涌来,大地上漫漫地,弥散出烟尘之气。

昌耀使用浑朴、原始的语言,或许正是因为他使用了这样原始、浑朴的语言,才使他的笔墨浓厚,有了山岳的青黛之色,有了沙漠的浊黄之色,有了使人一览之下再也无法忘却的泥古的颜色、沧浪之水的颜色。

最初蕴含在昌耀诗中的命运之感,不是平淡的逝水流年般的命运之感,不是蝇营狗苟的日常化的命运之感,不是我们现在才体悟到的究诘和不安,而是逼向云雾苍苍、植物婆娑、山峦层叠的天地生人之慨,而是关切人类本身之栖居的命运之感。

而是诗人头顶穹宇扶栏远眺时的命运之感。

天地的栏杆是腐朽的、粗粝的，因此从昌耀诗中可见之扶栏者的双手也是不羁的、粗粝的、未知命运之所往的。

昌耀的诗歌不是精细的，但却蛮荒、有力，如置入浩瀚之地苦思时的必然用语。他的行文天然地对应了西部的山川地理。因此，他是经受了山川风雨的锤噬而写诗的。

他写下的是命运的和歌？

昌耀诗中气韵最足，用语悠怅，但技艺的成分不浓。因此，他的诗不是平常的"写下"，而更近于午夜梦萦时内心撕裂的苦吼。

因此，他不低吟浅唱。他不是足够的文艺。也没有试图建立诗歌学说。

但他的诗歌是无可置疑的经典。我觉得昌耀诗歌的锤炼之功与他对命运或命运对他的锤炼是直接相关的。

因此，他缄默的、隐忍的、"念天地之悠悠"的诗歌最难复制。几不可学。

昌耀诗不可学。昌耀不可学。

因此，我们只能以阅读他的方式临近他，但不能完全地"理解"他。我们无法看到诗歌的枝叶是如何在他这里萌芽、如何生长的。

因此，我们最该体验的，不是他的诗。只是他的诗。不完全是他的生活。完全是他的命运、爱、生活！

因此，二十年来，我的每一次阅读昌耀，都带着苦闷和惊叹。二十年来，我的每一次阅读昌耀，都带着命运之感：我们的爱、命运、生活！

每次读，昌耀总是生生不息。

每次读，昌耀都重新活一次。

因此，昌耀是以他同步于命运的手，写下了同步于时光揭示的诗篇。昌耀诗的有效，正在于他的诗中生长着一条古老的天之际涯的河。

因此，昌耀命运的粗粝之感，正与残缺天地同契同喻。

一九八五年，是昌耀诗歌的一个分界。此年，昌耀常有无穷之叹。那首给他带来广泛影响力的《斯人》写于这一年的五月三十一日。这是"斯人昌耀"的时间起点。

　　静极——谁的叹嘘？

　　密西西比河此刻风雨，在那边攀缘而走。
　　地球这壁，一人无语独坐。

《斯人》如此精粹，却也极浑茫苍古，是诗人有一颗博大诗心的力证。诗歌写于诗人深感孤寂和空旷的时刻。诗中之静，似浑然不可解也无须解，而生命流淌的迹象也似浑然不可求。但是，一种巨大的时空张力就来自于这种未名之所。词语的意义在平静的叹惋中得以释放并开始穿梭地心疾速飞行，但动止之间仍是空荡荡无所有。因此，诗人在悠悠千古中的独特、冷峻、悯然的一刻，写下了此诗。虽呼出一心却能够抵达万众，虽抵达万众却仍归一人，固有此独坐中的浩然之叹嘘。此诗确属不可再有的神来之笔。

由此开始，昌耀的诗歌创作生涯出现了一个大的转折。以《斯人》为界，昌耀创作可有前、后之分。此作之前的昌耀诗中多有山川草木流云巨石，典型如《大山的囚徒》《山旅》等。诗之长短不拘，数量多过半百，诗风总体是雄宏、粗豪的。其对待人生艰辛也是执拗而不驯顺的：或以微末之躯肩承重负，把整个家的担子集中背于一身，或完全抗拒被动的挤压，但又无力拒之。而在《斯人》之后，昌耀的写作渐有新貌，于雄深、硬朗的诗风中开始容纳了、承认了自我的卑琐,"并由此获得意想不到的诗学后果"(敬文东语)。

从一九八五年往后,昌耀于奇幻的、不够自足的人生新局中渐感恍兮惚兮的玄虚与焦虑。一种常见于西方大师笔下的内在困苦深深地将他缠绕起来。他以淬血的诗来祭写自己的爱与死:

篁:我从来不曾这么爱,/所以你才觉得这爱使你活得很累么……
大地灯火澎湃,恍若蜡炬祭仪……(《致修篁》)

今晚有无感应:卿若不至,吾将有意永诀。(《有感而发》)

一个在现实生活中处处碰壁、近乎懦弱的诗人只能以他自己特殊的方式——纵情于诗文笔墨来加以弥补。诗人昌耀的身体里,确实住着他独有的灵魂。对于生命的修辞,昌耀有他不可逾越的见解:他与爱人(修篁)之间,仍是心路不通。到了此时,糟糕的情感体验又来了。他再度感觉到,这是一种急切间呼卿而卿不至的单向的情感。

于是,时间渐行至一九九〇年代,昌耀便伏地低行,埋首人间,写出了人间万类、芸芸众生那种活着的艰辛与赤诚。这些篇章,或如《我见一空心人在风暴中扭打》郁闭躁动而迷乱,或如《近在天堂的入口处》中自投死路的愤怒与执着,或如《挽一个树懒似的小人物并自挽》的悲惜自悼,或如《与蟒蛇对吻的小男孩》的怡然放旷,或如《海牛捕杀者》中所弥漫的恐惧和罪感,或如《裸祖的桥》中灵魂袒露的禅机。如此种种,可统称为昌耀所谓——"失却平衡的孤独"。而造物的秘密,便是在此最平凡的生活中缔造的。这些年来我读昌耀,最大的理解和付出便在这里。

或许,天才并不必担心他对爱与痛苦的感受的重复,也并不会止于表达的重复，因此，不断地探讨并深化他的重复将成就他创世般的诞生。我们应该以敬惜和欣赏的目光去追寻他曲折旋绕连绵繁复的舞步。

殷墟。殷墟里有积雪飞舞。
不要回头望他。阴森森的鬼火焚烧过野。不要被他执迷的心掳去作因。
不要向未爱的人献上表白。那清炒的菜肴就是这样。不要掌控泥土。
在夜深时分才能看到他的头颅。不要闪躲在他的身后。要正面读他。
不要向长者学书。"不要踩着露水"。
他那些春天的种子正向山顶运行。记住他的影子，也就是记住他的心。
他的记忆也会变化。他妈妈老了，他返程的客车也会变化。
要记住他的变化。也就是记住他的心。
他形影相吊的样子看起来像你，你也老了。你老了的样子也会变化。
你负责收拾春韭。你酿出生活的蜜？

我读诗。万千分析都抵不过一个珍宝般的句子。因此我日日迫近，翻来翻去。每次都这样新奇地看它们绽开。我读得太快了。二十二年头尾。我初读他们的时候你尚在人世，而今你远在天国。我读得太快了，使自己在翻卷中苍老。

当然，我在日日迫近。看水瘦山长，使那些句行秉符，压榨纸张的贞洁。

当然，我读得太快了，因为要追逐，要纪念，要梦想。

这些年，岂止是诗在苍老，岂止是诗在呼喊着。那些人呢？那些古老岩石和苍鹰，绝壁上的人呢？我在过河的时候看那些桥梁飞架，山包上的草木凋零一秋，复凋零一秋。"没有生字。鸟意磅礴飞驰。"

我现在再来看那些古老的星河，也是凋零一秋，复凋零一秋。葱郁的薯条带你泗渡。你过境自知,甘之若饴。我们在此路口作别,但终究相逢不顾。你的诗呢?你的一点一点地从骨头缝里抠出来的诗呢?等到那些花儿也变灰,等到这百年来的人群变成所有的草木,等到那替代者张帆顺流向东,你涕泗横流于大荒。

当年啊,当年为什么没有一个你我,在降落和上升之间为什么没有一个你我?当年为什么不能如今天的春叶娇媚?但是当年的春叶娇媚啊!没有逊色,更不低落。那些郁郁葱葱的,总是星河。总是当年。

总是星河。总是当年。

我觉得饥饿和无力的人迹也曾驻足。够精神了。但小草大树不为所动。

窸窸窣窣的是那些叶子。是那些叶子。也许夜晚里,晴朗的日光下,只有那些叶子。虚幻得像公元前十八世纪的,只有那些叶子!

岁月沉积,人已灰白而亡。

不过是岁月沉积,只是无心爱之物的捕获。

那遥远的四十八年仰望,从生到死中反复抉择。你单独地留下记忆印痕,你深重的、大敌胸怀的仰望……我们终将变成一抹灰色?

深夜列车隆隆,复空幻如许。深夜开河与冰川隆隆……

深夜,明亮如昼的鬼魅绽放他们的血色如陈铁玫瑰。深夜丽泽的古野不过是泥泞如潮和空旷。寂静无人的食堂。寒号鸟的鼻子嗅着未来曙色。

寒号鸟冰糊的尸骨在春秋种植的低天中反复抉择。

一大束针形叶子铺排在此。

就着烛光,你该深信和葬于其中的,是那束针形叶子。

后来我终于明白,昌耀并不仅仅依靠倏忽而来的灵感写诗,而是追求灵感的合成。所以他将灵感变成了压榨和淬炼过的铁石。

我终于明白，他那些句子的古老和传统之处恰恰与其时流行的前现代后现代的大不同。他是能够依靠天地万物的本来面貌而取得能量平衡的人。

他使用复杂而古奥的语言恰恰因为他是朴素的。他总在思考人生本来的问题。像人在时间中的隐秘，命运的生死。

昌耀的抒情诗是瞬间雨水和孤愤中的夜色合作的抒情诗。其中有汁液淋漓的旧日和心海枯竭的今夕（晚夕）。

他为什么需要写诗？不，他并不比我们更为需要。昌耀写诗只是在对生活施加压力。压力促使他选择新的挖掘生命的方式。

压力促使他选择新的释放生命的方式。爱与痛悔的责任与青海的夜色交织？他只有写诗的责任可以扩展他的幻觉和冲动。

因此，他是诗人，特出于荒旷世界的诗人。特出于礼貌的、混乱的俗世的诗人。特出于苦难和精神灵魂的诗人。

他比我们很多人走得都远，也比我们很多人走得都近。他就守卫在家门口方圆十里之处，却能看到、想到密西西比河的风雨？

他能风雨无阻地生活下去，爱下去？死下去。他也能风雨无阻地做特出于众亲友儿女的梦。他是孤单的。无人同他守岁的孤单。

他总是孤单的。无人识别他的孤单。无人拥抱他的孤单。寒夜独垂泪的孤单。午夜或白昼深睡却未知睡时时辰几何的孤单。

后来我终于明白昌耀诗歌的砝码了。他将自己全身心瘦骨嶙峋的重量压在诗歌天平的这头，将汉语句型之力和美压在诗歌天平的另一头。

因此，他精细地酝酿着称量诗歌时自我感觉的平衡，他的生活化的精细也是他的诗歌写作的精细，他有效地把握着它们彼此间的平衡。

因此，昌耀只是一个隐蔽的、潜在的诗人。我们没有认出他来，就像没有认出日光下的新事，就像没有认出我们的祖父、邻居那么简单。

因此，他只能默默地选择"用语言支持自己"，用过时的恐惧填补岁月的空虚。那些瑞雪丰年的日子，是他用默默的双手写下的。

两鬓苍苍十指黑的昌耀？天真得像个孩童的昌耀？暴虐的父亲：昌耀？单恋的情人：昌耀？因此我终于记得并能铭刻他的诗了。

我终于可以既有深睡的休憩又有爱的休憩，我终于可以再次写关于他的诗了。

他是人间事物涌现。他是时间烟火涌现。他有写诗的大力但没有扛起生活的大力。岁月蹉跎，他终于变成了铁石之重在人间的存在和消散。

我死了才能造出句子。我用力挤出我的血才热爱。我结结巴巴地说不成话。我流浪过的世界都离我远了。我现在随便打开橱窗便是世界。时间过得真快，我如今沉睡在此。我梦中惊醒你，你还在不在呀。你知道我的鲜血也知道那淋漓的尽头。你知道如何行云也知道如何布雨。

为什么？为什么是在今夜我说出这些话语？那些飞快地跑走的都是你吗？但我还是记得，我记得你。就好像我们向来认识，就好像你我向来就是你我。那流逝的昨日都与我们无涉。我如今结结巴巴地说出这些句子。

事实上，昌耀一生的线条非常明晰。十四岁时从军，不到二十岁就自我放逐于高原，二十岁出头到四十三岁前是右派流放生涯，稍后有不到十年相对安定的日常生活。自一九八〇年代中后期开始，直到二〇〇〇年生命终结，昌耀诗歌在喷发和延展，但在日常生活中，却四见无人和无物，因此这也是诗人的孤寂观察、焦虑与奔逐期。而昌耀诗歌的丹药，就这样一步步于苍茫的世间炼成了。

昌耀确是中国当代诗歌景观中的一个独特存在，是一个无法归类的诗人。他的诗歌创作区分于任何一个诗歌流派，很难被纳入任何一面"主义"的旗帜之下。他以终生的苦修换来了命运的"一卷书"。

我们还可以说，昌耀是以其心处寰宇的宏大无比的内在时空，抵达了个人史诗一般的一个抒情巅峰。早在一九八八年，昌耀五十二岁，当他只出版了一本诗集时，诗人骆一禾便高度敏感地意识到了其写作价值，干脆利落地称其为"大诗人"了。

而大诗人是一个自我的"整体"，我们切不可"寻章摘句"地看待他。

尽管命运的获得在很多时候是被动的，但诗歌却有赖于诗人的命运而深入展开，有时且深入参与构建，我们观察昌耀的人生即是如此。

昌耀是否是一个被上苍拣选的诗人？在阅读昌耀文本的许多年里，这个问题一直在重重地拷问着我。有时，我几乎相信昌耀诗歌的浑茫天成是来自天然之赐，它之所以不可模仿，概因为一种命运的赐予。何谓命运？昌耀已经以他的"叹嘘"做出过解答。

面对楚国的河流时你没有却步。（水声像淋漓的重物。）
古塔上的松木看起来有头有耳。
面对江河时你没有却步。（扛着天底下最大最重的匾额。）
你知道穿越河流才能够回到故土。（和神龛上的祖先在一起？）
这些年你没有游离中午醒来了就面对一个空洞。
（堪称人间最初和最后的空洞。）你无论做什么都是一个空洞。
（你的幻觉是淋漓的水声是重物不对，你的幻觉是透明的。）
在楚国的远方你讲究着继续着耕耘劳作挥汗如雨。
（告诉他们都是一样的都在挥汗如雨。）

昌耀之所以成为昌耀，而没有成为任何一个他者，这与他写诗的自然和醇厚是有莫大关系的。如其自况，诗人发声能顺应天籁，是因为诗人本身即因敏感于天籁而有这样的功能。而得益于西部风物雄壮所获注的刚猛与宏厚之气，对昌耀来说，便可谓是天地自然的造化使其因祸得福。作为廖阔时间中的荒原之子受时空造就，昌耀在自己垂暮的日子里坦言："……我感到非常幸福。"

昌耀确实不可法。其诗歌之深邃，是一生流放的牺牲所换来的。

靠技艺（包括语言和修辞等等）成不了大诗人。大诗人有他必然的领悟和自觉，有他必然的决绝和苦修，有他必然的去除和包容，有他必然的万古的沉默和内在的绝大喧嚣。

阅读和写作皆有难度。真正的复杂性的指向并非复杂自身，而是复杂之底部的无限澄明（哪怕是一种混乱和缠绕中的镜像）。所有复杂的征象可能都在努力通向这一点。

但我们大体能理解任何一种写作的风格，所谓底部的澄明可以包容这种对复杂的理解。

总之，大诗人非写而为，昌耀是又一个突出的例子。

落叶：罗扎诺夫

如你所知，第一筐《落叶》（罗扎诺夫著）已经伴我度过了整整一周。尽管它和佩索阿的著作一般枯燥，但在此一周里，它仍然存在。而在它存在的这些天里，我的其他藏书只是作为陪衬存在，甚至连作为陪衬存在都是不现实的。在我的生命中，有多少个"整整一周"？很显然，它受到了我的灵魂的最大优待。

《落叶》帮我解决（当然也催生）了许多问题，但它最重要的，或许是赋予我一种谈论的新形式（无形式），一种内容的大解放（无所不谈），一种发表的可能受阻（或许是这样吧，但愿不是这样，因为我的发表也是我的职业写作得以良性循环的一部分）……而在这种赋予中，我赢得了谈论我的写作（将我的生活和写作揉碎了谈）的更深的契机（《无尽的谈话》，一种写作的新宗教？）……正是所有这些，一点点递进延伸和反复出现的新契机在塑造着我（成为最根本意义上的这一个）……以前，我没有夙兴夜寐地抓住它，真是罪过啊。

整整一个假期，我都在读罗扎诺夫。我读了《隐居》和《落叶》（第一筐、第二筐）。所以，现在，罗扎诺夫亲切得像是我的邻居。我要抑制自己，才免于说出我多么像他。但这怎么可能呢，在我根本性的、过往的生命中，罗扎诺夫是不存在的。(令人惊奇的相似?)

谁愿意听我们唠叨呢,但我们又何来心思听别人的唠叨呢,所以,我们互不为读者罢了。(在阅读罗扎诺夫一月之后)

迄今为止,我对自己心灵的解释最为成功(我的文学中成熟的一面),但我却不知道为何如此。(是我所具有的灵魂的灵活性和自我的叛离在起作用吗?但愿如此。)(一想起我的灵魂中的尼采因子、佩索阿因子、卡夫卡因子、罗扎诺夫因子?我就觉得好笑。好笑不止。)(也许我只是我之心灵的牧师,我所引导和救赎的只有我一个人。上帝会容许我的存在只是出于他的宽容。)

这里离巴塔耶、罗扎诺夫、卡夫卡、佩索阿、布朗肖,离李白多么远啊,但这里离杜甫近,离鲁迅近,离昌耀近,离我近……(在想起写作这件事的时候)(我生活在写作中?我写作在生活中?)

身处时间的阴晦中,我常常会觉得自己过得并不充分。或许,我的生命尚未开始,或许,我的生命已经终结。我不是身负死亡的压力活着,与罗扎诺夫不同,我可能并不畏惧死亡。我所畏惧的,只是生命的"无从到达"。

罗扎诺夫的《落叶》是最适合在地铁上读的书。在我所喜欢的各类经典中,唯此书可以随处读起,而且"百读不厌"……

我之所以爱读佩索阿、罗扎诺夫、卡夫卡、尼采、克尔凯郭尔的书,或许是因为在某种程度上,他们的书正像是我写的,正像是为我写的。他们的(书写的)优点是同我们之中最深的部分相识,他们只表达对自我(最可触及的自我!)最深入直接的阐释。我迄今所有的(书写的)象征都与我所努力的某种幻变异曲同工。我需要为此书写一些故事吗?如果确属必要的话。在我最努力的讲述中,我并非只是作为讲述者一人存在的?我与自然万物可勘造就、不可趋同?但我确实最喜爱读佩索阿、罗扎诺夫、卡夫卡、尼采、克尔凯郭尔的书，或许正因为在某种程度上，他们的书像是我写的，正像是为我写的。

死亡，对绝大多数人的生命来说，都是完整的终结。因为死去的生命不会思考，不再建功立业，不会再作为具有深度存活价值的个案激发他人的任何思考。"死亡"，是真正的终结！有形的遗产也是。渺小的、凡俗意义上的死亡并不关切死亡的任何本相，所谓"死亡的灰尘"罢了。在这个意义上，任何遗书的效用都不显明。因为遗书也是僵死的，而真正能使死亡复苏的，只有死亡肌体内的力。可以穿越时光的力！或许，阅读之内所蕴藏的，便是这样的力。我经常会以为罗扎诺夫未死，佩索阿未死，尼采未死，卡夫卡未死，罗兰·巴特未死，齐奥朗未死，因为我已经用了很长时间在与他们对话。至少，在如我者的内心里，"逝者"是永生的，因为逝者未死。我向来不曾在他们的生命中看到"死亡的灰尘"罢了！

只要一读罗扎诺夫（齐奥朗、佩索阿、尼采），我身上的罗扎诺夫（齐奥朗、佩索阿、尼采）气息就被激发出来了，只要一读《主观书》，我身上的《主观书》气息就被激发出来？但这都算不得多么重要，重要的是，我作为写作者的气息（不是作为单一的敏感者、家居者、伟人志向）被激发出来……随之改变的是我的境界、生活——对我来说，它们确实富有存在感，使我意识到：我在活着，我在思考。我被写作侵袭？不，是我需要被激发，被沉闷的生活（万事万物）激发，只有这种激发才能使我保持适度的心酸、饥饿，而后，我就可以进入生活和写作了……我的日常需要一种进入感，不偏不倚，不温（凉）不寒（热），但这是难以做到的，令我痛苦和反感：我从什么时候开始就可以不回忆了，我从什么时候开始就可以不写作了？（一种早晨烟尘四伏的空茫，一种激越意志的力！）

刚刚出版的书籍在我们的眼中是着新装的人？貌似新意十足，但内在的身体却已经很旧了。绝大多数都在讲述陈词滥调。绝大多数都经不起"时光的淘洗"。根本没有意义。为什么要出版这些注定会成为垃圾（终究要被销毁）的书呢？我百思不得其解。所以，我已经跨入四十一岁的门槛了，我出书很少（碰巧如此），这样多多少少可以减轻一点垃圾书的印量，多多少可以让自己的困惑降得低一些。因为压根不想，好几年中都不去想，不出版著作，也可以多多少少让自己冷静下来去锤炼我的书籍。去压缩我的书籍（筛除垃圾、次品）。不断地锤炼、压缩、精益求精（甚至斤斤计较）。这样一来，我就可以理所当然地说我最终出版的书里外焕然一新了吗？希望如此，但怎么可能？除非我使用的语言、行文的逻辑、表述的思考都来自我们尚未被开发的大脑：我是第一个呈现者？但这怎么可能？我迄今所写下的最好的文字，也不过就是一部《落叶》罢了：罗扎诺夫的"第三筐《落叶》"?!

我总是自我感觉我过去写的东西不够丰富，不够深入肌理，总是容易被清除掉的，因此我总是自我感觉我的写作还没有达到让我满意的地步，高潮和巅峰之作甚少（一方面需要不断弥补，写出真正不朽的表达，另一方面需要无情地压缩，毫不含糊地、日复一日地淘汰仍然不够好的、不杰出的），我对自我写作的淘金术在运用之间存乎一心，似乎他人都无法替代：我至少应该写出自己的声音来啊。是运用自己的句法，而完全不是其他人的，不是罗扎诺夫、佩索阿的，尤其不是罗扎诺夫的！他的句法陪伴我、影响我很久了啊，所以我已经不能使劲地读他，我得离他远一点儿（远近之间，仍然是"存乎一心"）……

我读了多少次《落叶》，不同的版本、同样的译者……就这样，我熟悉的是译者的腔调，而不是罗扎诺夫的，但我希望他能够用俄语念出来，我希望我们的关注点是统一的——就是这样，这个世界就是这样：我们为什么要相信方块与方块之间是如此不同？

是的，罗扎诺夫的风格就是粗暴、细腻而悲伤，我以前没有意识到这一点，但的确如此：罗扎诺夫正是为此而深入我心的。

我反复地读同一本书的结果就是：这本书我已经太熟悉了，对我来说，它的神秘性已经渐渐被我消除掉了；从整体上讲，它不再是一种新书（成了一个"雕刻"），开始向一件"陈旧"的事物迈进（无限靠近但"永不过时"）；它的存在不是我的反射：我从根本上不像它，但我学会了、领略了它形式的表象；这是一个与"我"作斗争的魔鬼，我多么憎恶它、爱它，但我会反复地封存它：在记忆中读它？！

有时候我就叫你朋友、伙计、老人家。有时候我想起你是对的，但我不能一直想。所有绵长的人与事物都不能一直想。"说出去"丢人啊。我相信你舒服的、奇特的夜晚与我（他）们不同。因为你混合了你我，容忍各种界限？不，你只是愤怒地融合和容忍，靠夜半更深过活。你只是混合了你我，我记得你奇怪的混合，等待岁月就这样"过去一趟"。斜阳漫漫，就这样"过去一趟"。真够遮蔽啊，不通达，仍是斜阳漫漫。老人家、朋友、老伙计，我当如此叫你，不知趋避地叫你，孕育你的心，再造一个你（我）。我喜欢的人与事物都如此突出、隐晦，仿佛时间悬浮，时间永远未至。瓜果的芬芳，黎明时蓝色的远方、山峦青黛、白云飘荡如孤鸿。我有时叫你老兄，我看不见你，但是斜阳漫漫,我知道你住在青山上。茅庐青山的隐居,我们共同的心律!

我了解她的部分。我只了解她的部分。
我从来没有跟随她到水边,
也没有与她攀爬群山。那热烈的火是她写下的。
而我只有丢失。
那漫长的海岸线和黑森林都属于你。
LZNF,如果这是你的小夫人我不嫉妒。
如果她热爱你我不嫉妒。
我只是觉得夜晚的风应该等一刻钟再吹。
我拎起那最大的铜钥匙开门。
我看见了你但我们陌不相识。
这是你的领地但我已经来了。
你会说些什么你什么都没有说过你静默着。
我摸摸你的脖颈就是这样你蹙眉你静默着。

影子小说家（罗贯中）

是的，这些年来，我几乎总是在给一个近于影子般的小说家作传。我一度认为，即便耗尽我的全部心血也无法完成它了。但他在多数时候都深具透明性。从我站立的角度看去，他可以是无数峰峦的一部分，其中的一座峰峦，其中的一片葳蕤待发的新叶，其中的一道高岗、一道水流；他可以是风的一部分，身处真实和虚拟之间的风，具备颜色的悲苦的风，没有退路只有吹刮之肆意性的风，无可抉择但却时怀遏止的愿望的风，总在开端和结局的风；他可以兼具风的吹动和宇宙性，兼具一些星辰之念和月色的冷热和圆盘，兼备时间的旋绕和判别，他可以是这样的风的动机的一部分。他没有名字（名字是虚假的摆设和造物），没有情感（情感是断裂的），没有意念（意念已经完全消散了），也不会有过往和未来（未来已经完全不存在了）。但是这些年来，为了这样的塑造之功，我绘制他的肖像，揣度他的爱憎，装扮他的心灵的坚壁（使自我的面目渐渐与他趋同），时时感受着深深的怅惘与悲伤，之后，我的生命似乎停滞下来——在一种前所未有的新的消逝中停滞下来。这种前所未有的新的消逝，我已经体察不到了。这种不存在的惦记性和缝缝补补，我已经体察不到了。我时时刻刻注视着的岁月的杯盏已成虚幻，那些刻骨铭心的投注已使我丧失了所有。关于这个近于影子般的人物的传记，成了我所目见的天宇中的一粒微尘，这是他初始的形体：一粒微尘？这是他爱的孤苦性但并不为我所知。我是空洞的，因此才决议书写这样的一部传记，但一切都难以确定下来。没有美目盼兮，因此没有任何隐蔽性。他是透明的，因此我无法看到更无法穿越：时空的深刻的湛蓝……因此我无法穿越！

孔明

他们都说这里住着一位叫孔明的先生,天赋莫测神机,于是我带着我的两位兄弟去找他。那时春已深了,但风还是刮得好大。我的两位兄弟都在抱怨,他们说孔明还只是个孩子,不值得我们这么兴师动众地前来。他们忘记了,那些人已经被我驱散,现在同我一起站在孔明家宅外面的只有我们三人。但他们不管不顾,还在嘟嘟囔囔。我心里多少有些不快,就转过了身子直视山梁上的白云,不再同他们说一句话。我的两个兄弟都识相地沉默下来。

但是,关于这位孔明先生,我心里也多少有些没底。我们已经来过不止一次了,不管什么原因,总是没有见到他的面。世间之大,是否存在一位名叫孔明的先生?我确信,这不会是我们的最后一次等待,但是很难判断,会不会是倒数第二次、倒数第三次?总之,我现在站在这里,看着那些白云,想到最多再有几十年,我就会像那些山梁上的草木一样死去,便免不了一阵悲伤。

门什么时候吱嘎一声开了?门会开吗?我不知道。我只知道路上碰到的那些人都说孔明住在这里。但同样是他们,也说过已经很久没见到孔明了。我曾经不住地担心,孔明是不是已经离开这里了?他是不是不会再返回来?他会返回来吗?我再次转头看着我的两位兄弟的时候,事实上希望他们告诉我答案。无论是肯定还是否定都无关紧要,重要的是,他们会把我所想知道的结果说出来。但这一次，我知道我要失望了。因为他们都是那种茫然而沉默的神色。眼前的万水千山，都不悯人。我心里叹息着，就准备离开了。

就在我转过身去的一刻，阳光似乎分外刺目地射了过来。我听到大大小小的虫吟都涌动起来。是孔明回来了？是他要现身？我想起传言中他的莫测神机，到底还是无法确定会不会因此错过一次极有价值的相遇。就此犹豫着，身子又转了回来。孔明所住的草庐在青天下面，看起来普普通通，与周围零落可见的邻人的草庐没什么两样。但事情正是怪在这里，明明知道这一切就是这样，也还是忍不住会觉得，是因为草庐的不同而缔造了不同于他处的灵魂。那么，就这样再等到落日下了西山如何？我扭了扭头，似乎张口在问我的两位兄弟，又似乎在问我自己。

全听大哥的，这一次，他们没有反驳。我感觉有些愧疚地面对着他们。但总的来说，我的耐心也还足够，而且我相信，在见到孔明之前，这一切都不会改变……后来，突然之间，空中始有星星点点的雪雨落了下来。我的两位兄弟，及时地把随身带着的斗笠给我戴到了头上。天色阴沉沉的，衬托着他们的面庞愈加沉重起来。但他们还是不发一言。那些滴落到地上的雪雨已经汇成了河流，但孔明还是没有回来。我看了看那渐渐低下来的穹隆，就像想起了我奔波无定的前半生一样，第一次对我所处的命运感到了忧心忡忡的好奇。

无题·如此

天下万事皆休，蜻蜓等来蜈蚣。两个绣花枕头，天生一对璧人。
既能摆脱寂寞，为何仍在滞留？河水如此清冽，哪容游鱼发生？
云是特殊标志，泥是一团乱麻。拿来竹炭取暖，人间如此回还。
今天如此难忘，请你顾盼良宵。湖边有人奔跑，送你两类教条。
山顶莫非清寒？假借峰峦如蟠。桃花决胜千里，烈日无非雪霜。
重新立个规矩，免了你的宠信。地上擦去名字，天上布满惊雷。
轻盈不是轻盈，重量难谈重量。终结此地果子，梳起朝天辫子。
杯中水凉已久，遍野鸟兽游走。黑白几重意思？你我没有道理。
道路两次藩篱，聚散分别照射。好生招呼婴儿，他会使你变白。
一缕一步风光，送你扭曲锁子。蛇妖口干舌燥，搬来果木椅子。

门前不可罗列，请你躲到山后。那里挂棵大树，胜似烈火焚油。
磨刀石上青松，大雪压弯枝头。昨天回到故里，带动夜阑风声。
月儿高悬星空，好像一拢弯钩。问你有何感想，不过凌波虚度。
光阴寂静入梦，忍住骨肉疼痛。划为萝卜玻璃，给你蜀道蜘蛛。
困倦年年复来，宛如一棵白菜。打疼它的下巴，煮沸二三两灰。
十分好景不长，七荤八素在望。原想村道人多，因此老马识途。

深海给你灵感，波涛培育再三。　跑步胜过飞禽，猜测此地无银。
大大小小世界，不生不死春秋。　不上不下花卉，还你平白自由。
红缨萝卜透明，坦荡大路千秋。　走来两条江河，系紧两段人生。
细节就在那里，唤你赴汤蹈火。　管他晨云暮雨，躺卧皆大欢喜。

切莫胡乱徘徊，应候老祖变乖。　鲸鱼打起巨伞，引来漫坡茭白。
丽日重出江湖，是为横空蝶舞。　富贵竹下相思，苦如南部醉酒。
本来便是秋冬，雾中一场红楼。　点滴飞跃阶前，落在废墟深处。
风景不成风景，屋梁驻下白薯。　狂野如同命运，青鸟殷勤退走。
直肠便是直肠，松柏便是松柏。　来了无数年月，斩断几茎枫叶。
扬起弥天尘沙，覆盖几罐灰瓦。　瑟瑟妖法作怪，岂能阻你出塞？
既是凡间泥胎，怎识琉璃世界？　时光变成粉末，再塑一个你我。
此刻多些烟火，未来变得薄弱？　厚云垂落无多，缥缈似有山歌。
叶落反复如常，如同卧牛上山。　匆匆过客去也，不留面目行色。
爱被苍鹰冲散，生便落入蒲团。　中路便是大人，强过蛇尾虎头。

飞花落鱼时节，青衫涵容天地。　记得人前呼应，高过袖里藏声。
新妇诞下幼子，雏凤挪动碑文。　刀柄锐利如锋，埋头揭开冻土。
昨日汗出如浆，而后清风拂面。　拾得几枚徽章，交给黑熊厨房。
教授口中喊疼，手下并未留情。　额头宽阔如海，白猫宛若精怪。
河中对面邻居，草头几番轮回。　铁尺量过床板，万年光阴消逝。
柳叶继续沉降，化为电光石火。　如此匆匆一念，带来久后安眠。
稚子朗朗音容，翁妪蹒跚学步。　孤山寨里人海，磁窑洞前升温。
几次变为几时，车驾奔赴边疆。　柿子悬在楼头，编结无穷妙处。

透明色泽漩涡，天光莫测变幻。词语接龙镜像，画幅奉至尊前。
蜜汁浸透掌心，荷叶旋转四方。木头没有颜色，缘何去日苦多？

白坡茅草狐狸，锦绣石上新家。婆娑影人四月，双刃孤土种麻。
记得提出问题，不必苛求应答。行走便是行走，畅谈什么松鼠？
空年空月空日，赤橙绿蓝金黄。正告那些君子，莫欺蚂蚁竖子。
盆景无法无天，四方振荡秋千。两个儿辈争竞，掀起血雨腥风。
断指荆条驼背，密码陶罐啤酒。随便也是随便，夜市摊开笑颜。
密雪纷纷堆集，小路尺牍减损。大刀齐天一线，劈开书目繁虫。
免了免了免了，青禾翻开落梅。籽实如此充足，尽可派出荆轲。
经年累你思人，送你十颗珍珠。仓中十分所有，请你回头庇护。
你我从来不识，浑若离弃泥沙。静心听那琴声，交叠亦如故人。
肩上挑来胆子，脚下生出莲花。莫学诸子问路，专心拣颗土豆。

人间何事存疑，独木亦可成林？逍遥冈上米酒，大小雨燕齐飞。
剥掉故事躯壳，自非红尘阡陌。那片激荡风雷，廓清广场周围。
生死无穷已焉，尔能看到几何？笑容可掬北海，拱门形似彩虹。
辛劳不过如此，离别厚颜无耻。结构如同再造，血和尸体凝结。
集团外围打斗，稚童不惧寒冷。从来时间分明，何不敬天法祖？
追溯池塘金鱼，走遍山涧河堤。窗口两只雀儿，唤起娇憨痴儿。
一时茕茕孑立，长期兴会淋漓。致意天下僧众，鼾声如钟如鼓。
无聊象鼻山下，遇见金色大羽。不着一字一墨，绘出天下企鹅。
十珠抱薪成瘾，叹息滴水成冰。首尾尚能相顾，无言更动家谱。
作物清晰如命，带去南方耕耘。翠鸟婉转歌喉，葬于皇天后土。

主观书 II
你的秘密指纹

一、悲欣交集

四十年前和四十年后，皆为长空远影……

我看了很久他的画像（弘一）……为他的"悲欣交集"。但我强忍着我的泪水，为我的"悲欣交集"。

我走过了空荡荡的十里长街，天地间一切皆未曾见。（在宋庄）

此生，我到过平原和雪山，到过大海和丘陵，但我仍未到过草原，仍未到过沙漠。我想过前往一切异地的旅行，但我终于没有决定执行。我因为畏惧珠穆朗玛的高不可攀，而畏惧自己思维的苍莽。

我因为久居一地而拘谨了自己的外在，而扩大了自己的主观。

但最好的生活是到处漂流，全身心地去体会、感受物是人非的沧桑，灵魂不拘于一地。灵魂不需要有精神的根，灵魂只需要有物质的根。只是因为要保证它的输出罢了，要保证它蓄满不死的营养罢了。

我们落拓的心深知此理，因此总是遥望远方，因此总是想要"拔根而起"。

天地浩茫，我们站在黄昏的薄暮中……（总有星月高悬，而我们孤兀地生活在一个星球的表面……）

没有一个人可以逼近空荡荡的长廊，尽管它的周边，地域极广。

确实有种空荡荡的视觉在嘲讽地上的青草，看起来，天空和山峰都无比渺小。

匠工：我总是渴望你绘出最好的纹路。我渴望听到你驻足时的铃声。我渴望水流像云霓瓢泼漫天。我渴望：整个地球像一星之小，河滩和沙漠混合存在，空旷的羽毛蓄满你的脸，艰涩的风吹动，不过是艰涩、干硬的风（吹动）……

二、生命的倒计时

在黎明的台灯下写作，我的静谧之中涌动着日出前的狂风。

我的内心里住着磅礴的猛兽，它在静夜里的呓语咆哮似虎；我的身体里住着一只手舞足蹈的甲虫，我以我的克制来服从它，我以我的感受来怜悯它。

但它远远不止是一只甲虫。

时间的高楼压迫我们的心脏，我走在白茫茫的路上，仔细地聆听它的回声。

我们每个人都在进行生命的倒计时，只不过有的人计时太长，长得令持表者失去了耐心（寿则多辱）；有的人则计时太短，短得只是一个须臾（奈何早夭），令持表者无可追寻。我如今处在计时的何处？我不知道。所以我才抱着"朝闻道，夕死可矣"之心加紧记录我的心得。我可能有些悲观，和他们（整个人类的悲观）太相似了，和他们（整个人类的混沌）太不同了。

沉默的消解打乱了我的生存事实，但是一种物理意义上的沉湎，却使我苏醒过来了。在许多梦境出入之地，我拉动着整个世界前行。我遭遇一切感受力的刑罚，因此弯腰曲身，呕出一个小神。

我到底度过了怎样的一生啊……当我这样说的时候，我的一生仿佛刚刚降临，我想模拟的是婴儿的语气，却显示出了一个早已历经沧桑的老者的口吻。我以我的模拟和梦幻，来换取一种言说的无能。

三、河流像个酒壶

我骄傲的层级有时会降得很低，降得无边无际，完全没有思绪！

我之所以有思想压力，是因为我对人世的表述不足。我所写下的千万个句子，都算不上是我的表述的核心成分。我对于自我的嘱托要大过我梦想的弹簧之力。我需要绷紧我的抑制的可能性，否则那不加控制的爆破会打碎整座山脉的巨石。那些漫天飞扬的事物，仅仅是我紧张思虑的小小局部。我需要在阅读中获得安慰和渗透，我需要利用阅读的成效来补充我梦幻的狼藉和不足。

我并不迷恋于间歇性耕作，我并无耕作之念。我所有思想的刻骨只是来自一种生活的颤动。我所有理解和妄想的回声只是来自一种沉默的颤动。我其实并无任何欲望（相对于"颤动"而言），我的欲望的诞生和消亡是一个即生即灭的过程。

我走过了曾经的"总统府"前，顺手买了几个甜果……没有人识得购物者我。所有人的生活都自在坦然，毫不局促。我有时只看到了树木，它们的枝叶上趴着一只只僵硬的嫩手。

多么热闹啊这个城市，正是因为我爱它，所以我会觉得它多么热闹啊，如果我不爱它，我就只能感到一种内心的喧嚣。

河流像个酒壶，它流过了我们烂醉的头颅。

梦醒的时候，我打了一个寒噤。鬼神都在夜里回应我，他们集体打着寒喋。

在京密路上,我看见了树木高大:"世事如此,其实我仅仅是看到了树木高大。"

四、传来万古消息

我不只是与我的亲人们,而且与静谧、黎明和日出共荣辱。

排山倒海的宁静……(我心中的大粒星辰)

我为什么喜欢北方春日的村庄,因为(只有在这里)我能看到生命的复苏……(清澈可见)(亘古如新)

黎明静寂,如风临树(木)而不发,远方山峦身形蜿蜒但黎明静寂。宇宙(创造者的容器)变动不居,但时间如水流激涌——"传来万古消息"。是时候了吗?我们为什么会感觉到风吹树木(只是感觉到——)而时间淹留不发?

我们与自身内在距离的大小,是一个异常复杂的方程式,但我们从来没有求得解答。因此,我们在每个灵魂的夜晚,都要刻苦地运算……

如果脚步是疏松的,有时便会感觉到连道路也是疏松的。

像深重的雾霾一样,我们的内心里也笼罩着各种有毒的云层。我们迄今还没有能力走进梦中人的知觉呢,否则,那代替上帝执言和创造众生的事便可以由我们来做。想想这样的情景我就觉得欣喜……如果,我们造出了上帝的样子与他真实的样子对应,他的脸上一定会洋溢着春风般的笑容。他会在交出接力棒的一瞬完成对我们的赞颂?聪明人,还是先造出春风来吧。

在月下踱步,这不只是我的黄昏路。不只是我的肉身。我在月下迷惑于往事的陈旧？树影，寒风，在月下。在八月中秋的月下。在稀疏（渐渐散却荒凉光芒）的月下。在八月？冗繁的月下？草虫渐渐入暮：苇秆潦倒地活过的一生？秋夜长空，月影婆娑、动人？（我们在追逐何物？何种树：被拘束的、青黄不接的一生？）

一轮月，两个半径组成的江河。无限风雨。喧嚣的魂魄。撕心裂肺地喊出来的？（没有天籁，只有万家灯火的幻觉、生活的影子？）

一轮月，百十个春秋。太短暂了，相对于那些浓烈的爱恨（被模拟的幻觉）。相对于那些没有光线照射的"黑黝黝洞窟"。太短暂了，一年一度的周始。太短暂了，一命一荣枯的"人类"。太短暂了，小小寰球的须臾。

在月下踱步，环绕的是整个星球？一个萧条的蹉跎的梦幻？一个错误的延长线？太短暂了，仅仅是我们一生的须臾——在月下踱步，面对的是所有的"黄昏的延长线"？太短暂了，在日光月华昼夜交替的计时中。

且缓步垂目：月影倒映水中——那些涟漪太短暂了。这整体性的人类春秋、刻骨铭心的幻觉（依恋、不舍、断离别？）太短暂了。

太短暂了！这月光的江河。两个半径：一个圆形穹隆的昼夜……

五、秘密的指纹

站在卢沟桥上，我看到金黄色的夕阳泊在水面上，我一次次地把它摄了下来。在之后的返程中，我觉得我是携带着无数颗金黄色的太阳在走。

各种意念的涨满。色泽纷扬的半个黎明。一些纵横驰骋九万里的猎鹰。雄性的尼罗河。一把量度时间的尺子。我们梦境的裂口被撕开了，我困倦地从春睡不足的半梦半幻中苏醒了过来。

关于我们的悲伤的科学从未被发明出来，但它有个底本，存储了我们的伤痕。

  我的手指颤动。颤动最厉害的时候，我辨不明我所在的方向。我辨不明日月星辰。我可能无法顾及身魂与梦，我可能青睐青稞酒。颤动最厉害的时候，我心慌意乱，吃不下饭，感觉不到城墙的败落。历史被揉皱了，没有形状和颜色。我奔跑，只有我一个人的奔跑。没有人看到我奔跑，没有人指出我的神情疾缓。我给予我最初的神情和各种梦幻的皮衣。如此之多"食不果腹""衣不蔽体"的疾苦。我记录我的奔跑，我记录我秘密的梦、不可与人的指纹。一切都是银灰色的。爱、疾苦、指纹。一切都是阔大与明朗的、隐晦的。蛇蝎与秘密的指纹。一切都在，一切皆无（所见）。不出我之所料，只有疾苦的病人联袂呻吟。没有什么人会追踪并承载你的所见和记忆。那些秘密的步履坚韧而无底。一切都是秘密的、意外的、自在的、惆怅的指纹。一切无所见，都是无权变的。有时，你必然如此（无回顾）。在最沉着的岁月里，你必然推动自己的渐进的腐朽。一切都如此落入尘灰和空洞（无物）的记忆里了。你不必痛悔人生，因为正是你的劝导改变着世界上已有的一切（在你的心中形成万物空虚的印象）。你的渐觉麻木，正是你该有的。你的秘密指纹，正对应了你的生活之路。你是你最不可忽视的……"故事化旅人"?!

六、泥石流

  无须借鉴。我们理想的磅礴，自成一条巨流之河。
  我构造了一个内在之空的穹隆，我希望在我死前，唤来女娲补天。
  山中住着群象，它们组成了一个大象国。国王住在山巅，夜里俯瞰人间。
  我们总想将天空分解出来，为此不顾一切地发明了一切机械：挖掘的、铲除的，明明白白地写满了天空的洋洋得意和各种敬爱！事实上，我们不去分解它也可以飞动起来，守候着宇宙的边缘，我们不过是自己小小的一时之选。

《泥石流》是一部书的名字，它一开卷，就证明了时间的无限。

应该一鼓作气地读下去，这样思维的浓度会慢慢升高……

在我小的时候，我居住在乡下。我记得父母需要以他们全部的努力来对付我们的生活，有时候还需要加上我们的一点力量（即使是无比微小的）。我在长大之后迁居到了省城，我也几乎需要用尽全力去对付我们的生活。但我到了四十岁这年，我觉得我向生活支付的成本太高了，它已经影响到了我的事业（写作），或者说，我向我的写作支付的成本太高了，它已经影响到了我的生活。我总是在这样"一边生活着，一边被干扰"的处境中活着，因此我再未书写需要一气呵成的长篇著作。（《主观书》还不是这样的著作。）我究竟到什么时候才可以衣食裕如，不需要用尽全力地生活呢？（我需要腾出时间来研读有史以来的伟大著作，需要腾出长长的时间来。）而现在我的状况，显然还处于没有完整解决的、需要全力以赴的生活。

我在写作时激励我的声音有时也会消失，这样一来，我就只剩下孤军奋战了。但即便恐惧到极点也是没有用的。我必须以我自己的方式熬过去：通常来说，只要是写就可以熬过去；否则神魂不宁，内心中总会出现"其他的声音"。我希望赋予"其他的声音"以某种突出的自我属性。我希望以这样的方式刷新我的内心履历。但是这么多年过去了，事情一点都没变，除了我"日渐苍老的心"，除了我"日渐被啃噬的心"。

七、我的全世界

需要打开一个笼子，放思想的熊虎到荒原上去。

没有材料？有时我想一想，这穷迫和"无"简直是无穷无尽的！

我耗尽了我的"万物有灵"，所以我心怀疲惫。

我有固定如一的散步的小路，前后循环往复达四十余年？我梦境的存在与延展的四十余年？当这样的小路消失时，我生命中的某一个段落也消失了（四十余年已不复再生）。我对于生命的叹嘘与追踪慢了下来……身体的衰迈，不可阻止的！我对于生命的期待和忘怀也慢了下来。生活并没有向我提供什么，只有这样的一条小路，令我散步和冥思的……但这样的小路日渐缓慢地消逝，如今我站在它废墟般的起点，我不知道如何维持我关于生命悲喜的想象！连道路上的繁花和尘土飞扬的面容也消失了……

现在的阳光很好，书房里的温度在回升，我像流放者归来审视我的马群一般站在了大水前的高岸上……十几年过去了，我一点一点地挥霍了这样的大水，在独属于我的高岸上，我只是一个牧马的人……身处我无魂无感的孤独中。

我是一个善良的人，也是一个无情的人，我希望善良和无情在我身上有效地统一，这样，我的全世界就完整地建立起来了。

我想写的是《致生活中身处不安的人》。我想写的是《悲哀与困乏》。我想写的是《命运的抑扬顿挫》。我想写的是《毁掉一切大词》。但我最想写的是《献给一切沉默》。昨日之我已死，我还需要写些什么？

八、大门折叠，却无人倾听

我只能一点一点完成，我只能一点一点活。太快了我不成，太慢了我没有那个耐心。风起于青蘋之末，而我是被逼的。我可能并不是你所想象的那个样子。

说出这句话的时候我并不比你觉悟更高。

那天大雪，我出了东门拐向西行。我的拐杖呢？我记得你一直在窃笑。坏东西，你还看不到树上的叶子。钢铁的铁。树上浓稠的叶子。钢铁的铁。而我们是酷热中的飞鸟？我只是拐向西行。而就此发生的记忆多没意义啊。

我记得大门也被一扇一扇地卸了下来。

大门折叠，却无人倾听。每个街角都空荡荡的。

我喜欢古老的天光，喜欢远景渐渐被拉近，喜欢那无尽的辽远。我喜欢但不强调在故事之余，有多少弦外意思。因此我的工作只在于强调。那些景象也配合渺小的事物涌现，压迫我的视觉神经，听说书的人说起琉球。我喜欢明媚的光线出来，代替那阴雨绵绵的日子。那肆意出行自由作息的孩子也都招人同情，他们毕竟有羁旅夜伏独自承受的寂寞。我喜欢那高高颈项的天鹅。弯曲的书桌上有我喜欢的、独自承受的静谧（寂寞）。这单独、宁静的！我喜欢但也拒绝这些病疾，它们缓缓展开，从不收拢，匆匆地？！我喜欢那些青草覆盖窗台，装饰材料弥漫，清风微月白雪。你要知道，在你的前方，鼠雀一般的沟谷都在征战未休，那些凹陷虬曲的部分向来都未弥补。你要知道，就是这些景象构成一些弯道，它们在二十年里踟蹰行旅难辨，天光古老惆怅。我习惯那大野无边的绿色波浪线，嘉禾生长，植株丰茂。是那天鹅形的虎豹在那里，你要知道，在彼此交通的州际间，一些狂风骤雨的表里统一，它们一下子穿山越脊离乱，越陌度阡相逢。是那掌灯的人在守候，寂静的岁月图腾，平行的火炬爆响。我们日夜听到的便是这些噼噼啪啪的火焰之声。如果你昼夜颠倒生活，错过那众人聚会时的欢乐，那些只见于你所风闻的景象同样不会局促。那举虎步龙行的梦境色彩斑斓缤纷。你要记得这是在八月，光的巨子打败了温厚的节令带来炽热将近的风声和烈火。你要唱不竭的战歌，摇响那黎明寂静时的长城树木。如果你坐在一辆大客车的前方，起伏不定的路途便尽在你的眼中。跳来跳去的兔子、忽上忽下飞萤般的蝴蝶和蜜蜂都在次第巡回展开，露出天日深沉芬芳明丽。这是在八月之晨，你一定要知道，这是在八月之晨。登山的人都在集中，你提着你的雪花在集中。在那最为高峻的山上，你可极目远眺冰河千里突出，奇峰万座耸立。景象正徐徐展开：你要记得这是在八月之晨，自然的雨水遇风落胎为泥，田埂上的树木结出菱形瓜果……

九、只有你蓬勃的面容似火

我大概在每一年里都会梦到我的小学，它们形同我的味觉。

是需要屏息静坐，注目黄昏的丝缕。是需要化身为虫子们，才能体会"四大皆空"。是需要吞噬自我的灰色的白，才能理解一切黯然的、激烈的灵魂（的变奏）？是需要穿越黄色的棱柱，才能获得一切天空。但时间终究是这样的：它如同实物常在，却又亘古不存。我们称量不出自身骨头的重！

谁发明了汉字？是仓颉吗？不，是每一个我……（人类神情的不同的书写者！）

我有自我灵感的最终的倾斜，因此，我的完整（清晰）的懵懂始终无从实现。

我并不能保证我思维的每一刻都是强劲和有益的，但我力求远离自然界（回归到只有"我"的状态），我力求隔绝外在的一切（让心灵之思保持其最大的纯洁性），所以，思考的发现或许是多余的……它本来应该自在流溢，被"读不懂"，不服气……因此，它既隐蔽（宛若不存）又不可饶恕，是唯一的、细小的菌生状态。我并不能保证它的生长逻辑是经典化的，没有残余的；事实上，残余或是它的根本属性：它的矿脉是极为罕见的，不容易发掘，需要完全融入、坦荡无遗的专注……在这方面，是可以没有解释的，只有凭空望晴岚，只有灵魂的跌宕，"任其自生灭"，只有无尽的屏息凝神，只有无尽无穷的省略……

[只有你蓬勃的面容（形象）似火。而阅读解释了你。

时间在构造挡风玻璃，而阅读的栈道上海水浸透了黎明（挡风玻璃）。]

前天，我度过了一个荒唐的昼夜，我烧尽了我身体中的烈焰，而其他的许多天，我的保留和存蓄都是完整的。

似乎我必须给自己制造问题，没有问题我就活不下去，就没有创造力。就是使灵魂永远处于它的安息期。灵魂没有在天地间伸展开来，不运动，所以，它几乎是深沉的、龟息的、"僵死的"。我日复一日的锤炼是为了激活它！让它感受到人世间的无限悲欣，让它自身可以周旋翻转，让它成为它最可能成就的……

我们所经历的梦，也可以理解为我们生活中最本质的部分。梦境纷杂，所以我们的生活纷杂。

我在二〇一二年去写电视剧的时候正遭受平生以来最大的困窘（我当时的见识）。我的物质生活即我生命中最大的沟壑，我记住了使我的灵魂难宁的每个时刻。但我无法证明，我是否真正拥有了那些生活。此后我再也没有干过这样的行当……我受困于我思考的道路太久了，我受困于我灵魂的踟蹰太久了，但从来没有人告诉我，我们受困于自己的生命太久了。我不知道我是否拥有过那些使今日之我仍感惶惑的时刻，我不知道生活和记录是否我在物质困窘之外的唯一获得。

有时候，我是模仿了我的存在而生活着的。像上帝一般无视人间（自我）的所有疾苦，用泥土埋葬一切我所鄙夷的人类。我从根本上不会同情任何一个陌生的、浑浑噩噩地生活着的人类（我自己）。我的过于用心（无视）使我可以在任何处境里酣睡无眠（根本没有沉思，我从来没有失眠过）。我已经生活得过于古老了，像流动在树叶间没有丝毫涟漪的风，像照射在我们的背后使我们温暖而沉浸的秋日朝阳。我们的过于荣耀（内在的痴狂）和过于平静（沉睡无眠）是上帝赐予我们的，我们的生活是我们（人类）丢弃给我们的。像乞丐一般捡拾着人群之中的各类幻觉，在最为无聊的琐碎的岁月中过完一生，这便是我们作为上帝的幻视者的共同命运。我们根本没有生活之念，因为一切生活都不是我们主动的求索，所有的宇宙都不会被我们所共有。我们只有在作为一个广大的梦想家而存在时才有价值，但是，在我们沉睡无眠（无梦）的日子里，梦想家也都被埋葬在冰川。有时候，我们是作为我们麻木（无内在痛楚）的替代者而存在的。我们根本是无必要的（无理想、无生活的）？

十、我们的衰老将至

我并不喜爱世界上的任何职业。我只喜爱我胸中雄宏的万象。"在几乎绝迹的路途上独自前行时，我将我心中的画幅映在了天幕上。我的行走高高大大，因此像一只骆驼在长途跋涉。"

我经常会痛恨雨后的泥泞道路，但我一直在这样的道路上走着，没有人同行，我甚至甩掉了自己的倒影。

我同自我的分裂已深，我能够穿透墙壁，看到昨日的斑纹。

我所度过的每一种时间都尚未成为我的时间，我们总是孤身一人，错过了每天的日落时分。

将蓝天和白云写下来，让它们的形容为我们所重新成就，这是多么理想主义和乐观徘徊的一天。

而我们的衰老将至，在每一部大写的书中，都重复过这样隆重的回声。

日常生活中有神奇的诗意，但它们中的绝大多数，被上帝以他宽宏的手指所藏匿。

我们以为自己早已粉碎的现实并不流逝，它以一种高速的均衡，占据了我们根深蒂固的领土。

此种生活是"无我"的，我们之中任何人的衰老和生死，都虚幻得像一个真空。

我们毕生所写下的，也不外是纸张中的烬灰而已。让那些焚尸炉的操作工略作停留，让我们最后一次目睹人世的灰尘。

我们的青春就这样逝去了，带着记忆的尖顶和旷远的鸟群。我们的尸体就这样逝去了，带着上帝顾盼之间的所有忘却。

我们的命运就这样逝去了，带着寂静的不出声的缄默的烟缕。但这只是一种至小的空洞，我们把更大的荒芜已经吞噬、咬碎，带入了黑漆漆的坟墓。

十一、"我即是我的悟空"

我不太喜欢使用任何笔记本，因为我的所思本就散乱，而用手书记录它们意味着我的思想的更加不成熟……笔记本容易变得脏污或者遗失，并且为了使它得以呈现，必须增加一道整理工序（录入电脑，无论多么整洁的手书都须如此）……凡此种种，无疑会毁灭我的耐心。而我的写作经不得这样的消磨，它会使我畏惧写作……在很多时候，我将我的著作（一种具备庄严感和神圣感的作品）直接写在任何无须录入就可以转换成印刷品的文字工具上（电脑或手机）……只有极少的手书便条或诗歌写作近于完美的成功（一些小小的例外），我记得我有过几次这样近似神秘的写作时刻，我把凝聚它们的文字保存至今。我想尽快遗忘它们，但我做不到。我的少量手书的极度成功增大了我的荣耀……

从我的尸体上诞出我的法身，我即是我的悟空。

我是见证自己的人。我是见证自己生和死的人。我见证这一切，只需要几个须臾，但却跨越了一生。在我生下来的时候，一切都与现在不同。在我死的时候，一切都与现在不同。我只是在小心翼翼的一瞥中发现了一切天机：我是见证者却不觉察的人生。行走和冥思带走了我。阅读和寂静带走了我。怒火和喜悦带走了我。我是见证者，这没有过错。但我为什么只是见证者，我没有投入地活过。这深情的人世啊，它只是怪我没有深情地活过。我觉得多么恐慌、单调和饥饿……

我们灵魂出行时的负累，可能促成了我们的真正诞生。

我们应该时刻留意灵魂的反面，因为它的转角，从不可能达到三百六十度的圆满。

思考可以触及万物，但未必万物皆能柔韧地收容种种思考。（万物有其僵死的、嘲讽的、淡漠的一面。）

十二、星颗携带着灰尘入世

世界上如果有一等一的风景，请先赐予劳苦的心灵吧，因为他们最需要的便是安慰和美……

（无数星颗落下，大地的承重越来越成为一个难题。星颗携带着灰尘入世，因此大地上灰蒙蒙的。一望无垠的"灰蒙蒙"！一望无垠的星辰入世！）

长寿的人总是深情地聆听他的吟唱，那些声音的七彩组成了他无所不至的未来。有时我与那些接受密命的人渡河，岸边青葱的高树也都识得那些云层之下的人迹与纹路。有时他们锦心绣口地穿过了暴风和山地，有时是他们的子孙在背着他们的尸骨泗渡。日子过去了很久，那些浑朴的广场也都目睹静谧的楼头垂下光明的重物。长寿者的记忆和灰尘一样越过了水流，河道中污泥淤积，但并未影响夜与昼的发生。我们总在聆听长寿者的吟唱，深情的大地上只有他们是孤寂的……

十三、爱"从未止歇"

只要我诚恳地望她，便不会再想她，因为她就在我身边，在我心里，是我的血肉和灵魂养育的，是爱的不绝于心，是爱的无怨无悔！

爱"从未止歇"。经年以来，我们从未徘徊不定或使出爱的大力。但是，峭壁上生出绿色枝叶的一刻，爱已经来了（"时间开始了"）。爱"从未止歇"：你所明白的爱，可以言喻的爱，从来不是来自上帝创造性的迟滞，它只是来自天地间呼吸的形色。你当明白，爱"从未迟滞"，它是最为透明和猛烈及时的——它从未窒息（无边的迟滞），它是永远在蓬勃生长的（"爱的居息"）！

我们热爱的是"爱"的生长性，未必热爱"爱"的结果，更不热爱"爱"的变异。

"动态恋爱"可以使感情迅速地生殖，它极其富有表演性，因而可以使我们"回味无穷"，但也正因如此，当它的衰败来临的时候，那失恋者就会觉得他（她）的悲伤更重一些。我们应该对黯然神伤的人赋以更高的理解。

只有我们的爱有一种艺术的精确性，它是浇灌花圃的雨水和春季融雪的会合。我们是一种反复流动的物质，在每一个可以形成障碍的棱柱上留下了不愿意离别和死亡的唾液。

一句诗，或一颗钉子："我对爱与不爱毫无怨言。"我的此生，都在致力于与爱情及生活的和解。但我还是经常刺疼它们，我觉得我是一个十足的鲁钝的人。

十四、"铸造的果子"

它可以分辨黑白颜色，可以警惕你喜欢夸大其词的心。

它是对的，带着猎物驰骋。

大雷雨降下。

在无边的疆场里，它独力建起一座草原。

~ ~ ~

符号取代句子，它就是一个转折。

指向流逝和你的安息。

~ ~ ~

也有并不绝对之物，指向他双鬓白发。

他在奔跑，与激流般的速度拔河。

~ ~ ~

符号是一根绳索，它的两端，系着庸俗的日常和烈火。

日子乱纷纷的，像病句。

它肆意地铺排，寻找前世遗留和彩烛般的闪光。

~ ~ ~

那枯黄和嫩绿的梨木都是这样的：

它的裂纹的接缝处就有一个焰口；它突出了那一丝白色，就像黑森林中的蘑菇。它羞涩、珍重，完全的婴儿行状。

一点世间糟粕味儿都没有。

~ ~ ~

那白梨木就是这样的：

它骑草原上代代相继的白马奔行，俊逸而何曾有困意？它是君子白梨木，化身为高山上万花竞枯荣的璀璨。

~ ~ ~

白梨木是天地的私产。这样经天纬地的特出之物。

~ ~ ~

转过街角，有三两行人，他们的面容上浮现白梨木。

~ ~ ~

当句子向地洞的曲折处延伸，你去吧，去会会那些大人。

打散这一段早晨时光，让钢铁的淤泥也奏鸣和凯歌复来。

这便是你的爱。

~ ~ ~

加以致敬那些路边花儿。

加以站在高山顶上，望五老峰的浮云。

~ ~ ~

加以你日夜操持四十余年，难忘童年夜路下灯光的虚影。

~ ~ ~

虫蝇嗡鸣，是在那华山地。

你的秘密是山洞里的秘密，昨日飘忽，也不过是三五个憨人去了。

～ ～ ～

符号的声色光电加以人力难测天机积成了此世的有限。

那白色的、踊跃的积雪在那儿。

～ ～ ～

我有时会持平复心。有时可以洞察阴晴。有时起落不定。

在灰蒙蒙的光里,我有时会看到我的幼年;在童年的梦里,车辆绕道村庄铸造铜像的宁静。

～ ～ ～

有时,符号的颜色极为难辨只能以童心判别。

～ ～ ～

在童年的光里,我创造黄白梨木和深红果子。

园圃中有小兽:它们吃我"铸造的果子"。

白声且听:它们吃我喜爱和不可复制的梨木果子。

十五、恋爱

这个人真的存在过吗?那些带颜色的名字,看起来非常像她。不,不要去想象表现过于具体的事物。为了争取多看到她一次,我已经在这条街上走了五十个来回。有时日头还好,有时却阴雨绵绵。但是,一想到这是恋爱中事,我就原谅了自己。我并不确定这是一种真正的感情,但是,无论多少见过她的人都喜欢她。他们与她交谈,有时谈自己的隐私,说出深刻的检讨。有时却只谈水库。因为在我们居住的这座城的西部,有一面旗帜一样的水库。我想起她的时候,何止只想在她身边走过五十个来回。那条街上的旧物都像时光的流寓,它们倒退着形成醉人的鹅黄。我感到了与身俱在的思念的罪。

站在这里真奇妙，可以看到鹅黄。还是年幼的时候好啊。我记得，住在我们乡下村东头的虎伯就是这样心神不宁地走来走去。他的动作慢下来时，像受了伤的动物，遍体都是被抽打的痕迹。大约，他就是被这种感觉折磨致死的。那种抽打他的恶魔从未正面看他，所以，他至死都未见到过他们的样子。那些带颜色的名字落在这里……看起来非常像她。我走过那条河，不会与她说什么。水库的水位上升的时候，我走过那条河，不会与她说什么。更垂落，星如雨；所以，恋爱是无穷尽的。现在，我比任何时候都渴望见到她。我见到她了，但更多的树叶落了下来。它们柔嫩无痕地向我进攻，"但更多的树叶落了下来"。落叶悲秋，它们是哪一种自带羽翼的蜈蚣？

十六、开启

我的热爱始终是存在的。爱这个世界上的一切生死。爱我们卑微的处世和动机。爱积雪的明净和锋利。爱春日繁花和大地上"万类霜天竞自由"的生生不息。爱命运的终极和它婉转（多梦）的吟咏。爱热烘烘的阳光（始终是热烘烘的：喧闹的）和它创造的奇树古史。爱倔强和退步的（万物、万种人），爱你我的万般意思。我的热爱始终是存在的：爱我生命中的一个甲子，人生不逾百年？天空高高大大（浩荡的、深远的），我的热爱始终存在……它被切分得无比细碎，无数的人生百年，无数的方圆缝隙，无数的星球表面：缠杂而鸣啼的……

（那开启你的晨曦的铁制的门，那些许小事物，那越过马路牙子的小小孩童。

他们开启了人生瀑布，你开启了一段无人的旅途。）

当我的爱与你的爱交汇，这金色瀑布、这弯曲小蛇、这透明的襟衣……

以及，那秘密水底、那花园字迹、那盛大风景？

当我的爱与你的爱交汇，而时间只过去了一星半点，那流连忘返的星子，以及那盛大月色尖叫……

我只有这点没落的好奇心，而人之未死，僵卧荒村是也？慈颜败落也是？横眉冷对是也？

夜色更午阑珊。你遇见了晨曦中的娇媚之花。

多少钱买来？人间静悄悄的！

这激昂我的意志的冰火，这双重天的存在。这冷的、饥饿的、飞泻的……

这瀑布，它从不流过使我从不知道，它强劲的热烈的冰火。

十七、空壳子

我用彩笔画了一个时间的空壳子。我的手法拙劣，可能谁都不会明白我画的是什么。除了我自己。可惜我自己，也仅只是知道绘画（这个动作）的空壳子。我没有学过绘画，我不懂什么技法，可是我，居然画了一个时间的空壳子。我把我这些年的爱与主观、悲伤与理智都画在了其中。我把我经过的河流、河流的灵魂都画在了其中。我把我们所看到的北方的干旱无雨、图书馆中的天堂般的灰尘都画在了其中。我还在这幅名为《时间的空壳子》的画作中重点涂抹了我喜欢的、遗忘的、空荡荡的梦境。我梦中的空壳子。一些战争。鲜血淋漓的夜晚和一些圣徒行动。我梦中的星辰、熊猫的性欲、鹦鹉的悲声。我大声哭了起来。我把我所爱的空壳子和我所不必爱的空壳子都画在了其中。好了，现在我把这幅画视作我毕生的最高成就，因为它斐然地照亮了我。时间的空壳子，是我不可及的画作，我把我对于时间飞絮的妊娠感和庄重流逝的表情都画在了其中。我把它藏于秘府，请勿与他人言，我是一个轻易不绘制画作的唯一的画工！

十八、春天里的木头房子

偶然性的生发和持之以恒的耕耘具有本质上的不同，前者可如明月口占，后者则需长空耀日。

贫窘（身无长物）是一种最本然的纯真状态。贫窘建立起了我们的全部学说。它制造最纯良的果。除了浑浑噩噩地活着比过贫窘的日子更好，我已经想象不出还有哪种自由（身心的理解和放松）会高过它？

我睡着了，我只觉得我的身心高昂如草木……

枯崖面壁，只是最低级的修行，却足令千万庸人心怀砥砺。

如果注意力过于集中在世俗的方向，结论是显而易见的。我们不会痛悔自己的无知，反而会津津乐道地嘲笑那些借故走开的人。田亩的阔达、鹰隼的飞翔，早已激不起我们的兴趣了，唯一使我们感到有意义的就是受百毒之侵的"人间"。

春天里，我们在大山腹地所看到的木头房子是一个过路人造的；我们早晚要住进去；我们早晚要经过一个灵魂的"物质的付出"；在我们行经木头房子、听到流水之声的时候，造房子的过路人已经鼾声如雷；我们早晚要在木头房子里看到朝阳，看到我们一切理想的"物质的归宿"；是的，我们的情欲也是旋转的木头房子，我们早晚要住进去，挤掉我们的灵魂，安放我们的

"被挤掉的灵魂"。

想要承载清风和绿树的人都站在河边。大地的尽头涌起夕阳。你一定没有用尽一生的邂逅来看到它，因此你的视线是模糊的。这是仓皇和永古的诗诞生的前兆。你不必急于奔跑和死亡，因为挖苦灵魂的工作迄今尚未开放。你只需要不发一声待在众神落泪的山上。

你要知道尘世的灰从天空落地须经过多少漫漫旅程。你要知道你若负担便有不可承受之重。你要知道那万物皆不必由你我构成。而现实的材料不做剪裁不辨黑白无昼夜之切分。而文学只是一堆破抹布它是最世俗的角落里的一堆破抹布。我们要乐于制造乐于叫嚣乐于收集垃圾？文学是蜜枣的甘辛你且品尝但不必说出见解。

十九、献诗

或有两类人存在：一类是志在筑营的人，一生处于不断的建造中；一类是不断地拔营的人，终生都在为了找寻一个合适的营垒的流转中度过，那路上的苍茫落日，变成了他们记忆的星河。

他们谈论一种灵魂被引申的技巧犹如谈论自己身上的跳蚤。他们一定有着秘密的、被撕咬、被侵吞的经验。

不要同你不理解的事物争胜，不要无谓地"完成你的自足"。不要以空荡荡的衣袖面对空荡荡的风，因为那等同于"没有感受"。我们可以生活在感受力的抽离之中，但千万不要再（刻意）强化它们。

时间，并非一一罗列，漫长而不可恕？至少它表达了一种情绪的真实。至少它表达了一种书写的观念、自我击噬之心。它务必吞吃，不可苟且。在这个夜晚啊，众生且不可苟且。我们都可一侧首，凝望到那高楼、月色巨兽、古道西风、瘦马驿路。我们一侧首，时间兀自过去了，留下满屋子关于它的腐臭。

生活是写给亡灵的献诗？是的，死亡和艺术都太破碎了，只有生活构成了一切：尽管无所见，但却是唯一的献诗。生活是真实的、唯一的消逝。疼痛不可察觉（渐趋消隐）的幻变，灵魂（不变的枕头）的唯一的献诗。我们都将在未来体会亡灵的寂静（亡灵的献诗）？我们献给自身的消逝，没有丝毫感伤，只有隐秘的亡灵的消逝。这当真是唯一的献诗！

二十、不可抉择之病

没有充分地认识到自我是对的？这所有的一切说明我们仍在成长中。未死未亡，足证我们的一辈子都在诞生。我看着那压迫我的两个梦境，我在为我无感的人而陷入了焦灼。我把时间的韵律交付给你，请引领你的情欲入此笼中。

审查着书卷的无限……它们仿佛不是我所拥有的，它们只是时间的压迫形之于一种印刷格式，我在整理书卷的时候审查着我的生命的印刷格式。

我（们）都生了两种病：入世之病和出世之病。但我们很难坦陈这一点，所以又生了第三种：不可抉择之病。我们既做自己的病人又做自己的大夫。每个人大致如此。但我们每个人都不知自己的肉身已死：我们的酸败的灵魂远在四十年前早已吞噬了自己（的肉身）。

空气中浮动的尘埃。"词语破碎之处"……（而思考是不洁的）

我盯着往复来去、反复建设的人群，我日复一日地盯着他们，但我不知道我为什么总是盯着他们……从门廊里穿梭而入的冷风使我战栗，我僵坐于这里的时辰，已经是我生命中不曾意识到的一缕缕黄昏……但我只是日复一日地盯着他们。这与求神无助的人盯着流水、盯着白云、盯着野兽出没的大森林，并无任何不同。

二十一、奔驰

正午的星辰多么宁静而虚无（宛如根本不存），它隐藏在我们视觉的幕后。

地下列车发出异常的大声，因为速度过快了？（它像一只蠕动的钢铁的爬虫，但它的蠕动带来了震撼力，令我想到了原始人潜伏在深不可及的地心。）

奔驰在我们所不及之地，思想在我们所不思之地，智识在我们所不识之地，照耀在我们所不见之地。我们因此看不到任何一颗星。造成我们盲视的事物也开垦我们，也救醒我们，也埋葬我们，也诞下我们。

除非我们死了，否则整体性的时间绝不会停滞下来（对我们而言）。我的如此一念整整误导了我四十年。因为即便我们死了，整体性的时间仍不会停滞下来（即便仅仅是对我们而言）。时间的流淌，更改了我们自内而外不同的感知层面。

整整四十年的逃亡神经……我似乎从未安定下来。无论是定居于此，还是寄居于彼，我都从来没有合过群。我过的似乎不是集体生活（一种值得我为之骄傲的融入感），我从来没有获得他们的获得。这是逃亡（离）赐我的。但我是否爱它（这种生活）？我几乎什么都不记得了……

二十二、枝叶

我很清楚事物的指针在哪里，但我袖手多年，我迷失于自己的语言。

我不需要知道你在想什么,我自然知道。我不需要知道时间在哪里结束,我自然知道。在我的身前身后都是我,因此群山才会生出烟雨,埋没那些嘉禾。

现在任何一道田垄里都会升起炊烟,它缥缈得像是从未存在的狐狸。现在,连河口都结冰了。在市场上,老爷子独坐沽酒,他口中念叨着你我。

在阁楼里,烟岚仍旧像从前一样燃烧着,激励我们?

巨大的停机坪已经被清除掉了,现在,那里就是一片田园。

围拢着那个起点,河中叶面如浮萍一样。我们仔细地看到了那些纹理,它们悬挂在墙上,造出黑色斑点。你还能认识那些蜜?

在江水造成的循环里,有一些空缺的涟漪。你可凭一己之力越过河面?

榕树下的青虫是无害的。那个时候,我就在海边踱步。

大浪滔天,你手举荷叶……站在哪边?

二十三、"苍老的浮云"

本质性赞颂离万千俗世总是既近且远,你需要提起自己的头颅,让他葬于天空之空。

正是因为各种清空使你辗转反侧,所以要消除光阴的隐痕最难,要把一根针的刺平铺成浩浩荡荡的锐利最难。

每一条道路的行程都千差万别。它有无数的曲巷。我通常只是沿着最早履迹的部分回家。"太大了",相对于岁月的诞生,它是繁缛的、不可承受的。"有着令我们触目惊心的痛"?构成它复杂的走向的风等在那里,最使人难以忍受的风刮掉了秋尽头树木的枯叶。每一条道路都在坚持,送别。鸟儿的絮语验证了时间对它的改造。那些新冒出来的楼房,那些刚刚开始啼鸣的新生命都验证了时间对万物的改造。不过无论如何穿越,岁月的痕迹都会被消除。它后来的萌芽和孳生是基于新的荒旷而被树立起来的。当你欲望尽释,你会看到,路畔火焰齐发,它从来都没有恒定地长成一片叶子。

日复一日……时时刻刻,都是"苍老的浮云"。

说"地球上地大物博"几乎像个笑话。因为在宇宙中,地球只是颗微不足道的星球。宇宙中,有无数颗这样的微不足道的星球。但尽管如此,我们仍然坚持把"地大物博"这样的词赋予地球甚至它的某个小小局部。也许,只有一些小小的局部才配得上这样的赞誉,相对性的整体却总是有局限的——总之,我们宁肯相信地大物博也不会相信我们的命运小如星辰和须臾。我们的整个灵魂地大物博,它不再是空荡荡的(速逝的、不坚实的)?

也许我只有潜到水底,才能看到全部的河岸。

思想长在骨头缝里,而事物只盘桓在血肉的表层。有时候,我们只是设身处地地感受到的悲伤,其实还不是真正的悲伤。真正的悲伤甚至超越了感同身受,会变成一种精神的凝固。我们作为人的一生之所以是只身一人的孤旅,是因为我们先天的基因里就被种植了这样的种子。我们活着,不是群蜂和群蚁的聚集,人间也没有蜂蚁间无比确定的秩序。人间挣扎,破坏和冲突的力四处漫溢,反复生长与存在,所以"人间失格",我们别无所得。

二十四、高楼"林立"

对事物进行条分缕析的结果,很可能就是失去对事物的幻想。从这个意义上讲,我们对事物进行不求甚解的阅读是对的。它至少可以使我们保持灵感如初见的从容。

每个人都可以有一种自我欣赏的轻率之感，不过，这已经足够了。想到我们活着且可以接受阳光的荣誉的照耀，这已经足够了。我们似乎可以沿着刚刚开垦的大马路向前，想到四望无人的荒芜，一种无须抉择的沉醉感便油然而生……不过，这已经足够了。死去和沉湎的事物太多，我们本来也没有太多的时间。那树木横生虬枝曲张的时尚，只不过是上帝降下的最低的（事物的）沧桑……

大水漫过地表的时刻，整个星球上光影憧憧，没有一缕目光可以透析至波浪如涌的深层。

几年前，我和妻子、孩子常去的菜市场还在那片空地上，只是贸易却停止了？在"空荡荡"的菜市场旁边，如今已经高楼"林立"：我们无可辨识的"高楼林立"，把我们的视线堵截在了时间的外面。也许，再过若干年，高楼建设已经停止了，人类生存也已经停止了，我们被抛到了难以辨识的"空荡荡的菜市场"——但是，一切已经不存在了？

二十五、我的困倦中的激情

要想穿透树木的阴影飞上高空，需要执着而敏感的天才。

人群聚集之地，更觉天地初生，万物无端纵情，山水勾连涂抹，流云驰骋连绵……这所有的一切"发生"，都不能说是活生生的，只可以称作一种沉湎倚重。一切尽已忘却，但时间是在退步，人流旷古地疾走。世间几度有桃园？世间未必无桃园！

我始终认为，我度过（复活）的并非我的全部，因此我异常珍惜我每一次新鲜感觉的汁液。我始终认为我的顾忌不是整体性的，我的梦境的散碎，极少能够连缀起来——也与此（我的珍惜）有关。我是同时在死和在复活。

因此，我的每一时刻都是过时的，也是新的。我从未觉得离任何一个明日如此之近。我从未觉得我可以体现在土地上，感受到遥望星河时的旋转感和踏实！我从未觉得我会完整地离开一切感觉，没有梦境，完全地、酣畅地沉睡在无眠里。光明的绵长和片刻都是对的，可以激发你的生存的现实（逼真地活着，对行尸走肉的反叛！）。我从未觉得，我能够知道、写下和感觉到什么。即便这样，我也仍然度过了"逝水流年"，它们黑沉沉地绽开，成为我冷寂地仰首和闭目俯瞰的风景。每一个时刻都是凝固的，无比明晰，我从来都没有去靠近它们。它们都是兀自流动和陡立起来的！

我的困倦中的激情须以公里数计。也可能更轻（面对晨风），也可能更重（面对重峦叠嶂之梦）。

因此，他需要停下来。不停下来没有办法。

"小贺，你数数看，那重峦叠嶂的夜晚的悲伤到底有几重？"

面对悲伤他没有办法，因为夜色更深，草色遥看，他只有悲伤更深。

二十六、作为一个父亲

作为一个父亲，我始终都未成熟。但我始终都成熟。扶着人世的墙，我沧桑行走。那些长长的不眠之夜，我如同飞鸟攀上夜空。看到星河了吗？孩子，你问我？你从来未曾问过我。岁月朦胧多雨，多一些毛茸茸的皱褶。但这有什么关系。

那些篱笆下的乡村向来生长树木、弯腰奔跑的童年、敦实的土墙。这些，凡我所爱的，你均已疏远了。但这有什么关系。你喜欢远方的色彩。绘画的童年也将过去。那炽热的年代，葱茏笔记在缓缓降临。

好的，这是你所愿的。在世界上奔跑和远行，这是你所愿的。

直到我和你的母亲苍老，我们看着你奔跑和远行。这是你所愿的？

但这就是历史啊、时间啊。是岁月的密云。是我们既在同时看到又彼此错落的三十年。孩子，我们既在同时看到一切又彼此错落三十年。

三十年，我对你的爱凝固如磐石。

主观书Ⅲ
寓言，或未尽之书

关于永恒的讲述

一、记忆中"无所不在的可能"

我有一些怀才不遇的诗人朋友、讲寓言的朋友、写散文和小说的朋友。同他们的多年交往，使我"闻弦歌而知雅意"，似乎爱上了写作这个行当。但是，在他们陆续过世之后，我还堂而皇之地活在这个世上。一想到他们生命之短促，我就为我的继续存在而感到耻辱。但是，我不能说，我接受他们那种"关于永恒的讲述"，事实上，作为一个心怀俗世的人，我常常试着去批判他们。我知道，他们所愿意获得的那种永恒是虚无而可笑的，对于他们灵魂的成长没有半点用途。有一天，似乎为了证明这一点，我翻箱倒柜，找出了他们留在我这里的几份手稿，我想最后阅读一遍，然后彻底焚烧它们。在阅读的灰烬中，我再次重温了他们的最后生涯，并借此来与往事做一个诀别。当然，作为讲述者的我，本是幻觉和虚无，所以，在这些颤巍巍的文字背后，隐藏着我们记忆中无所不在的可能。

二、达卡夫

我们的生存与现实，已经各成谬误。然而，我只是生存在自己心灵的幻境里，我不熟悉那些寓言和高高在上的部分。我不熟悉那些生铁，也不熟悉那些器具。我只是在毫无诗意的生活中感受，我捕捉了那些飞虫，我觉得我与那些随处落在我们脚下的生物并无不同。我不质疑自己，然而，我为什么不质疑自己呢？

达卡夫说，我们必须质疑自身，并以此赢得我们生存的一应需求。我首先看到了高高在上的天空，在我的视野高处，有我喜爱和尊崇的达卡夫以及他的爱人们。我并不惧怕他抢夺在我之前就已生成的石头，我们虽然大体相似，但终究生活在各自不同的时空。我们的爱与恨，都已各成谬误。我只是凝聚了那些无力的成分。

然而我终究不是我的理想部分。我原本计划写长长的书，但是终生难以完成，我原本应该拒绝喧嚣，但我却时时参与其中。我在以自己的微弱残躯，构成我的反面和那些影子中的虚无。我同达卡夫相识的时候就已经受到了他的警告，但我却没有认同。现在，我已经两手空空地回来了，我的现实只是在铺排我的石头，我的现实只是在挡我的路。

我终究不是我理想中的分子。我一无所是，我或与自身根本不同。我看到了四十年来我在无限分裂中的全部，在我与达卡夫交往的不同时期，我都是怀着反对和拜谒的心情看自己的。就像看那些地穴，就像看那些高楼。在绿茵遍地的季节里，我已经与我们人类中的全体开始妥协了，但这是没用的，我大概生在了一个我所不爱的时代。

但我一无所是，这从根本上来讲，就是在迷途中需要找到的救赎。我也许生在了一个最能激发和砥砺自身的时代,那么多的人,都在远远的风景中,看着我们。我抖动自己无穷的双手,我能看到我在八十年后如影飘散的灰尘。我觊觎达卡夫的时候太多了,然而,无数的现实也在重新构造着我们。

但我觉得这还不够。我觉得无限的现实都在觊觎我们,我觊觎达卡夫的时候并没有分清爱与恨的前后。公园里,有时会升起薄薄的晨雾。我一步一步地走进了那些砖石、花朵和灌木的深处。我把自己的一生都葬在那里了。这真是不错的去处,我对达卡夫表达过这个关于我的自身。我对他表达关于我的归宿问题。我遗存了大批的文字在他那里。

但是很多人都已经老迈。我熟悉的那些造就了我们的旧故事的人已经赋闲多年,在尘土泛滥的时辰,雨水压低了我们的幻想,使尘土和我们的无限虚无彼此交融。在虚实之间的构成,就是达卡夫和他的爱人们。我经常与他们相遇在街头。直到他死的时候,我觉得我的终点临近,我向他表达了我的一生:我觉得自己终无所成。

不,这不仅仅是全部,他回过头来向我指点道路。我从他手指的方向看过去,我看懂了我们的诞生,我看懂了我们的战争,我看懂了我们的嫉妒和虚荣,我看懂了我们所憎恶和热爱的,我看懂了我们的占用和暴虐的深度,我看懂了,但从未说出。这是对的,达卡夫在他临终的时候告诉我:上帝也不仅仅是他本人,他是被无数影子挟持的血肉。

他是整个大地之上,唯一没有骨头的人。

三、感觉优于多重幻象

我的生活正在成为一个寓言。故事空空,我每一天都在面对一个荒芜来去的事实。我的活着与苟且就是寓言的实质。我面对朝阳,反复地增强着我

"灵魂无蔽"的视觉。

寓言性，是我们的日常生活获得自救的最坚固的根基。但是，我们生活在这样不自知的根基之上。一切都是"既融入，又被剥离的"。多数时候，我们无法感觉到我们的生活正在进行。"感觉优于多重幻象"的设置，只是极偶尔的情境。可我们必须述以人间万千事，否则就不会真正达于存在之思。我们的年龄渐渐老去，身心愈觉疲惫，似乎不必，也不可能罗织所有的、堆积所有的生活。这样唯一的指涉万方的命运，只能是一种非生活，至于真实的我们，几乎已经脱离了我们的生活而去。想起这样的不可相契，我们是悲伤的，处于一种自我怀疑的绝对，处于一种小孔窥像的绝对。我们终其一生的制作，或许只是一个不存在的小孔，出口很小，虚妄，迷障重重。我们要拨开我们心灵的疑惑吗？似乎不可如此。今日之日将逝，我们深悉生之未来，我们不可时时陷于这样不可穷尽的绝对。我们要坦然地面对我们不可穷尽的、峰峦和沟壑共存的未来。

四、万千世界与万千之我

当我在诉说，我是不绝对的。世界在我的周身涌流，像万千事物攀爬之虫。我不能抑制我在人丛中存在的现实。但是，经过河岸，获得这种激越的观感，似乎无足荣耀。我欲清晰地断定天帝之雨意，却又浑然而不可得。当我在诉说，并不等同于时间之虚伪过失和万物之苍莽谛听。我并非只存在于我所经过的道路上。一切见识都只是暂时的，它们无从规训，更不求解。

我远远地从我的意识的深层走了出来。丝丝缕缕的河水仍在流淌，它们淡然而不突出。我足足看了五个小时车流，在每一个刹那，我都在阅读、出神，像一个不存在的人和再三地荒芜下来的树木。当黑暗降临的时候，天地为之目眩，我们只能容纳自己的不足部分，却再也看不到宇宙的万千法身。我很奇特地仰观马路，仰观城墙和闪烁着明亮之星的窗口，我很奇特地看着自己消融。我再未有心胸胀满的一刻，那万千之我都过去了。我必须客观地注视着那无我的万千时刻。

世界并非因我而存在的。世界并非因区区人类而存在的。所以，我们在孤单和昏暗中所看到的日出日落，只是代表了我们有极大限定的一个视野的局部。它们无足挂牵地容纳了我们，并无须开辟任何另外的领土。那山河的纵深、各类悲喜剧，都非为我们书写。当我们消失的黄昏，日月的轮换依然不会有丝毫的改观。我们没有做出任何举动列席上帝的造物工程。他是无颜色的、无重轻的，不见时空的流动。在我们以穷尽心力的智慧抵达那些水泊时，那万千的星宿都不会扭头注目。那些高空的事物，只是一个个荡然的谜团。我们的命运如同上帝虚无的指头。

当然，作为我们自身尺度存在的球形羽毛仍然是明亮的，它以一种颇富夸饰的语调在推进着我们的飞翔。我觉得那些声音是不绝对的、暂时的、不值得记述的，那些尺度也只是小的、被歪曲的、看不见的、固化的、被驱逐的。那些我也不是我。那些窗子不是那些窗子。当然，那些虚无也不是虚无本身。它们在我已然洞彻的幻境中活着，以一种无比坚实的形容来对抗我们的千疮百孔的灵魂。但即便是这小小的洞彻也不是洞彻，它只是以远离我的本心的样子而存在罢了。它只是以瞬间的诅咒和爱恋而存在罢了。在我不加择选的人间，有无数乖舛而笨重的寓言。它们簇拥着自身看似光辉的形象，走进了一个个恍惚的行云般的雨夜里。天地流动着，像我们的肉身消散后，灰烬般的行云流动着。

霓为衣兮风为马

一、河中神兽

那形容词如此重，它们需要以最高吨位的船舶从地底深处运来。那形容词欣欣向荣，它们像河中神兽一样拥有整座江湖。它们早都拥有遍眼晶兰，否则它们难为时光的负荷。对，河中神兽时时为那些晶兰作歌，你记得让那些形容词挑大梁，它们会拉动晶兰变形为最热烈的说书兽。河中布帛也是人间的金刚，它们带着五指向上的滥觞。就这样，对，让河中神兽撑起门头石柱，它们共同为形容词筑路和铺排，只要你记得时间航向，它们就随时可以从雨雾中抽身。它们都是蓝色和合的始祖，它们没有无功受禄的心，它们齐力羽翼大鸟游天下。因此，它们是为众亲共慕的始祖。

二、缔造

你知道，这里没有那么严密，有时甚至会很随意。但你早已理解这一切，所以，在那些转瞬即逝、电光火石之间，你会很安泰地行来驶去。一切不必拘泥。反正，人生如长列，见头不见尾。你保持固执而神秘的生活习惯，而我不行，我的一切都是简单而透明的。

"我想让他们知道你发生在那时候的事……"

"哦，不，千万别。"

"我只说一点点，我不会让他们意识到什么。"（一段神秘对话，有时，就是这样的情境充斥你的记忆。）

"这样你也不必负疚。"（继续被说服）

"那时候，我是会留心你在生活中的点滴，现在不会了，但我变得更坦诚……"

"更现实，也更直白？"

"噢，不……是的，你会留心一朵蓓蕾开出怎样的花来？"

你知道，人只要活着就得接受所有的一切。三天打鱼两天晒网……还有这恒久的落日。生活像激流，你活了很久，终究会慢慢习惯。还有，那些事其实也没什么。因为你看不到，并不代表这里没有沙子，这里不是海滩，但婴儿们也都长大了。他们甚至比你想象的长得更快。

不过这也没有什么。谁都知道你就是这里最大的头。

"不是的，你没有看到那些雨水冲刷过的台阶，我就从那上面滑了下来，把我的两个膝盖都摔疼了。"

"我没有去那些真正的冰天雪地里活动。所以，你所珍爱的先生，他们才不会搞清这里的状况和渊源……"

"你就是因为生气才在这里住了下来。但十八年，窗外的景色未变，你的胡子却变白了。"

"我想了想，还是决定同他们聊聊。因为这里异常沉寂，你可以很坦荡地说出来……"

"好吧，好吧，现在我觉得夜色就是我的一切，我觉得，也许只有暗香才是温暖的。"

"但你不应该指望那些绿油油的菜畦，它们只有一种很简单的思绪，并且，只有众力相加才能显现。现在还不是那样的时候。"

"这也很好。我就愿意在这里待下来。你开推土机来吧，把周围芜杂的墙都拆掉拉走，这里可以建一个很大的园圃……"

你不应该把它们都写下来。当然，你是在无人注视的时候做这一切的。不过这也没有什么。你把那些蓓蕾都培育得很好。它们在来日会有惊人的发挥。你还可以替代它们想象花的颜色。这都没有什么。谁会在意你沉睡的样子和数你的鼾声？

"你像个特殊人类一般，住在我们的山上。那里万物如初都认识你。"

"最后拥有和抛弃你的，都是你看到过的一草一木，它们比你活得绚烂和长久。你不必辨别每一株草的名字，因为你手里拿到的清单就来自它们的遗忘。"

"好吧，我原来有个梦想是关于这条河流的。但现在它日渐干涸，我们一路高歌……这都没有什么！"

"我们所看到的就是这样。那些飞扬的正直先生都会解决这样的难题，你不必担心他们无人追袭。你只需要把你此刻劳作所需的光明缔造出来就成功了。"

"来，请把你的头转向镜头。为什么？就因为你是我们所感受的第一个灵魂附体的人！"

山峰毓秀，这里正好有几丛草，可以做你的枕头……

三、一个下午

我相信时间的二分法。那密密麻麻的句子无限生殖。我同你探讨，但你已不在了（逝去如此之远：主动离去如此之远；被我冷淡地驱逐，已达如此之远）。但时间在反复地叠加，推翻一切多余的意思，或穷于一切荒旷中的无逻辑性。

你已不在了。我同你对话。那些时辰，唯一的对话是由你我的"在"造成的。当你消逝已远或去去复来（重新临近这个下午），我看见你了。连树枝上的枯叶都看见了。但你也看见了，时间的表针所显示的，不完全是这个下午，只是因为记忆膀大腰圆，否则你已经完全逝去了。我同你对话，你沉默着。或你自在言说，而我沉默着。这是完全一样的。记忆是一杯凉透了的果汁？

你在言说。你自然如同密友（在密室里）的言说。我同你对话。那些痛苦的或激昂、大笑的细节宛在眼前。不，不，它并没有逝去。若何物都可混同于感知的内部，而那仓皇地移动的日影自可烧灼你激烈的相思的心。但你在言说，你密密麻麻的言说多像一个幼童自我招供的顽皮样子啊。

你不在了。你自然不在。路边大洋的核心即是你的歌吟。你没有用细嗓子说话。你不是喑哑的发声。你看起来如此自然、坚定。我已经想不起你朴实无华的样子了。但你始终如此，变得越来越不明晰和越来越不认同往事的只是我。只是我。

你剃光了头。你剪去了辫子。你过渡到了这个下午。你为何仍然记得记忆里的事？我总是忘却，混乱了许多细节和一些问题的对错。但我跟你对话。我已经忘记了你我。

表面看来，也只有经过那些消逝你才到了这里。你的光芒自在。但无意外地，我们都已经逝去了。无习惯沟通于将来，当我想起那些影中事物时，你像一只猫一样入来。你是你，你是我？你说是你是我。我同你探讨，但已被你驱逐，所以一同陷于混乱。你、我都清晰地、隐约地不可见。你我终将都逝去了？

四、一本秘密日记

我从遥远的过去将我找了回来。大地正在午睡,我瞥了一眼窗外,这个世界上的一切正在午睡,而我将我找了回来。我是从朦胧的大街上将我找回来的,当时正是夏季,整个街区的上空浓云密布。我想了很久,然后就坚决地走出了家门。我准备将我十几年里想了无数次的这个事实付诸行动。于是,整个剧情就这样拉开了帷幕。我找到我的时候是午后两点。等我们穿越了阴沉沉天空下的整个街区,我看了看我由于长期在外流浪而形成的脏兮兮的衣领。我陷入了愤怒,我不知道我如何在过去的十几年里,会一直期待着这一天:将我从我并不知道具体所在的时空完整而破碎地找回来。当时我的面目已经残缺不全,准确地说,我指的是我们在互相对视时彼此的眼神。我比我想象的还要迟钝、麻木不仁,像两块巨石在互相对视。我心里残留的那点爱,早都在日复一日的踌躇中被破坏殆尽了。当我将我找回来的时候,那种过分阴沉的天色正在慢慢地变得重起来。我们喘息着,身躯佝偻地穿过大地,但是毫无用途。我不知道需要使用多大的力才能把这种阴沉的天色从我的身上驱除出去。我无法领悟这种由我而生的秘密。在黄色日记本的记载中,我是在比这一天早了很多时辰的黄昏降生的,而我们的相遇则要比这晚得多。所以,在我们互相认识的那个下午,我觉得我是在以一个成年人的视角来看待这桩事。我不准备把我介绍给我曾经认识的任何一个人。我觉得我拘谨、可憎,但是,我却不加克制地走近了,并且目不转睛地盯着这个人看了很久。我想起我在遇到我之前的秘密企图,并且想起我正在研究的那场人类战争和整个宇宙,我热得头脑发昏,但是你们一定得原谅这场战争。整个人类。我叹了口气,是的,整个下午让我窒息。因为,迫于某种淫威,我在经过了这个街区的入口的时候，不得不把腰部深深地弯了下去，比我们本就佝偻的身躯弯得更深。我力图使我明白这是自然而然的事，并不使我们感到屈辱。在我把我找回来的时候，整个天空下，像是突然多了一个格格不入的人似的，并且变得拥挤和多疑。我们贴着街边的走廊行走，一步一步地，像负载着人间万物的熊。好了，现在你们明白了吧，那本黄色日记本的所记，都是千古不易的事实。我们必须洞悉此事，才可以找到掀开日记本的正确方式，然后，我们整个人类，才能从那种阴沉沉的天色中，稍微解脱出来片刻。在黄昏时的大风刮起来的时候，我承认过我曾经热得发昏。我承认是我导演了这场戏剧，并且亲自动身，将我从人群中发掘，并且安顿在那种密密麻麻的人和人之间的隙缝中。我看到我的时候，大概还没有想清楚天色的变幻，也没有想清楚人群的变幻。但是，等到这件事情过去，当我们坐下来开始回忆的时候，我明白了，正是因为我还痴迷于那本日记里记叙的几个事实，我才产生了突兀的警觉和分裂。所幸，我把我给找到了，岁月仍然经久不息。在我们漫长的沉默的千古不易的互相对视中，我按照那种先难后易、先曲后直、半明半暗的方式，悄悄地打开了日记本。"你看，就是这几件事情使我们互相迷失"，我指着日记本的某些残叶说道。"我明白，这也正是我想告诉你的。那些残叶的形成，与时间的作用力有关，当然，也与人心晦暗有关。"我懊恼地盯着这些残缺的部分，就像一个完整的初生的人盯着乱纷纷的宇宙。我的头脑热得发昏，另外，那种明晃晃的音乐、句子，也使我的心情热得发昏。我冲着外面喊了一声，一阵幻觉袭来，从此天空降低，笼罩我的整个人生。

五、震惊

正是这些不相联属的事物使我震惊。正是这些深自缠绕的名字使我震惊。

正是这些泥泞和彩色的不相联属使我震惊。"霓为衣兮风为马,云之君兮纷纷而来下。"一如粟米与时间之涌迫。正是这些饥饿和死亡的交错罗列使我震惊。这些灰色的笔记本如何从虚空中抽出来?使我回顾和震惊。或许,在这两所院子之间,就住着那旧时岁月王谢堂前燕。正是甲乙丙之间的各自成形使我震惊。他们采用过不同的模型,"从自我的各个角度起步而已",岂有沙滩黄昏可以顾全所有?正是这无尽的漫步和争食使我震惊。我想过分别书写他们的传记,平行罗列,并不因之会合,却不知"河中这只恶魔"今在否?正是我把他们同写在一部书中这个事实使我震惊。书中一无所有,却也无隐匿,无白色的蝴蝶,无所谓来与去。聚散无常,正是他们对视于走廊尽头的联想使我震惊。古今之间多少事?正是他们同归寂寥和荣华的过失使我震惊。你正不应知其存在过,"回眸一顾倾人城,再顾倾人国"?正是日月星华的起来使人震惊。那堆叠如山的花丛和古草,正是乡下长老,童颜旧貌,真使人震惊!

六、从始到终,火焰都是灼热的……

冥想肯定不是我们通常所认为的上帝的过错,但使微风也耽于冥想的上帝是。个体性独居肯定不是人类的过错,但群体性的独居是。沉睡是一切过错的延展,而集聚了睡意和各类午间梦幻的夏日,却无法统摄我们的悲伤。抒情不是我们的悲伤,文学不是,坚硬的生存现实也不是。

不知从何时起,我已经失去了屏息劳动的艰辛和快乐。但我仍相信我的脚印是坚实的。

"建在山坡上的公园里,处处皆是立体生长的花木,但我再无登攀之愿。我只想路过它,静静地看着那些立体攀缘的花木。"

从始到终,火焰都是灼热的……

顶级艺术折纸

一、致信使的信札

信使：你好。先前寄来的素食都已收到。难得你懂我渴求澄明之心，你寄我的一切都是素的（不唯食物而已）。我想象你打扎包裹的神情，自己忍不住窃笑。日子恍惚如昨。我就是这样，以很多年如一日的恒心去制作今人皆弃的点心。我还是没有"到人间去"。

信使：你好。在那塔下枯坐，是没人同你闲聊的。不过毕竟不仅仅是在那塔下闲坐，你要提防一二，小心错过站点。你依靠送信和冥思过活。风云激荡，但总觉得时间就这样任意流去是错的。我们认识多少年了，你从来只寄我素食。我写信给你，厚厚一叠信札。我只可以寄你厚厚一叠信札。以此累积，我终于干成了琐事……我终于过了四十岁了。

信使：你好。我何曾赋予你厚厚一叠信札？你何曾寄我分毫素食。信札。纪念物。往事的呕吐物。我们葬礼上的X形符号。富含蛋白质和纯银色的标签。你知我追求澄明之心，但是浓云如暮，你如何知我妄想赘述的人生里程。我不曾见识我的当下，我不曾记得你的形象。你已分明不能影响我。信使你好，你可记得铁沉的山是旧的……水流，是无形的……

我童年时就住在水边；在那日日朝阳的日子里，如果地底的气息泛出魔鬼的忧愁，我就会率众离去。远方的水还没有流到我们这里，所以时间与时间没有交汇，魔鬼也不会记得所有反对他的人。这里不是魔鬼的府城，如此，也就没有什么可让人惊恐的事物存在。我们在晴朗时分会集体戏耍，或许，曾经种下那密密麻麻的植物和花果的种子，然后在肆意的等待中变出了苍白头颅。克服那不可思议的人之将死的征兆，我们之中似乎还没有一个人真正地抵达那个界限。大家都在笑，有时蹦跳得接近了浮云，乘着那炫舞的人流分布，做出及时收工的更动。兄弟们之间也毫无情分可言，只是因为远方的水还没有流到我们这里，所以我们的见解就一直滞留在小小溪涧。开始拔除那些土地上的锐利之物时，大家集体呼喊，似乎与那将至的日出有关。命运像个筛子，它筛走了我们多余的时光。这样的话，那临界的时间就越来越近了。众人之中还有几个刚开始学习走路的小小婴童，他们的身体多么娇嫩伶俐，他们的眼睛多么纯真无瑕。真是奇妙啊，当霞光撒遍了人间天涯，风声裹挟了那草堂上部的茅草，我们还能与梦中之熊说话。你瞧它们笨重的熊样子，真是奇妙啊。远方的水流仍然未至，但我们感到风中树在摇曳着叶子，在招摇着身姿。它们个个独立地婆娑起舞。水流之声向一只空杯旋转，它们压迫着，也滋润着那细密的土地。远方的水流仍然未至；它们将于何时到达，我们便于何时等身迎迓。但远方的水流还没有流到我们这里，那田野里的蒲公英便大朵大朵地飞了起来。感受到那些毛茸茸的意志，水流会形如古月弯曲联翩……

二、顶级艺术折纸

不错，那折纸铺老板我认识，他从小就住在山麓。他认识人世间南来北往的客僧。他居住在那里，因此四望朝阳，肆意妄为地笑。

他的折纸艺术只他一人传授。他一人为何？为师、父，为友、亲，为学徒。

他折月中白兔。他折创世主。他折上帝眉眼中的笑。他的折纸艺术没完没了。

都具有顶级的沧桑诗意。没有人可以权衡他在那里住了多久，劳作多久。他折鸡汤里微波和食物的香。河九折入于海。他折它们的汇聚、交叠。

他折世间无事，柳叶柔顺地划过湖面。在他手臂和指尖陀螺，螺旋刀绕过四季，他折三国刘备和诸葛。他祝贺你，折那些仪俗和青春芳华。他折女子笑颜和盛夏燥热。不错，那里的乡邻日日长进，但也逝去无波。他折他们的安康，也折他们生死。他折他们的梦境于无形。

如果是黄昏虚影，他闭眼可以感受，造作烟云，通达暮色。

如果他死了，这门顶级的折纸艺术就会断绝。所以在他预备的无人据守的湖上，他折一页草房，令它随风流荡。

他的漂流记也是他的作品。

他折对生之蔓延的恐惧。

他折纸上青烟。他折晨风骤起，宙斯踏步天穹。

如果宙斯也死了，他折他们的朗朗哭声。

那些巨富的人豪赌他起居的山麓便是晴天里歌声的飞扬地。那些盲人探索他失聪的渊薮。他折自己的静默和山峰的起伏。他折那些峰峦叠嶂、石岩苔藓、幼小虫蚁。总之，他是他所创造的第一人。他浑身赤裸无一物。他无情绪，无边际。

总之，他折纸逛过田园。他桃木剑指祁连。你行过山路可以找到他的躯壳。他青灰无语法无浮尘不落定只是一个躯壳。他折他生之尽空死之尽实。

— 125

总之他的脸上都是一样的绿色赤橙青蓝黄紫黑白。

你认识他吗？在涂漆的山麓，他蹲坐在草丛里像一个孩童痴笑。

他折他的迷恋懵懂和痴笑你回眸罔顾你认识他吗？

三、邮递员空气

能读进去吗？阅读是简单的，启悟、生成和应用却异常艰难。

能写出来吗？思考是简单的，能衔接、传递、勾连起犹疑与不疑却异常艰难。

能理解光吗？看见是简单的，能无视、能穿透、能察知却异常艰难。

要去写作吗？写是简单的，存有我却异常疑难，忘我却异常艰难。

但是，真要写作吗？不写是简单的。冷静地坐下是简单的。但是，糅合万物之思却异常艰难。

但是，还要写作吗？

纯洁而明亮的爱是简单的。但是明亮而庄严、体贴和悲悯却异常艰难。

但是，狂悖和无知的爱却异常艰难。

但是，保持天才的可能性却异常艰难。

但是，丢弃理想的误解性却异常艰难。

但是，忘记阴晴是简单的。

写是无畏的。

但是，不写却异常艰难。

思之忘乎所以和不思之保洁却异常艰难。

自然，我深信她打开的那份美有别于其他。在许多年里，我都是愚钝的，而她不是；我固执，而她不是。我是榆木的脑袋而她不是。"她比我好多了"。

我站在台阶上，远方的空气太高远。树木也是寒冷的，虽然被晒在月光下。"我想抓住一棵树木的心，但是不成。"我总得移动，总得活，"所以问题来了"。

她站在月光下，从不犹疑。她是葱茏的，而且美。"那么问题来了"。她如何记得我。迷恋我。她如何忘记我。那么问题来了。问题来了。我大声喊着，模仿野兽的声音。我向那些原野里扑去。我的鼻腔里都是寒风。

我曾亲眼见到一个斗士。他的衣服碎如牛哞。

我眼睁睁地看着这种大大小小的泥团被塑造成型。我带着一些问题去洗涤。这些日子，我的睡眠稀少。我如一只远古时代荒鸟。那么她才是最好的。

懂得珍惜这大大小小的细碎的鸟巢。

我自然站在月光下。那么多的植物都竞相开放。

我乐得站在月光下。那么芬芳的鸟巢啊，它们裹挟起了我深陷记忆的心。

我认识一个邮递员空气。我打死那些虫子心怀愧疚像一个罪犯整个下午都走来走去。我站在台阶上。我太激动了。我有什么话说。

月光怀孕男孩，她是如此正确，芬芳扑鼻。而我俗气地买了一张彩票。我中奖了。我奖励自己独守着这些虫子们。我想看着它们苏生的面孔。

像看着我躺下，醒来。那么问题来了，谁才是夜幕？

谁才是虫子们？

叙事学观察营

一、成功者戈比

无论天气阴晴,戈比总会出门。有时他以头触及地面走路,可以行往无限的远方。但是如果他心有挂碍,树木的叶子也会阻挡他的征程。他喜欢浑若无事地离开他所经历的整个家园。他建立了一种成功者所能拥有的自信和沉醉的魔法。这样看来,一切维持他活下去的叶子、自信、沉醉的魔法都是极有意义的。他还喜欢在天将暮时飞速归来,当他的身体全部着陆,抵达沉沉庭院,白昼的最后一丝光线就被夜色完全地吞没了。除了这些笛子,他还喜欢吹奏那些不存在的梦想、跛足的怪兽、忘年的植物。他的思想和吹奏都是极有依据的。据说他上古的祖先就从来不会将自己完全丢处到黑暗里。因此,闯江湖的时候,除了那些笛子,他还拥有烈日、烽火和难以遏止的渴意。他的心脏可以随着他的愿望飞翔。为了使自己保持那种最基本的渴意,他愿意使自己的心脏像一片叶子飞翔。携带了整个身体、羽毛般的新月的戈比在星空中飞翔。在暮色沉沉的庭院里,听闻戈比的人都心生了翅羽,整日穿行在一种饭团似的密林。那些人烟稠密的戈比,那些浓颜憔悴的戈比,那些巨硕无遗的戈比……为了找到全部的戈比,他精心绘制了世界上最完整的戈比分布地图。他的手法是极高超的。为了使每一个暗伏在人境里的戈比心有领会，他绘制了起降机运送戈比，观察戈比，暗示戈比。但即便如此，也有一些忧伤的戈比会在暮色所带来的忧伤中死去。他去安慰那些死去的戈比，将忧伤的种子种到他们的眼皮下方，将古老的祖先从他们的头颅中取出，将戈比之心以他的意志凝练，直到忧伤从他的沉沉睡意中将木门打开。他认识所有的需要安慰和打击的戈比、骄傲和疯狂的戈比。为了使他们拥有旋生旋死的心，他将自己所能抵达的所有的叶子都粉碎了，做出一个戈比：青葱、明亮、蔚然……他将自己的头深达地面，做出一个庄园戈比。他将自己的羽毛拴到了吊桥上，做出一个明月戈比。风吹过来，使他的星空变轻了，他抓住一个小球，做出一个重力戈比。等到一切都趋于忘怀的时候，他的四际空空……他变成了一个成功者戈比。他是孤独者戈比。他的手上有无穷的皱纹和丽人戈比！

二、植物学家的女儿们

　　他先造出她们的芳唇。当明亮的日色凝聚为晨露中的绿意，他开始造就她们的身体。他造出一个梦及另一个梦，在茫茫行旅和抵达的中途，他造出日色、植物和必须的沟渠。他顺着流水的纹路造她们的躯干，直到一切在她们的峰顶聚拢。女儿们芬芳扑鼻，因此他能安心隐居，造他的新绿。他造那些园圃，以他从远古珍兽中发掘的新元素。一切似乎都是这样的：他所造就的女儿们扎根于那种湿润而沉实的泥土，那些形形色色的藤蔓植物守卫着他为她们开拓的疆域。他研究梦境，但一直找不到它的源头。那种纷繁袭扰的早晨也让他有揪心的苦痛。只有观察雨水的时刻他才能与自身的宿命贴合。他欣赏着女儿们的生长过程，他必须安心于他的旧梦。他造那些木头机器，与激情洋溢的水母相遇的时候,他的眉毛胡子已经都白了。一只狸猫跳上墙头,他步履均匀地走向它。植物的生长序次在他的心头循环滚动,他担心猫爪损坏园圃。他不急不躁地驱逐一切外来者。在缓慢流逝的时光中他一天天地老了。植物的节候、雨水的浓度落在他的心头。女儿们芬芳的笑声有时穿透夜幕而来。在布谷鸟聚集的谷地,他造出自己的园圃,女儿们围绕着他盛开。他浇灌她们的蓓蕾形成日月同辉的花朵。他以他明静的心浇灌她们使她们形成没有阴霾的花朵。

三、船长的五、六月份

时间容器盒后来行销海外。船长对我谈到这件事的时候,我们都已到人生的暮年。我不知道他们当初是如何设计出来的,但是我记得每年的五、六月份,当我们集体回到仓中休眠的时刻,许多人都会对愚钝之人突然的灵魂出窍心怀疑惑。容器盒对我们有一个特设的中止功能,只要按钮暂停,无论当时我们的处境如何,都一概会与时间的运行剥离。但当时间恢复的时候,那些被无痕衔接的部分看起来总是如此明亮。那时的日子同现在一样,也是灰突突的。船长来自乡下,他并不喜欢海上的月色。因为夜月思乡,会格外地消耗他的疼痛。他的居处总是藤蔓缠绕,如同迷宫,让人恍兮惚兮,总有不知今夕何夕之感。我们在每年的五、六月份的起点和终点见面,交流各自在世间漂泊十月的观感,甚至交换身份。他的信息处理仪在这两个月中同我的持守是混合的。我有时会在梦境中长长地"苏醒"。我知道,这种与休眠背离的状态对我没什么用处。但说不好,通过梦中观察船长,我有可能会发现他每一次诞生时的秘籍。仓下即是深深的水源。远古的神兽在轻快地飘游,它们随时都会注视到两个静止如磐石的人。但是,幻觉和水流的侵袭却不会改造什么，因为时间的坚壁是既定的，它们尖利的角骨既无法渗透，久而久之，就无法忍受。神兽徘徊的水域周围，有一颗水中小太阳在竟夜不息地照耀着。联翩作舞的水草是美丽的，它们宁静的叶瓣上书写着独属于它们的静止。我记得愚钝的人灵魂开窍前，总是需要下潜至水域的下方。他们或许比我们休眠的时间更久吧。利用水的浮力冲击自己的身躯，在一片忘形的睡眠的集群中将他们脱离于时间轨道的灵魂打开。很多仓中画师执迷于实践他们的职业理想。他们分脊剥骨地描绘，将那些神奇的涡流记录下来。仓中的五、六月因此成为一个复数，它们是隐蔽的存在因此没有被割裂。造就这一切的原始人已经彻底消失了。后来船长同我谈起他们在海外的业绩时会顺便谈到这一幕。"但那并不是真正的失控，秩序总还是有的。"我注视着船长的面孔，每次都在想：他又一次诞生过了。神兽窥伺他但无法取而代之，那些因为想攻克某种空虚而形成的角骨也从来没有发生作用。水下岁月永远是葱茏的，有着使人浑身精湿但却迷恋的感受。时间容器盒被发送出去后，我浮海形成了一个崭新的涟漪。但我一直无法确定的是我真正的出处到底在哪里。船长苍老的声音从深深的水源中传来，我看了看他，时间的形影将他脱胎于神兽的角骨凸显在黎明的光亮之中。他总是有着与我们相逢聚散而无常的负重。

四、叙事学观察营

只要他还活着，那种生存的怠懒之感就是存在的。无数从他身边经过的人都感受到了他的怠懒。

他所在的生活靡费太大了，但不仅仅是因为它的靡费，他更多的是由于自己的怠懒而形成了今天的生活。或许他应该直接冲下楼去？这样一来，他所能看到的事物就不至于太过有限。

他的任何尝试和思考都是有效的。那些教师脸部的表情说明了这一点。他们非常诧异地观察起他动若脱兔的步态。或许，他们以为，他本来已经龟缩起来了，不再抛头露面，不再出门——

营房建造在一个悬崖的边上。整个墙体已经深深地嵌入悬崖中了。如果烈日照射，营房中的人就能够感受到生活的开始。他们活着为了观察。他们感受力的发生建立在光亮照射的基础上。

如果没有阳光，他们的工作就充满了荒凉之感。没有阳光，就无异于生活被囚禁。所以一年之中，倒有不下于一半的日子使他们变得类如囚犯。他们由于没有太多观察的心情，所以观察出来的成果就是千篇一律的——

他生活在整个观察营的外围。他受到注视这件事本身是没有意义的。但是，身受注目却使他知道自己尚未处于人生的穷途。不过，他无论如何都不愿意描摹这样的生活。他的心情之中充满了无可描摹的怠懒。

他能够鼓起余勇冲下楼去的时候是不多的。倒不是因为从楼房的顶部过渡到地面上的路途漫漫，他只是因为选择的艰难和身心怠懒。反正最终的结果是一样的。反正无论如何他都要回来。活着本身只是一种不再有任何期待感的往返。

他们的整体观察其实与他的生活所涉无多。尽管，这个营房的建造是出于他的申请才最终落实下来。最初他看到它在自己的视野中慢慢成形，他还以为自己百无聊赖的生活终于结束了呢。但时隔不久，这种生活就形成了一个固定的程式却又对他不加约束。这是荒谬的。他不能越过自己最基本的生活感觉与他们交谈。他只是看到他们在观察自己。

一年中的任何月份都是这样。徘徊在楼房中的任何区域都没有洗刷掉他的怠懒之感。在他焦躁地走动在房间里的时候，他能够想象到整个营房里的人都各自通过一个望远的设备在观察自己。为了表示已经无所挂怀，他不再从自我的角度反观他们了，甚至连想都不愿意去想。

他们日复一日地生活着，似乎所有的目的已经达成，他几乎不会再有任何想法远离这个区域了。尽管，他们彼此心有戚戚的样子无人记录，但这是事实。他们在阳光葱茏的日子更能感受到它。

他找到一个木楔子在自我的肢体周围固定了一个框架。如果不能阻挡自己的感觉时他就把自己楔入其中。那些青年教师如果连续一周见他如此，就会变得更加无所事事。他对他们无所思无所求的样子充满了同情。

有一个夜晚，就是这样，他百无聊赖地绽开，百无聊赖地固定了自己。他仔细地聆听，整个观察营的人都已经安睡。他抬头看了一眼月色，而后低头屏息，想象了一下未来。他觉得自己的生活就是这样。所有为了被观察而形成的靡费都没有培育他的成长，他只是看见了，心有月色而感受寥寥。就是这样。

五、譬如朝露

这一个午觉，睡得太长了。从中午一点起，我整整睡了六个小时。所有的故事都因为睡眠的延长而变得昏暗起来。最使我惊奇的是醒来的一刻，我居然看到了天降繁星，无限的穹苍照在我行将苍老的心上。但我仍坚定地相信，"午休使我天然增值"。那些睡眠之前已经衰减的部分开始一点一点地复原，我几乎再也不需要用力就能够回忆起我的"未来"。

我站在异常遥远的前方看自己。我知道我是在一座山丘里睡过去的。那些密密麻麻的世人都已葬于草丛，但是上帝的鼻子上挂着露珠，那是他所创造的那些人的灵魂。他们密密麻麻地挂在他的"心上"。大概如此吧。上帝的心是隆起的，他的鼻子贯通着他所有的悲伤。他的所有的悲伤淹没了最为冷漠的季节，使天地间的一线再度混沌不堪。我的"未来"就站在上帝曾经驻足的地方。

我知道，我是在许多人不加注目的时候睡过去的。这样很好。上帝也不用特别地提出告示，来防备我在中途突兀的"苏醒"。只要我的睡眠到位，这些所有的故事就会慢慢地朝前走，它们不必怀疑自身的速度会低于上帝的额头。上帝的额头长在他的心上，他的身体的所有曲面都连通为一线。上帝居然是长鼻子的，上帝？

我醒来时繁星照耀，但是整个宇宙（我的视觉的所在）已经没有一个人类了。我几乎再也不需要用力就可以回忆起我的"未来"。我喜欢的上帝也是个胳膊腿都健全的小人儿？我想象着他向我逼近的一天，我控制着我已经死亡（瞬间的快感）的幻觉，我应当喜欢这个胳膊腿都健全的小人儿。也只能如此了，他已经呼吸了天地间的最大芳醇。也不过如此啊，上帝！

我曾经在会议室里待过很久。上帝坐在主席台上研究我们的"未来"。但我昏昏欲睡，我一直处于回忆之中。上帝和他的"仆从"们的会议室里密布着花草上的露珠。已经在通向天国的人群中的灵魂。人群中的露珠。我处在密密麻麻的昏睡之中，只有如此，我才可以保持我不被上帝发现的错觉。事实就是这样，上帝并不高高大大，他比宇宙（穹隆）都要小。小得像根虚妄的指针。他积累了我们从无到有所有不可忽略的部分。但他仍然比万物都要小。

我醒来的时分，悲伤和繁星已经降临。我醒来的时候，我的床榻已经朽坏了（生出了千年的裂纹）。我醒来的时候，我的爱欲也已经降临。我轻轻地泯灭了我的记忆，尽管所有的"未来"都在向我靠拢，以抵制上帝激烈的调门。我不喜欢站在山丘里听呼喊，我也毫无再度活一次的好性情。"那是乡间的一个傍晚。我坐在我的阁楼里关着的窗后注视着那个牧牛人。"

如今当我再度回忆我的睡眠时,天上的云层飘过星河,我孤零零地活在我的"死亡"之中。我无法建立我真正的回忆就像我不知道这个星球上曾经有过那么多灿烂的露珠。那些一点一点缩小(贞洁的缩小)的灵魂?那些锦心绣口不知妄言的虚数,那些不存在的、自我克制的灵魂。那些自我苏醒的灵魂?上帝和他的"仆从"们岿然立在会议室里,为了一个不存在的未来展开激烈争辩的时候,我所听到的天籁只高过了一宿星辰。

我渐渐地自我抑制,将生的虚无变成此世最坚实的泥土。整个山丘本是我们人群建立起来的,它隆重地站在天地方圆的正中(像一个理想的极限)?我偷偷地以我的虚影观察上帝。这个很少会让人觉得慈眉善目的老头儿。我站在他的身后,观察着由他亲手制造的生之虚无。"你的午睡太久了。已经长成了一个牧牛的穹隆。"我听到上帝的肚腹之中,有如此不可辩驳的大声。

我从我的睡眠之中逃了回去。我的"未来"已经草木不生、无法形容。我站在日益破败的世间,看着那些露珠集体蒸发,变成一些白石灰、灰石灰、黑石灰。我的心跳迅速异常,就像自我分裂(物理性的)前的征兆。我不知道上帝四顾的荒野是否仍然伫立。我不知道那些与上帝展开舌辩的斗士们是否仍然活着。但我坚信整个世间已经没有一个我的同类了。即便作为"亡魂",我仍然能够感到那种飘荡无依的孤苦。

在这个意义上,我是不相信任何上帝的。

但是,在日复一日的回忆之中,我的"未来"为我建立了思念(上帝)的星群。他的塑像变成了我午睡方醒时分的一个图腾。我在漫长的午后看到了上帝无所不在的面容。我渐渐地热爱上了上帝。我爱他?"那是乡间的一个傍晚。我坐在我的阁楼里关着的窗后注视着那个牧牛人。"我学习牛哞以赢得上帝的欢心。上帝渐渐地意识到(看见)了一个"亡灵"的存在。我在整个午睡过后的漫长黄昏,开始聆听上帝内心中划过的那种流水之声。整个山丘都变得空荡荡的（草木不存），曾经洞悉万物肌理的会议室也已经破败不堪。风吹过大地的须臾，我看到整个上帝和他凝视过的露珠都变得空荡荡的。

六、镇守

"你当时等不到他，其实也可以独自采取行动"，她斟酌了一下措辞，慢腾腾地对我说，"因为他压根就没打算去，所以你在这里等他，也是枉费心机。"她说着就哈哈大笑起来，"你在那里给他设了陷阱，但他没有上当。这就是事情的结果。这样说，你高兴了吧？"我得承认她说得好，有道理，但也仅此而已。她不是设身处地地考虑他人感受的人。当时我在蜈蚣岭，离黄金场大约有二十公里之遥。但我没有打算前往黄金场，因为让我疯狂的那些因素都不见了。现在只剩一种可能，就是随着事情的发生让潮水涨起来，逼他回家。他只有这一个机会了，如果他不愿意就此滞留异乡的话。但我始终没有等到任何人。等到当年的秋风收割完树叶，我就靠近了终点，想想年轻时候的冒险，我觉得蛮有意思的。"其实她也没有到过黄金场，她只是依据她的猜测这么说。如果让她独立领军，她或许没那个才能。但她就这样把她的白日梦说了出来。"我这样想的时候，她仿佛听到了。于是我听到她在说："黄金场就只有那支部队，他们原本与我同生共死。但后来我们分开了，我回了故乡，他们继续行军，去黄金场镇守。有些人觊觎我的身份想谋害我不成，就猜测我只是一个花瓶。这件事情的真相你最清楚。"或许她是对的。但是我得渡河，就没有与她辩驳下去，"等到明年的雨水变成果子，你可能会遇到他。到时候请带话给他，在这之前，一切都是这样。"你瞧，这还仅仅只是一种观感，但世事无常，我没有办法来描绘和及时阻挡。我就这样来到了枝条上，变成一只雁子渡河，再乘那些风的舟楫回家。

七、飞峰团团长轶事

那时候海盐都在拂晓时从东边运来，执行这项任务的就是飞峰团。我认识他们的团长。他们的团长姓王。他执行这项任务已经七十年了。但他起初并未老去，甚至有越活越年轻的迹象。他的第一任妻子在三十年前已经离开他了，因为她已经习惯了他的昼伏夜出，所以在与他分离的时候，脸上还带着一种等候他跳下船头冲她呼啸而至的蒙昧的激情。但她必须离开他了，因为她已经白发苍苍，而他青春茁壮。看起来，她就像是他的老祖母似的。他无法挽留她，就像无法挽留昨日的云霞。在她走后六年，他才娶了他的第二个妻子。后来，在共度二十多年的光景之后，他变成了青涩少年模样，而他的妻子却已经失去了少女时的娇颜，看起来像她的母亲。她学会了长吁短叹，和他的第一个妻子一样，她已经在做着同第一个妻子一般无二的打算。他从东边海上回来的时候，带来了那里的冻土复苏春消息，但他还是没有办法将她离去的脚步稍加挽留。"我们会越过越不自在的，除非太阳从西边出来，除非……"阴阳翻转，大树小草，他知道了她的最后一句话是无法说出来的。除非他也老了，除非他会与她一起死。罢了，他回去看他的飞峰团，那里站着一群与他一样返老还童的人。离乡的惆怅泛滥开来。因为他们无处可去，只能泛舟海上，任汹涌的风波冲撞他们日渐衰老的心。他们在那边已经回不来了。他的妻子站在埠头等他的时候，看见无数海盐的白光拥挤着近前来。

"你认识我们吗？"

"我们都认识你，我们都认识王团长。"

现在是层出不穷的海盐的白光在纷纷扰扰地围着她说话。

"我们是东风团的。"

"飞峰团已经解散了,如今王团长孑然一身漂流海上。"

"你们认识的王团长……现在是不是一副婴儿模样?"

她终于把埋藏在她心底的话说了出来。

"哈哈哈哈……"一粒一粒的海盐的白光大声笑起来,"王团长是个婴儿……哈哈哈哈,笑死我了,王团长……一个白胡子老头,一个婴儿。"

"……但是,不对,如果不是这样,他为什么不在拂晓时回来?"这时已经暮色四起了,她目注海盐的白光消逝。她第一次发现衰老和肮脏的世间这么美。她泪流满面地站在埠头注目海上。她看起来孤身一人,但实际上不是,一个更为苍老的妇人已经来到埠头,站在她遥远的身后等候多时了……她们默默无声地,憧憬着夜色之后的晨曦到来。

八、宽阔的海洋国

那些国家的主人都住在他们身体的外面,离他们自身命名的核心很远;冥冥中应该就是这个样子。有时,空气会显影出来,弯曲,悬浮,突出了他们的形容。有时,他们集体行云布雨,将那宽阔之地扩至无穷。有一年,我便到了海上,没有庙宇和菩萨,但有诵经的声音。这是他们集体的圣心在起作用,我内心的安泰渐渐聚集起来了;离他们很近,可以看到他们举手投足的样子。在他们的中央,是一只饕餮巨兽在啃着骨头。我觉得那不是黄金虎;所以,毫无疑问,我错过了。流云有时会密布在卧室,因为思绪纷纷扰扰,像坐地日行八万里般跳到穹苍之上。流云也不做客,这里就是它的住所,那欢快的铁也变成了它们的分子,经过烧铸得以安宁。我小心翼翼,没有一点虚伪的念头;否则你会看到我的头顶长角。我的梦想就从这里发布,反正也没有人真正地用心看着;但它总在革新,像老实的庄稼人时刻研究、深耕他的田亩。我们的眼力都不错,所以能看到宽阔的海洋国,密密麻麻的,像群蚁一样多。我是希望可以淡漠一些,弄来草木做伴,就不会觉得孤单;弄来双足,就可以奔腾欢呼;当然,梯子还在那里,我们拴根绳子在腰间就可以往那最高处攀爬;放心吧,遍地都是浮云的主人,他们不会任我们的重心不变,虽臻于高处却失去根本;总有一些左右互搏手,与我们的时空是对等的。一次,两次,三次,我们像一些猴子拥有了故事。你不必担心后来转化的人类会忽略这一切,也不必担心你会因此失去秘密。那最勇猛和诚挚的人都在途中,他们知道这里人群的来处。就像山中的器皿会被烧铸至于无形,你当有一颗宽阔的海洋心,虽身至太虚但无所不在。在闷热的夏季到来之前,你且陆地泛舟,渡那些花草复苏的山口,蜜蜂"嗡嗡嗡"地为你长进了句子,你是一个负劳役的苦行僧人?不,货物已经散开,你可以抛掷的岁月延伸了时长,为这人类的日出,"你已经晒黑了"。所以,在那些温和的字迹里住下来吧,海洋广阔,它就是"黄金虎,铁廊柱"。

九、时间的戈壁滩上

杨农的妈妈煎鸡蛋给杨农吃,熬小米粥给杨农喝,同时允许我们分一杯羹。杨农不好意思吃独食,因此允许我们分一杯羹。

杨农的猫好意思吃独食,因此不情愿分我们一杯羹。

猫没什么话语权,猫只是猫。

我注视着猫的样子看起来它很乖巧,但它的目光盯着我看使我几乎不好意思起来。它没有催促我离开,没有拿它的猫爪抓我,但它就是眼神冷漠像在向我下逐客令。在与它对视中我尽量使自己不以为然因为它只是猫。

杨农说,吃吃吃,吃鸡蛋和小米粥。

我说杨农啊，我们先到外面玩儿。杨农啊杨农你莫要激动，你的猫是狗变的，它通人性。杨农啊杨农你先吃你的，你莫要管我，你的猫就是狗变的，你莫要管我。杨农你个坏蛋，你竟敢唆使猫来与我们对抗。你的猫是狗变的……杨农我先去外面玩儿。

时间的风长驱直入。

这样的场景反反复复没什么意义。杨农是我的亲亲表弟。他后来娶了"戈壁滩"上王龙家闺女。杨农你是我的亲亲表弟。弟妹我认识她不就是"戈壁滩"上王龙的闺女吗？

时光流逝，王龙死了。王龙的坟里住着王龙的骨骼，时光仍在流逝。杨农的猫后来跑到王龙坟地里变成了他的一个同伴，千日守孤坟无处话凄凉。"戈壁滩"上风大。我们都在时间的"戈壁滩"上。

之后杨农的猫也死了。之后"戈壁滩"上的灌木长高了一些，覆盖了它所在的小小区域。风从遥远的西部吹过来。遥远的西北风啊长驱直入。杨农啊杨农，你后来也老了，两鬓苍苍像是你爹。你娘更老颤颤巍巍地为你做饭，但你娘一直活着。

活着真好。活着使人震撼。

杨农啊杨农，我经常天不亮就醒了。醒了就再也睡不着。想起我的童年，想起你就住在我旁边。我们后来有多少年不见，再见时，你已经变得苍老。可我已经忘记你早年的形象，好像你一出生就是这样了。好像我一见你，你就是这么老。

西北风大它仍在刮。我们的多少年都被它刮跑了。你总是沉默着不说话。你好像连一句话都不说。

我不记得你太多事。我忘记了。彼何人斯？

我总是清晨叹息睡不着觉，我不知道你的近况。我们后来老死不相往来。

我们大多数人后来老死不相往来。所以不知道有多少人悄悄地走了像自然界的草木一样故去。这就是人间啊我们不能将死从中间剖开。

我们不能将寥廓的谈话从中间剖开。具体点说,我们不能将沉默者的独语从中间剖开。我们已经无力将时间交给我们的沉默和寥廓再从中间剖开。

西北风广大,它容纳了上下左右八方云游的客人。

杨农你就是那个客人你为什么从始到终都不说一句话啊。

坐井观天者的困乏

一、拯救者

如果说，我们最初是在经过窑洞的上方时恰如其分地听到了他们的呼救声，但一旦我们现身，这些呼救声就戛然停止的话，那我们对自己的怀疑也就无法不异常地加重了。如此三番，我们每次从窑洞的上方沿着台阶往下走的时候，都可以听到呼救者刚刚降落的喘息。但是，我们无法从容地站在窑洞的窗子前盯视他们，更枉论提出自己的诘问了。

（呼救声像是从未发出似的，它只是隐藏在我们的脑海里。）

病的是我们自己，这差不多是后来每次下台阶前我们的感悟了。他们的日常生活过于稳定和缄默，但因为无所事事而生成的沉思便更显得浓重了。我们与他们都过于熟识，因此能够从不发一言而弄清他们的形容。不过，他们活着而成为我们的替身，并且总是在我们所以为的煎熬之极时喊出"救命"的呼声。我们从自带的辞书里翻出几页，撕碎留在窗前，供他们在寂寞难耐时咀嚼。

每一次，他们都把这些枝叶吃了回去？我们曾经相信，他们能够维持不死，便是因为这些旧书的残页。但事实上，它们是不食的，纸页只是自动消除了。

在窑洞的上方和窑洞的正前方，生活了我们的命运的两个时代。我们从未替换身份而栖居，因此关于他们隐蔽之极的压抑感，我们也从来不能彻底无遗地感同身受。他们终生作为我们的替身生活在这样的小屋。有极少的阳光可以照在窗台上。他们收集了这些阳光，维持自己缄默时的怀想。

关于呼救声，是我们经过窑洞正上方时的灵魂作怪？不，不，我们并不愿意作此想。每个看似我们的影子的替代者都生活在沉闷的地平线之下的窑洞里，不仅免食一日三餐，而且免除睡眠和醒悟。他们像一群鹦鹉，但已经不会发出任何模拟之声。所以，呼救声是不可能再响起来了。远方的山峦也能够证实他们的宁静。

作为时怀拯救之心的人，我们现在站在了轩敞的空地上，那些静静地观望着我们的瞳孔是我们携带已久的沉思的指引。

二、替代者

他们是生活在生活之上的我们的替代者。"上"，是我们平静地不死的生活的翻转。有时，在我们体会到他们生存的实质时会及时地把他们内心的镜像喊出来。这种呼喊，造成了我们之间的误解。他们一次次地拾阶而下，来寻找那些声音的来源。

误解和相遇都是他们的云霄。我们只是不死地生活在一种餐风饮露的寂静里。

我们不知道窑洞建于何时，更不知道自己是否由来有自。一切只是他们听到自己尖利的悲观之音时的交集，而我们却始终是缄默的。他们早已成为我们在生活之上的替代者。那些必须饮鸩止渴的人，造就了我们灵魂的不死。

我们用以发出呼喊的是我们的"吸引"。

如今看来,替代是遥遥无期的。没有最后的一次呼救。窑洞是永恒的山石砌成的。我们只是凭借一种"吸引和幻觉"住在这里。而他们的所有意念,都是一种试验品,包含在我们无所不在的命运里。

三、机械师

机械师并不是一个伪造,他只是向着那些他自认为对的事物接近。但我们不理解他,所以将谬误的种子种在了他所路经的道路上面。我们的记忆如果是空灵的,那一切对于机械师的梗阻便全无作用,我们不会以我们的空灵去遮蔽和解放他。有时候,在这种欲辩已忘言的情境中走来了混合着无穷创造欲的机械师,我们认识他的时候,季节的风雨已经过去了。那些激烈的动荡的风声,使我们产生了尝试和爱欲的冲动。

(必须深刻地相信这一点,他可能是使时间的空隙得以腾空的鼻祖。)

四、目盲

目盲并非他一生中的败绩。目盲其实是他的最高荣耀。说出这句话的人貌似没心没肺,但事实如此。正是目盲使他找到了想象力的天梯,他因此可以无视时间和空间中的无穷障碍,毫不费力地一次次地攀了上去。他找到的是修辞的极限翻转,即把修辞带到它应有的高空再使它凌空急降。正是这种不可思议的坠落感挽救了他。他的思考由此大过了他身躯的所在。再也没有比这更显明的事实了,他不但通过降低自己的肉身凡胎找到了一个宇宙,而且慢慢地发现了一种再造之能。目盲是他的现实而非梦境,他写下的是时间的诞生而非一般意义上的流逝。我们就这样注视着他，而他以目盲之姿，注视着无限广阔的天穹。我们没有看到他的记忆，但他却看到了我们内心的全部沟壑。他不是通常意义上的目盲，在时隔多年之后，我们应该明白他携带着无数奇珍让视觉缄默的悲苦和象征！他对目盲的成功挽救，是一个人依靠内心的辨识能力而写就的最完整的史诗！

五、坐井观天：一种批评美学（1）

很多作品并没有多少思想，但却有优美的故事的弧线，如《喧闹的背面》及《猫头鹰与夜鼠》等书都曾让我们觉得惊奇。我是受此启示才开始罗织故事，但这种他人的经验——实质上对我并无用处，我很快就知道我的一切领悟来自神启。我的自身便诞于这种古老的冲动。没错，容我讲细一些：我学习写作的时间大概在二十年前，那时父母尚未垂垂老去，他们在夜晚大约会有性爱，只是我很久以来并无一次亲见。当然，作为父母，他们无比慎重。后来，我是在准备学习用特异之法讲故事的时候才突兀地想起了某一天夜里我所观察到的景象，是啊，那一天便是上帝创世之初——我看到了如同《阳具与逻辑学》中所记录的事实：父亲压在了母亲身上。我发现对于造物，我产生了深深的恐惧和不安。大约很少有人会胆战心惊地面对自己的秘密由来这一沉闷事实。我后来还很偶然地同《记录：我们的家园与性》的作者探讨此事。她告诉我：这一切并未如你所想，它毫无意义，真正有思想的人并不需要懂得多少性爱哲学。他们只尊崇造物。我很难过。那天我们行事已毕，并且自思此后定然再不相见。我想：我使用过更为清晰但却极端的方法去批评我的朋友们的创作，我将他们庸俗的故事理论斥为一箩筐臭粪。我告诉他们：单薄的故事逻辑并无用途，我只歆慕事物本质。像那些故事，我们的父母相爱,其实并无须描摹,不,或许应该说——真相总是打消我们的书写冲动。他们相互殴打和诅咒,然后在我们的视野中专横行事并开启我们的人生前传。我清晰地看到那一刻的须臾,天地如同翻转。我恶心地离开事件的核心而跑到黑天里去。那天明月高悬……当然,《药物思念》的作者后来也同我结下梁子,原因极其简单:我在作品中爆料了他同某女星有染的故事,并且蒙他对号入座,并且蒙他撰文攻击。如此一番吵吵闹闹,我便变成了被父亲嘲讽的对象。说句不该说的话,他是个作家兼之老混蛋。我后来决心搞批评便是拜他所赐。他是那类自我感觉很好的人,但文字却糟糕到了极点。我相信,我再也没有遇到像他那样的作家,即使我的拙劣的朋友们,他们虽然被故事绑架了去,但也深信自身并非绝对优异。但我的父亲,绝不。我翻看了他写的书——每次都是这样,只翻看几页,就下断语:他并不出色,并无天赋。但他高产,且振振有词。一切如同他高涨的性欲一般,他使我感到可耻。我后来连母亲也敬而远之了。有一些夜里,如果父亲出门,而母亲孤苦无依,我在家里的某个角落,无聊地陪着她时,我总有一种混乱之极的错谬感觉。我相信那一刻,记忆开始作祟。而母亲,她茫然地沉睡。不,我不能想下去了。在《恶之书》的作者看来,我的心理已经出现问题。我的批评事业也早已产生危机。为了报复某种不可克服的情绪,我在自己死前的那个夜晚写下了一篇遗书,并且准备作为遗产交付整个世界。这篇遗书有一个郑重其事的标题,名《我乐观其成》,事实上却是写了一群沦落的人。当然,其中的核心是:我得同他们一一拜别。我之所以写到具体的名字,是因为我觉得他们拥有超越我的那些可笑朋友的强大伦理精神。他们懂得阴暗学说来自上帝造人的忧悒刹那。"而我,便近于上帝本人。"最后这句话,我是在简短遗书的背面悄悄地说出来的。我的简短遗书是告别的尾声部分。我谈到了三点:第一,我说我已经遗忘了我的父亲,但无论如何,我不能阻止他写书,为了防止垃圾书塞途，我希望我所提到的朋友们能够替代我完成那未尽的批评，我希望父亲接受这一规劝，从此隐身山林，种祖父留下的那几亩薄田。第二，我想告诉我的一个兄弟，我死后无须举办葬礼，只是要挖一个坚固防潮的深坑，我的用意简明，就是希望我的几部批评文集能够多伴我些日子。第三，我对于我始终耿耿于怀的那个夜晚，一直准备要写一部书，但现在没有时间了，我写下了几个细节和关键性词语，供那些有兴趣的人参考。我希望在我身后，能由此产生一部惊世之作。当然，后来的事情我看不到了，只是在我的灵魂尚且没有消散的那些日子，我知道《记录：我们的家园与性》的作者利用了我的这些素材，写了此书的第二部，并且很快付梓。这部书有个副题，就是《一个坐井观天者的无边忧愁》。我不知道此书是否可以流传，但一切无关紧要，因为，我在彼世，能感知人间的日子很少。我很快就什么都看不到了，我很快就什么都不知道了……

六、坐井观天：一种批评美学（2）

最开始的时候，他只是想写一篇《作家谋杀自己》的短文，但稍一怔松，就连这一想法也放弃了。因为此一想法的产生来自阅读，而阅读后写作，在他的经验之中，常会带来与他人思维的重叠，这一点，与他目前的状态和身份不符。他只要想到放弃，就重新产生了那种前所未有的勇气。如你所知，即将诞生的一切不只是那华而不实的词句，更包括他的良善之心中的羞耻部分。他无法不把自己想象成一个神圣的人、一个清教徒……在此之后不久，他荒唐地离开了人群，租住了山上的房屋和土地。他的朋友们日渐稀疏。那些固执地坚持拜会他的人开始时也有那么几个，但在吃了十数次闭门羹之后，连那最顽强的铁石之人也消失了。他开始慢慢地回忆起目下这种生活的由来。

在泥土、水流与空气交织而成的自然之中,他不只获得了静默,而且耽于冥想的时辰越来越多。他不再酗酒,因为找不到任何对手。但没了酒精的调和与刺激,时日一久,他发现问题来了。在一个穷极无聊的午后,大雨突至,他待在屋檐下满怀期待地观望着天空。他记得幼小时候的雨后彩虹。但结果让他失望,彩虹一直没有出现。大雨持续了很久,直至黄昏时分,山洪暴发,冲进了他屋前的池塘,搅扰了他的内外宇宙。他觉得悲观和饥饿,但由于大雨阻隔,他心里的烦忧更甚。在思谋了许多时候的深夜,他再度翻开了书。他想写一篇《作家谋杀自己》的短文。这次是受十年前的自己启发(他阅读自己的著作),他毫不犹豫地拿起了搁置已久的笔。只写了两行,他就觉得一切都在回归。他的父母远在更为遥远僻静的乡村,从前他写作的时候,他们在院子里穿梭忙碌,像在侍弄整个地球。他总觉得人间忙碌异常荒谬。他那时很少在深夜写书,但是时间在把一切做旧……他看到了自己的苍老容颜。

很显然,他的身体已经腐朽。

他不再爱任何人。

但他觉得仅仅这两行难以囊括这长期以来他所经历的空洞。后来他一直在发奋弥补……如此这般,他熬过了一个通宵。多少年都没有的奇遇发生在他的生活中。下面是他书写的句子:"他们什么都不懂,我只是基于某种同情之心才放纵他们言无不尽,但他们却毫无退避自省之心。这同上苍的旨意违背过多。可是,我发现,即便如此,我也能够容忍。而作为个体,我必须晓谕人群,告诉他们人类自身固有的种种痼疾和误区。以前我从来没有想到我尚有如此癖好,但有什么办法呢?我曾经小心地想象过,替他们分析周围形势,以使我们共同明白,即使内心坚定的人也无法保持最后的从容和镇静。最近,随着局势愈发严峻,来找我疗伤的人多了起来。借此机会,我向整个世界表达我的见解:首先,我不喜欢泥古不化之人,再次,我不喜欢高傲自大之人，再再次，我不喜欢如我一样孤单怪僻之人。作为一个异类，我向你们检点我所看到的艺术家的弊病。他们身上，已经程度不同地出现我所历数的问题。我曾经在隐居前痛斥过那些人，其中有一句话据我现在想来或许说得最重：我觉得他们在丢失掉自己的人格的同时，也一同丢失了自己作为艺术家的本能。这从以下几个方面可以看出来：他们的创造力减弱了，但捍卫旧我的心增强了；他们并没有携手共进，而是在相互拆台；他们再没有继续执迷于艺术的荣耀，而只看到了衰老和恐惧所带来的被清除的可能；当然，涉及人格的部分，我不便于具体指出。但你要明白，我之所以退出，是因为这种人比比皆是。你更要明白，即便这样，我也同样厌恶自己。我自始至终，觉得自己并不属于这里。我或许不配活在这个世界上……对，就让作家谋杀自己。"

　　作为他离群索居后第一个读到其手稿的客人，我觉得他的书写语无伦次。但我必须小心谨慎，因为他的精神状况并不太好，似乎随时都有发疯的可能。在此我必须申明一切，以防他感知这些评价后勃发怒火。我们虽然曾是无话不谈的友人，但自从他立志沉默，我发现我们彼此间的沟通已无可能。但毕竟他接受了我来拜访，并且脸色和缓，没有传言中那样不近人情。所以，即使他的书写越轨，我也免不了为他辩护。我只是想，他不该把自己看成圣人，甚至常人有的毛病，在他这样已经超脱的人眼中，也不该被放大。否则，我们如何能信服呢？

　　此后不久，他便真的自杀了。我敏感地意识到他会自杀这一点，果断地在他自杀次日来到了山区，并且谨慎地掩埋了他的尸体。说实话，他死去的面庞看起来很平静，估计是此生想说的话都已说尽……如此而已。但我真是羡慕他的幸福。作为唯一知情者，我果断地封锁了他自杀的消息。这篇《作家谋杀自己》的文字自然成了他的遗稿，但是有什么用呢？他竟然死了！稍一想想，我就觉得意兴萧瑟。但我后来对着夜晚的灯光看他的绝笔……好家伙，终于被我慢慢地看出点门道来了，我觉得这些东西真是有趣，他带给我自己意想不到的一些可能。我真想把他换成我的名字写到另一本书中，但我还在踌躇，因为我难以辨明的事实确实存在：他虽然肉身已死，但灵魂或许还未远离吧，我时时担心他会回来。昨夜，我又梦到他扼住了我的脖子……没错，后来的事实是："我的肉身已死。"《作家谋杀自己》被拍成了话剧。没事的时候，我们也可以此为谈资，来怀念那些已将腐身埋地下的人。他们虽然高傲自闭，但灵魂却充满了卑污。

他们没有任何资格传经布道，"对，他们是污浊的人！"

迷宫动物园

一、迷宫动物园

迷宫动物园建在天蓝色的穹顶，它的进出口密布穹顶的四方，但可以开启动物园的神秘钥匙却只掌握在上帝和他的助手那里。他的助手，也就是他的影子替身。上帝已经多少年没有想到他的助手们了，他把自己变身为一只巨型虎钻进了动物园的丛林中。只有上帝之母知道他把自己封闭在迷宫动物园里，但她是唯一的缄默而守恒的神。她严守秘密，就像保持她生育后的贞洁。如此一来，整个人间便处于动物园的下方，虽万般喧哗却也寂寥莫名。在星雨密集的贪夜，长眠不醒的人可以看到天穹中的巨眼，幸运的话还可以看到上帝的替身在动物园的出口处逡巡。他已经多少年没有返回到他的岗位了，他的座椅，上帝的替身宝座也已经灰尘满面。动物园由无数的星辰密林组成，没有我们惯常想象的铁笼子和各种隔离带，只有一些无形的界限缠绕在上帝内心的沟壑中。他在辗转反侧的夜晚目视过穹顶之上更高的穹顶，但总是为自己的一无所见而怅然不已。上帝不喜欢动物园里的人嘶马鸣，可是一想起他已把他们（它们）禁闭太久就更加怅然了。至于他在昏睡的那些夜晚，动物园之下的人间混入群魔，各种奇巧淫技层出不穷，就绝非他愿意去想象的了。能够窥测一下穹顶之事实的人已经死亡多时,他们坟上的青草长成飘摇的巨树悬挂在动物园的进出口处。上帝并无力——清除它们。他是他自己造出的希冀和绝望的神!

二、所有末世的网

我盗取名马,在那些暗夜里,只有它们能不发一声,缄默而高傲地穿过沼泽。我不存在,但马却是具体的,带着汗血气味的名马,它们不仅比时间具体,比山岳具体,而且比一曲歌谣具体。我曾经在虚空中长途驱驰三千里,去追逐、猎取一匹名马。我带着佣人的头颅、国王的圣殿、高脚杯的模型、魔鬼人的心机,去追逐一匹名马。沼泽上空,不只鹰在疾飞,翼龙在奔,而且还有一些魔鬼人的鬼魂刺破了空气。我能听到空气中抖动的疾风。在我的不存在的坐骑上面,云集了皇帝的羽毛、三万里江山图幅、美人的旗袍和一个侏儒的咆哮。在整个人类存在的末世,山峰平寂,树木枯索,寒冷的事物一层一层地沿河盘剥。所有人的愤怒、墓地、魔鬼,都已经被荡平了。所有的尘灰结网成阵,但是真没有意义啊……我去盗取名马,路过我不存在的冢骨上面。我去盗取一种可以驮着我以光束回退的马。退回到母腹、祖先、原始人、细胞核、星球大裂变的原点。退回到原本不存在的时间的暗部。退回到无马、无我存在的时代里。我从云层中看不到地面的灰尘,看不到笼中的浓雾,看不到飞行和鹰影,一切都是空谈中的斗士、实心年馍中的虚幻种子。我把我们人类的五官留在原本不存在的空气中,马声嘶嘶,低于应命而生而亡的蜘蛛。它们在忙忙碌碌地遮蔽着江山。三万里图幅覆盖了我们的墓地沟壑,我无视着浴室中的我、喰种的我、草木我。我乐得勾画一切虚幻的我。我本来无视我。那名马本来未知之我。

三、你为自己制了一袭透蓝的宝衣

宇宙太古老了，地球太古老了。或曰"古老"二字，不足以语此？是的，是的，"古老"二字，只是我们牙牙学语以来的近邻。周秦之时，距今不就是昨日吗？周秦之地，距今也只是须臾。天地间"如此空阔之蓝"。你为自己制了一袭透蓝的宝衣。你书写的句子像是书写的苦役，你的气息不就是周秦于今须臾间、毫发间的陈腐吗？但它们发出陈腐的芬芳。你拘禁了你的旷远之地、永恒之死地、士为知己者发出的欢快的笑靥。你为自己制了一袭透蓝的宝衣。我头一次觉得需要单独地、反复地读下去。读你的陈腐的味觉的芬芳。读周秦汉唐。不，汉唐不就是我们须臾间的晨曦吗？天地间"如此空阔之蓝"。你是一个坚强的庸人，还是一个脆弱之至的神圣？你为自己制了一袭神圣的宝衣。我在透蓝的空中高处呼吸这白云。千万里幽游之地，千万里透蓝而飘摇的宝衣。你既已将自我的残躯投地而亡，这白云、天际，不就是你的须臾吗？在"古老"的、永恒的死亡面前，你为自己制了一袭永恒的须臾的宝衣。我们从那陈腐的晨曦的字里行间，看到了你竭力制衡自我之悲怆之运命的灿烂而芬芳的宝衣。

四、疆域

那擎天的柱子在白色瓷器城的边缘生长，万物被透明地照彻。那些游走的鼠类渐渐停止了生育，它们看到的擎天的柱子可以折射一切被它们所忽略的行为。那小蛇也有明敏的视觉，被擎天的柱子照彻。它们再也无法隐身于任何事物背后。整个城池贯通了天空，那红彤彤的火焰透明的纹理都在万物的注视中绽开。从某个局部的窗口望去,洒水车的箱体透明而有芬芳,它们被某种广大的润湿之物照彻。因为一切打开的物体无法合拢,所以风像瀑布一般四处垂挂下来。那崩裂的山峰也是透明的,只要朝它注目,就能看到化石之骨诞出一丝丝虬结纷扰的根部线条。我们的行走和栖息都完全没有隐秘,是透明的。天空的疆域包含那透明生长的垄亩,万物之重使一切倒影类如色泽虚无的繁星。雨水和泥泞也都是透明的,只是为了便于区分,那造物者将它们各自的凝结悬挂在柱子涂饰的最上端。最初的时候,在擎天的柱子周围,漂浮着情愿不死的生物,但随着透明之日的增长,这样的生物已经越来越少。通透的疆域因而渐渐增广,柱子变得消薄,渐渐趋向宁静和空旷。在一切注视都消失的那天,白色的大城揭开了它隆重的回声嘹亮的疆域。无际的环型堡垒都消失了,风像瀑布一般涌来。那划分出天地之形的手臂现在看起来也像一个虚影。我们的处在后来一直是透明的。那在无知觉中孳生的小小幻虫从一个未知的端口攀爬上来,风像瀑布涌动,将它冲向透明天空中云霓的深处。整个疆域里的风涌动,将一切悬浮的尘土吹向天空中云霓的深处。此刻潇潇雨歇,白色的飞扬的宁静弥漫在整个疆域里透明的云霓的深处。

五、上帝的村落

的确,融雪机需要两个人来扛,这期间,如果其中一人病倒,就一定得有替补者及时地跟进,否则,雪白的世界会变得更加空旷(形如荒原)。时间凝固的事实之所以没有发生,是因为总有勇敢者在履行他们融雪的责任。但与此同时,上帝周围,又总是围绕着盘剥他、等待他喂养的人群。从古至今,我们都这样冷漠地观察着,并受到了同类的注视和告诫。因为天地间早已变得饥渴难耐,而大雪倾覆的时辰"还早得很哪",所以,当迟缓的事物长出雪白的叶芽,我们也并没有认为那是雪灾在加重了。但天色温煦,并没有一点沦落的迹象。时间照例总是阔大无比。扛着融雪机的人遍布四方,以最匀速的爱来对抗新出的雪白的叶芽。大雪在村庄的边缘根深蒂固地加厚,如果我们不去走动,会使自己更加像一只只冬眠的动物。我们活动的半径越来越小,相对于宇宙性的开拓,这里受上帝饲养的人群却越来越变得萎缩。的确,融雪机需要两个人来扛,这期间,如果其中一人病倒,就一定得有替补者及时地跟进,否则,雪白的世界会变得更加空旷(形如荒原)。我们之所以能够活了下来,是因为篝火的烈焰犹存,而站在高处的上帝目光中仍有怜悯的意思。上帝担心无人问津的孤寂会破坏整个村落,因此他时常隐蔽身心,将融雪机交由最富有责任心的人来管理。大雪的厚度始终被控制在一个适当的海拔线上。但是,星球之寒寓言了一些泯灭的事物,并且拉动着整个冰原从低到高地滑行。那低处的烈焰被抽空了,无数的沼泽变得坚硬和白茫茫的。我们沉睡的正午,整个村落都是荒寂的。那静静的雪泊中冻结了一年一度的鸟鸣,因为风也是凝滞的,所以,它们不会吹刮到人的脸上。细小的雪中沙粒就是上帝的怜悯意思。我们基于他的存在而没有离开。那些冒雪生长的枝杈也是凛冽的。但是上帝的所在时常面朝外面敞开,而我们的绿色心扉却日复一日地向着雪中下陷。扛着融雪机的人有时路过我们的身边,他们身带苦果,一路宁静地高歌。在我们这里,只有他们知道白雪的时间的颜色,因此除了融雪的顾盼,已经再没有别的。因此除了树木的根茎上的冰凌,我们的灵魂已经不再履新。上帝喃喃自语,但上帝看起来多么孤寂。

——我第一次越过河界去往大陆的时候就是孤身一人。那时候,稍微有点儿门路的人都搭船走了。天空阴沉沉的,压在河面上,偶尔从浓云中射出的一丝光线照耀着我的鼻梁。我必须利用我的全身之力才能浮动在水面上。

因为河中密布了怪异的入侵者，它们眼睁睁地盯着水面之上的夜晚来临，好把月色造作的烟云吞入腹中。我是不受这些入侵者喜欢的前人的遗产，既没有随同族人登陆离岸，又没有和这些入侵者同流合污，所以，无论在哪个团体中，我都是缺席的。随着光阴的推迟，整个水面已经变得灰蒙蒙的，我是非走不可了——否则，我很可能会丧命于一个疏于防范的时刻。入侵者的胃口昭然若揭，它们盯着我看了很久，我估计我全身的每一块血肉都已经被他们在想象中咀嚼过了。生死小于天，我虽然没什么好担心的，但是眼看着我的家园变得灰蒙蒙的，我死后的一切已经无法澄明如露珠了——我心中仍然不是滋味。于是，我孤身一人离开了这块水域。我睡得不够充足，我的肌肤可能已开始发臭，我不知道大陆上的气候如何，或许我一登陆就死了——但是，滞留不动又有什么意义呢？现在……我已经在回忆中了。我脑海中似乎有无数的河流纠缠不休。我离开了它（们）的时候就忘却前事，我不知道我曾经生活的水域位于何方。我一离开河界就看到陆地上远远树起的城防的明珠。它们是我后来日夜回顾的灯盏。我可能从始至终就是在陆地上栖息的。尽管，我全身的骨肉都在旱化、干裂，肌肤上的皮也蜕了几层，但我仍然在陆地上活了下来。我在草木中居停……这样的日子我已经过了五年……（《斜阳》）那些我再也没有找到的河流现在看起来分布在宇宙的四方。我在草木中翩翩起舞的时候，我在突兀的岩石上举头望月的时候，我陷入沉思而不入同类耳目的时候，很多河流上都飞动着那些萤火之光的微虫。它们代表我曾经见识的人群进据这个星球。河流中隐藏的秘密随着它们一次次的消亡被埋没地底，而沧海的声浪翻卷来去……我有些累了，在夜月的压迫中沉入草木睡去。雷霆隐隐，它们都打不破我心中的宁静。

——我似乎已经过了渡河的桥。我挪动脚步在我所在的此处。黎明的风声与别处一样,也与我的爱等同。如果我的梦就止于山巅的寂静,那我的未来与我的此刻都不会悬浮。我对于寂静和悬浮的概念是颠倒的。我对于未来和此刻的概念是颠倒的。但是没有人回应的天空也并非只是神的居所。它空空荡荡的。在并无一只鸟儿飞过的阴雨的天空,我已经盘旋而上的心也是空空荡荡的。每个梦境其实都有山巅,但它多皱的思维的曲折却不可栖止。它终究得离开,它到哪里去呢?

我购买过一切我所祈愿的事物。我以我卑微而虔诚的心挽回它们的伤悲。我购买过一切我虚妄的热情。在渐渐冷静下来的早晨,我路过那个异域的城。我从未去过那里,但我总是路过。它苦涩的墙头长满了枯萎的禾木。如果是春三月天气返晴,我还能与我逃脱了危险和趋避的梦一同前往祭奠,并种下自己梦寐的种子。我起用我的日常岁月并将它置于上个年度的融雪。我觉得我没有返回。我只是时刻都在命运的左边。我时刻能看见那些融雪。它与我的约期不变。

但是我最珍贵的清澈的物在哪里?我已经不能完整地取回我的病症。我有时会感到身体局部的疼痛。我有时举步维艰。有时,我会悲悯地注视你。我从未修饰。无论时间是什么,我都知道在它最沉默的钟鼓中有太多负重的生命诞生。我们现在就到那里了。五月以它遥想的力度回过头来环视我们。我们现在就在祖国的边疆。那无处不在的流寓也是珍珠。我们在外面但没有真正的离开故土的感觉。我们的故土有时也与异域的陌生交错难分。

在这个季节里一定有太多的珍珠手环。它拘紧你的力量始终是不变的。有时我们养育它是为了缓解心头的疼痛。有时泥土里也会露出一种蓬勃的时间的行踪。有时我们就耽于这种没有分止的错误。它的存蓄和太多的孕育珍珠的环境是不可辨析的。但是越来越多的人去发掘珍珠。埋葬他们的,是奋发的世间越来越陌生的身怀异禀的人。

——用了九九八十一个月,我们在山上建了一个大村。大桥、小桥落成未久,我们请来月神为我们命名。我们瞻仰过她的音容。我们的村庄因此被命名为附近九九八十一个乡村中唯一的一个大村。月神住在附近的山上未久,我们一点一点地开垦了村庄的土地,为她种下月中的桂树。这是我们村有史以来的第一棵桂树。以后桂树越来越多,但月神的宫殿再未落成。月神不是我们的旧人,也不是一个过路的客僧。我们村累村之福只那回见过一次月神,她为我们命名——春去秋来,使我们获得一个大村人应有的尊崇。岁月的荣枯没有在我们村留下痕迹,我们将熄灭的灯火重新燃过——大村人上上下下都意会错了,原来我们已将灯火重新燃过。如此,大村的历史便是一盏灯明暗的轮回,我们在夜色倾下的这边,可以看到月宫里澄澈、静止的蓝天。

六、祖父

自从祖父诞生,他们的家族驾驭时间的方式就变了。以前是用一枝细细长长的箭,现在则改用漏斗。时间的功效大体就是使人和事物老死,但漏斗丈量不出它的尺幅,细箭的作用也微乎其微。以前,尚未有祖父在时,他们出门进门都要看一眼那枝箭,他们存活的几率取决于箭的锈蚀程度。他们存活的时间长度也与箭存在时带给人的扎痛相关。这是整个家族的秘密,只要是细箭酝酿的睡意都是朦胧的——只要是细箭挂在门廊上,他们就不必四处奔走。关注这个庭院的人都知道他们的内心里有尖利的事物高高悬挂。但是祖父诞生,他迷茫于庭院的衰败、时间的幽深而造出了一只漏斗。漏斗是没有什么大用的。除了众人相视而叹的夜晚它会发出暗光,其余的时刻都是不存在的。漏斗可能是死亡的。与祖父漫长而漂泊于村庄的一生类似,它的每一个局部都寂静而空阔，从来没有笼罩于任何夜色下的事物。漏斗计时开始时总是无人在场，它从来没有发出锋锐之声，也不对任何寂静的容器加以更新。它只是酝酿了一种滴水般的宁静。祖父蹲坐在庭院的深处，草木和众多衰败的花束环绕着他。他曾经蹲坐在庭院的深处，看着一棵大树从幼苗长大并渐渐弯折。菱草记下了大树的凋零并埋葬了祖父的一生。他造出了漏斗的故事村人们闻所未闻。只是月色涂黑了天空的夜晚，整个村落都有一枝细细长长的箭在嗡嗡作声！整个村落的人都在大地的低空处恍惚地入梦。阅览过树木年轮的祖父在亲手洗自己的衣服。他用漏斗死亡的方式计时。村人们眼睁睁地看着他和漏斗同在消逝。时间的微力没有抓住他的身形，只有寂静如愿地深入了这片腹地。但随着遗忘的夕阳绽开，一切都变成了碎屑。他觉得自己便是那枝细细长长的箭。他飞奔入云的时分，黄土上滚落一团团云雾。默默地，听凭落入夕阳的海面追随着花团的是他，后来注视着花团萎靡的也是他。他没有走过河岸，但是时间是存在的。现在说起这些已经没有什么意义了，但是漏斗无形，它向来就是那枚铁钉。

七、月光

万事万物匍匐下来。水涨满了所来之径，许多庄稼都被淹没了。许多头颅都沉浸在水中，被淹没了。路边的村庄中弥漫着古老的悲声，很快，连这种悲声都被淹没了。残垣断壁上站着来人。"这里的事物被洪水冲刷了多久？这里的事物匍匐了多久？人老去和死亡需要多久？"他们的面孔生疏，像来自遥远的月光中。他们驻扎在不远处的山上，观望着山梁上盘桓来去的动物。那些伺机抢掠的豺狼看起来真是使人厌憎。梧桐树的叶子已经变黄了，猫狗衰迈了，村庄和万物的叶子也都变黄了。豺狼饥饿和老去的速度同样快，因此它们匍匐在地上。它们观察着亘古如新的月光,仿佛观察着一截老死而复苏的村庄。月光太亮了,笼罩着整个夜晚,那种虎啸龙吟的错觉弥漫在空荡荡的夜晚。村庄像一截慢慢长大的桩子立在那里。老人们崎岖的亡魂路过村庄,像废墟上陡立一片朦胧的疆场。老人们死去的亡魂攀登村庄的月光,哪里就没有他们拾级而上的梯级呢?豺狼仍然在不远的山上窥伺,它们一动不动地盯着自村庄上空盘旋而来的浓云,它们的所在布满了丘陵般的荆棘。所有豺狼目光中的荆棘都积聚起来……村野的道路上,跳跃着那种粗野的、蛮横的、为劫掠而来的荆棘。老人们站立着睡去,任凭自己在风雨中攀上天梯。哪里就有他们不可葬身的梦境呢?万事万物匍匐下来。水涨满了所来之径,许多庄稼都被淹没了……

交响乐

一、拱门

　　从前我听闻此言，所以把它记了下来，"这是关于诞生的秘密的诗"——似乎十分有趣，但也仅此而已。直到我开始动笔写作，礼海才告诉我："拱门不是全部，它只是我最初见识的一小部分而已。那螺旋形的长廊垂挂在宇宙的一角，看起来像珍珠的外壳那么明亮，照耀四方。我短暂地居于其上，站立着，有些不可名状的悲伤。这不是我亲自建立的拱门，它也没有任何热烈的欢迎举措来消解我的心神不宁。这并非我想要的；这当然不是，但我不知通过什么渠道来到了这里，或因'世界明亮'，它本来就应该这样？我知道在拱门和拱门之间是巨大无边的空旷，或许我应该在那些空旷中找到几只智慧虫、蚁，靠它们引路我也可以诞生。野外始终是濒临生死边缘的狩猎场，我看到猎人们都冲着那最大的积水池蜂拥而来。后来，一个接一个的拱门成环形包围着那些水木棱柱的边缘，有时还有彩色的霓虹为其涂饰。我想象那些清晰无遗的柱础上的文字，不免收起了游戏之心，开始生出令我脱胎换骨的敬畏。这被风蚀脱落的文字记录了我们祖先的幼小时候。那无法复现于我们眼前的蛮荒就是一部无字的史书。柱础上有关于风、鸟和雷霆的变奏，也有关于人类繁衍的机密。令前人们烦躁不安的时代已经过去,如今是在新的拱门集中之地。我们拿起铁锹准备大干一场,挖掘一座种植莲藕的池塘,积新的水流冲刷之力,顺便造出五千年不变的人类奇景。死去的亡灵偶尔会苏醒过来,在拱门的高端做出逡巡之状。如果目睹他们熟悉的白云漂流,便会集体忏悔,拟定誓词,准备重新还于拱门罩顶的世间。只在那些小小的片刻,他们欢愉地从这里出来,门头的老虎和鹰兴味盎然,因为都来自同样的图腾之地,所以它(他)们有彼此相连的心。人与兽的语言交汇,可以缔造美丽的王国。最需要充实的就是那些羽毛,起初是因为流逝的风会阻挠它们形成,后来则是自然老化,像任何被时间洗礼的事物一般。现在我们登上梯子,破例送给它们一些具有粘性的风力,借助这种缔造之法,可以使羽毛的修复变得轻而易举。在拱门周围,昼夜不歇的温情充斥,孩童们也会暂时忘却沉睡穿脊越谷,成为小小的歌手。因为流浪就是宇宙的最大主题,所以在拱门的传奇印证下,会有更多更高的法则安放在天穹。陨石冷静下来,不会去撞击拱门,魔鬼也收敛了彩色的衣裙,不再发出肆意而浪荡的笑声。拱门这里开始出现短暂的集万物祥和于一体的宁静。那最大最热烈的爆破会在亿万年的积累中到来,但是此刻,它只是循环于日常小岁月的落日无痕的拱门……"

二、青蛇

我观察她的表象。她确实妖娆多姿。她的出口无多,或许因为妖娆和愚钝,她始终迷恋她剪掉的辫子。她的根本性的企图是回到那古老的大荒山中去,但是世路多歧,而且沿途多暴风,总在阻挠她的行踪。她星星点点地跟踪了几个旧人,利用他们熟悉的迷途地理,猎获过几只羔羊。我观察那青蛇,她与其祖母相似,都是青棱直柱。但确实妖娆多姿。她在黄昏时变形象和颜色，整体上看，她还得面对一日间一更换（你我）的伤感。在大厦的顶端，她盘旋了一个昼夜，才看清那凛然峰峦。她是我们那个时代罕见的青蛇，因为更多时间的消逝剥夺了她的支柱，所以她还是我们那个时代罕见的命运的幼虫（没有名字）。她迷惑过路的客僧（谁让他们没有定力呢？）。她独身睡过的那些篝火掩映的山洞，整个夜间冒出红彤彤的歌谣火焰。她的纹章随身携带，因此没有能真正掩饰她的光芒的夜晚，她的红彤彤的身躯的黄金色总是随身携带。她是一只不知道自己的名字的幼虫。我观察她的表象，在大荒田野间，我不知道她活了多久，但她青涩的脸庞始终没有发胖。在那些夜半更深时分，她矗立于天涯的最高处。她确实妖娆多姿。因为迷恋她剪掉的辫子，她还申请进入宫廷，打开柜门，寻找旧日线索，为自己变出一个超时更新的法术。她是有恒心的，但不受任何督促和鞭挞的青蛇。她的法术后来如影随形，纠缠她太久，直到她的自我辨别开始使她陷进深深的疑惑。她常常睡着不思醒复，她常常独语乡愁但找不到通往大荒山的任何一个入口。她利用她身形固定不变的法术来遏止她的心头妄念。但她确实徒有其表，妖娆如一类青蛇。她的根本性企图不见得能改变她的疑惑，拉动她日渐僵滞的身形。或许因为愚钝和妖娆，后来她不见了。逸出我的观察，或许独立于一幢飞楼的暗部。化身一个婴童，重新走一趟人世之路。我知道无论怎样，她都足可体会世间艰难。如此一来，青蛇循环往复，不仅悬棺于寨外，而且迫情于寨内。那时她还没降生呢？没有缰绳，谁也无法束缚她的法术。她一再地潜入子母河中觅渡。但她的意思何处？她珍珠的钢铁何处？天下尘埃茫茫笼罩，她以洁身之好向大荒山中遁逃。

三、游鱼入山

山峰下有路，陆路，水路，不是天然就有，也不是完全没有。在山峰之巅和山麓沟谷间有山，曲折的，崎岖的，连绵的，都是山，"都这样叫，因为它们都是整体的一部分。"路也是山的一部分，陆路，水路——我们有时溯源而上，能够看到祖先们热爱的那种红花。红花灿烂浓艳无比，陈列在山坡之上。在我们面前，有时能看到那种大片大片的红山坡。"真是美极了，美极了，因为它们是整体的一部分。"这真使人欣慰，朋友们，伙计，快来看红山坡吧。在瓢泼的雨中，我们可以看到那种沟通我们来回的花丛中的路。看到了，世界就是这样的——虽然万物尽去，但花朵却会绽放如期。在山上，在路与路之间的沟通中，绵密的事物布满我们的视觉，充斥我们的脑海——让我们带着思维的小小芒刺——就是这样，带着思维的小小芒刺激荡入山。海水的洋面扑打着峭岩，湿润的岩壁使人却步，水击崖岸的吼声如雷，就是这样，时间的流动贯耳——是时间的雷鸣，也是一种游动性的物质，无比强烈、突出地进入我们的耳膜，毫无辩驳。一天一天，我是这样观察它们的，沉醉在一种仰首的顾盼、一种山重水复的岁月盘曲中观察它们的。我们的世界中所有的柔软都是这样形成的：你、我，我们所有的知觉和寂静都是这样形成的。我抚摸过一条游鱼遍历江河后的刚硬躯体，我抚摸过它身体上的硬茧，我抚摸过这种游鱼之变。因此我有时满含泪水，为这种游鱼之变？因此我有时曲尽不语，为这种游鱼之变。山风猎猎，像宇宙的小小芒刺飘扬。山峰上——山峰上都有花红稻香，为这种我们看不清的，但却时时处处于世长存的游鱼之变！

四、某日，大河泛为金色

某日，大河泛为金色。而蔷薇花园的折光都集中在东墙角那里。如此明亮！我走过它外面的街区，仍能感到玄幻而明亮的折光。强大的种子被他们运载到地里，东墙角挖不到它们，也无法埋葬它们。但是因为折光的存在，河流如同一口古钟，它沉闷而悠扬。我们走过街区的外面，广场上人声鼎沸。是谁在那里玩闹？那发声的大人也有他虚无的苦楚。在须臾之中露出胯骨的胖子，是他们的领袖？他一个人走来走去。时间的力量他已经忘记了。东墙角的光现在集中到几束花瓣上，它飞快地成长，集中了妖媚和芳醇。东墙角还曾经生长过数枝梅花，但记得它的人已经不多。现在只有一些无名花朵开放在凡间如虚幻的火。我们颤颤巍巍地前往旅行地，中途遇到了一些露营的人。他们都听说了那次战争。你瞧，他们都听说了。如果日出渡河，而东墙角的光可以升腾而至，那你便不必有任何担心。你起得虽早，但入睡却快。你随时随地都可以挽回你所失去的。是的，随时随地，在古东方的花园里，你左擎苍，右牵黄，心神奔突，肢体伸展。你还需要命令一只乌鸦返回它简陋的巢穴吗？独处无所长，我们要愤而离地。

五、无根的漂木

大风突兀地高耸，如巨兽传说；然而这不是第一个突兀的事实了。它们比人都成熟、聪明、力量峻伟（几乎是天然的神力）。这些透明孔道里传出木头滚动的雷霆般的声音，但披拂而至的草叶却陌不相识。就是在那里，最宽阔的海子孕育了山鬼。几乎每一根无根的漂木都知道雷霆，也热爱着雷霆，也尊重并且静静观察雷霆。踏着风沙过去,十九年前的灰白色札记消逝得如此之快;但哪怕是芬芳扑鼻的夏季,也有了那些漂木。在梦境里,断裂着晨曦;就这样开始时,数十人齐步踏平道路。慵懒的正午却安常如旧。洪荒之中的少女也在野外独步。她督促华衣贵胄为天下先。

生下来吧;你把他们生下来就会拥有最复杂而蕴藉的指纹。人间的立方和爱欲激荡都来自这里,哪怕白色弥漫整个天地间,哪怕绵密雨水从此昼夜不歇。一会儿,你去看看火炉里烤着的食物熟了没有;拣些干柴添火,可以使食物的浓香更旺。我保证,他们不会焦灼起来的。也没有任何一种思想会离你的心更近一些。你的视线可以投向时间的极远,总之,他们都是从那里来的。葱白的雾也还朦胧,每次都是这样;锦心绣口的人也在编织和造作。但是不必担心,没有一个走远了的幽魂会取得佐证,重新为蚁房的高墙涂刷清漆。最关键的就是沿着羊肠线登顶。

时间真慢啊;但是惆怅的秋风已经被剥离,但是他们的公司开张,只有一星消息发布。我路过那东边的高岗时,想起那些踱步的方舟;我觉得我有一种被物的磅礴所淹没的苦衷。水中才有故事,但现在是泥沙处处。就这样,是一滴一滴的微露蒙上那呛人的白纸;你发明了那种让人产生秘籍般感觉的材质。除此之外你还有什么?你与他们是不一样的;总之在烟火万状中,就要这种效果。人之活泛的辎重,灌木漂泊的辎重,你带动着虬曲的枯枝发出咿呀声作歌的辎重。你在旷野里临河,大笔无默写突起的宝卷。你不必忘,还有三个栖所,会被视作你之今、古和未来的窝舍。

六、影子流金

火车行驶过大地时造成的叠影是我们那个世界里最大的事。那时我们的精神仍处于开掘期，许多事物都在孕育而未真正地生长出来。但是看到火车驶过大地时造成的震动，无疑会加速这一切的形成。屋子里的羽翼都难以集中，因此我们常常跑到外面去。处于一个观察者的角度审视影子流金的幻觉，也会令人感到惊奇。好好先生也在写一些大气深沉爽朗开阔的诗。我如果在屋脊看到他们会喊他们的名字，高声喊，甚至因为声嘶力竭，而破坏了日光下的宁静。诞生于冻土里的虫子那时正忧患十足，它们大概不会活过这个冬天。为它们的生命常唱赞歌，就这样令我日渐苏醒的心再度恢复宁静。我得到的命令对我不起作用，但即便这样，我还是宁愿待在这里。等到四处流浪的心起来，我就撕开那些窗纸上的洁白和灰色——门窗外面就是一个古老的湖海。影子学说建立在科学城中，他们也力图使所有的人都喜欢这样日趋等待和相似的生活。但这样一来，创造力就被封闭了。我不加掩饰地看着他们离开，带着大小包袱，行往历史的流云中去。火车仍然包裹四季，将八方往来人众连接为一体。祝贺那些僧人，他们接过了生老病死的苦衷。我有时站在艳阳下，风一吹进我的衣领就会陷入那种过时的知觉。明媚的影子总是发出各种低吟浅颂的声音，它们会渐涨渐变渐生灭。当然，早晨起来，与阳光相逢，让明媚的日色贯通你的肺腑，这是最好不过的事。我醉得深沉，也倦怠狂乱无所依。鱼群划过，在火车激荡的高处摆动它们的隐身。如果是金玉河与淤泥的错误，我也就不说什么了。因为贪夜长眠，旷野中只有鱼虾与我们的孤独互为映照。不要让鱼群跑出池塘，它们的虚弱会改变日光的厚度。凉薄的风停靠在枝头，我并未觉得那就是你们。看来时间是对的，我们就在这里等着冻鸭过河。它们会一起努力，换来亘古一新的日出。

七、交响乐

像交响乐这种鸟，我见过多次，但我的记忆并不刻骨铭心。在我喜欢那些单调、清脆的鸟鸣的日子里，我也见过交响乐这种鸟。它们破坏了我对于这个世界的想象力之后，又送给我一种隐形的曲折的小桶。我就是用这种小桶来盛放我思维的一条条直线。我把它们用大扳手加以处理，然后用螺丝壳加以固定。我很小心地动作，谨慎地聆听。我常常能够看到群众和个体的牺牲，他们的面孔中满是迷醉。这是我在放弃了表面生活之后洞开的天眼，我觉得自己需要与交响乐绝缘。

我确信我见过那样的鸟。在急骤的夜晚，我不只见过此鸟，而且模仿它的发声，形成了我不同于以往的新的言说之风。我听到了蛐蛐的叫声，它是交响乐的一个突出的局部。我听到了时光的鸣笛和汽车轮胎与地面的摩擦之声。我听到了埋在地下的祖宗的笑声。它们提供了类似陌生人的旧事给我。我听到了那些笑声，我听到了灯光爆裂、万马奔腾。我听到了动植物之间的转换。它们加重了世界的腐朽和人间苦难的深度。

我确实认识并时时感受到了那种鸟的叫声。直到我困倦睡去，我听到了我的鼾声。万物都在振动，而我听到了那种鸟的叫声。

主观书 IV
时间的精选

深层流云

一、在乡村公路上等车瞬间回想

我在离家的乡村公路上等了二十多年车,每一次所花费的时间不会比另一次更多。每一次离别的伤感不会比另一次更多。每一次我用心地记忆这一切的时光不会比另一次更多。直到我都快把这所有的记忆都压缩成树木,固定在我离开前的土地上了,那瞬间的迷惑仍然未变:我会去往哪里呢?这小小的圆形球带着我的身躯转动,就像带着我的前生和未来循环往返,我的白发胡须鼓舞着我……如今我已经站在他人的土地上了,站在大城市、大村落的土地上了,那留滞不变的我却依然是我。然而,无数国人传说,我们已经站在故里之外的土地上了……风吹过万人的肌肤,能使我们感同身受的,却仍然只是一人徐行的孤独。

二、温柔归故乡

每次归故乡,我都希望自己变得温柔一些、指向明确一些,对意义不太敏感(神经系统更为健全一些)。故乡是对我的感觉的疏导还是伤害?也许过了这许多年,我已经不该这么想了。因为正是我的愚钝救了我,没有它们(不敏感)的存在,我也许已经和忘川一样消逝了。我何必仅仅把一次小小的人生旅行视作我命运中不可或缺的归途呢?无论寒暑,我都该温柔地望着它吧(不要无视,不要怀念它罢了)。

乡村的冬夜仍旧是寒冷的,如北极的星群:仍旧荒寒、寥廓。但是,这才是我所理解的、我们生活的具体的所在。我们没有密密麻麻地生活在人群中(城市里),我们没有密密麻麻的感受(喧嚣的、细致的,并不受到抑制的)。我们只是生活在乡村里,因此拥有那些扎根很深的事物:但我们的理想并不因此而突出。我们只是像自带命运的锤子一般生活在乡村里。

故乡已经没有什么风景了,所以并不需要返回来,不需要刻意为此流连于旅途。唯一使"返回"这个理由得以成立的就是"流逝",因为"流逝"本身使时光陌生化了。仿佛来到了异乡,"儿童相见不相识"的异乡。"异乡"是一个本质上的词,"它"才是你灵魂的根本。

在我渐渐习惯了乘坐高铁回乡之后,我生命中"深夜归故乡"的经验就消失了。我再没有深一脚浅一脚地走进村庄,再没有乘着月色打开家中的柴门。柴门围栏的过去消失了,取而代之的是今日的"深宅大院"。同样的奔波往返,已经变成了长日漫漫——"阳光下的回乡故事"。鸟雀金黄,始终在唧唧地鸣叫着。是常在我的儿时啼鸣的鸟儿?是它们的第几代子孙(鸟儿)的啼鸣?它们一直守候在这里?这座村落更应该诞生它们的"村庄故事"。它们守候我的家园的时日要比我铭心刻骨的守候更久远、更动人!

三、瞬间记

走在这条路上时,我总能想起上一次、上上一次,或者我尚未离开时的一幕幕场景。就是在此刻，我扳着指头数来数去，但无论如何，这回我得向健忘求饶了——尽管我能记得无数，却又怎能抵挡这时间的来去。那时我多大？这条路上人迹渺茫，大雪困村，日暮独步，我看着南山，忧戚顿起；如今它还是那样子，影子般的一个巨大存在，却昭示着彼时与此地间的时空悬殊。母亲从村口赶过来，噢，母亲，我并没有远走。我随时可以转头，随时，那条路都可以回归、缩短、变形，成田地、院落、砖墙，只是我哪里知道，妈妈，你也会变老。天地间的聒噪，且请停顿片刻，在这一个瞬间，妈妈，让我想想，我是如何从你的身体里走出，一步步抵达今天的。往事如蚁，而天空那么苍远，地面上密布皱褶，天地也老了吗？我哪里能想到，天地也会老，它每天本无忧愁困顿，我记得我把它开辟，使之裂变，山河蔓延，星辰无限——在昨天，我是盘古。妈妈，如今谁还识得盘古？你也只是个村妇，我们只需一个须臾，就把自己弄丢了。时间多么荒谬，我们为什么要做有形的神，妈妈，下一世，请许我一个虚无，我来做那时间，这广阔中最无形而永久的存在，这浩荡的乳液，这妖娆之魂。

四、天是怎样黑下来的

许多观察过落日的人也都成了落日，许多感受过黑暗的人也已沉入到永久的黑暗中了。

当天空的余光散尽，大地上灰茫茫的光线里都是水声。我所看到的事物都变得朦胧起来，它们布满了我的故土和旅途。每一年的这个时候，我们都在向着极远处延伸。

在院子里，我看到夕阳落山后留下的谜团越来越大了。它们像黄色的时光的渍布满了我的整个视野。我没有移动脚步。我在感觉到一种夜晚的逼近。

树叶没有随风摇曳的迹象，整个院子里都很安静。但是，蚊虫已经活跃起来，它们使我的心情开始起落。我在等待着那种黄色的光斑淡去。

我不知道自己等了多少年多少时候，那种长日将尽夜晚将临的时刻开始向着我的乡村涌动。许多情绪都在重复发生。

我不知道记忆曾经为何物，但至少在今日，它引领了我的神经。我的幼年步履只丈量过两个院子的日落，它们一样漫长，充满了我所有的不甘和含辛茹苦的时刻。

我慢慢地等待着夜晚的降临，似乎每天都在等。但被我纳入记忆中的夜色却似乎向来便没有转换，它们是自然而然的永恒的夜色，既磅礴杂乱，又无限柔软。

我在等着夜色渐渐地漫上头顶，我在等着夜色涨满我的心灵。我在等着经历它从无到有的整个过程。

但是，等到真正的夜色覆盖，我看到街灯已经亮起来的时刻，我仍然无法说出夜是如何在我的观察之中一点点地黑下来的。一定有某个特别的时空隐匿在我的观察之中。

在我眨动眼球，思考和分神的时刻，夜色就突然地降临了，而我却一直以为它会以一种和缓的面目占据整个天空和大地。

夜色如常：那褐色的、黑色的光已经散乱地住进了我的村庄。

五、深层流云

我在乡下的居所的利用率极为低下，这首先是因为我每年逗留在乡村的日子屈指可数。当然，在一种符合常规的意念的指引下，我来到了乡村，我回到乡村，我居住在我幼年的乡村的日子大约在半个月到一个月之间；这是一个整年度的约数,每次平均为一到三日。而我观看天空中流云的时刻也常常符合这个概算。除此之外,我需要将一年中的绝大多数时间交付城市,并用以面对人生中的各种问题。但自大前年以来,这一切又没有定规,我大可以为了撰写某部巨著在乡村中逗留一年或数年之久。我没有做到的一个原因可能出自我对自己灵魂的姑息。我或许是需要回到城市里。我自己建立的家庭在城市里。我的爱人、孩子生活在城市里。我的工作在城市里。我的写作的重心在城市里。所以,最近十年以来,我已经很少涉猎乡村素材了,越来越少。我同乡村的最大接触便在这条返乡之路上。其耗时约在半小时到两小时之间。一百公里的旅程。我看着窗口。我的人生的幅度似乎被限定了。但是通过每月,或者每四十天一回的对乡下的天穹的流云的阅读,我的童年的面目依然可以及时地返回到我的脑海。我规律性地记录这些回乡的时刻,并且逐年结集为一部名为《危险的怀乡》的著作。我想,这一切都是我自以为是的精神的牢笼,因为我尚且不能充分地结构这样的著作。我只是按照平均的幅度来耕耘。我写下的事实远比真切发生的要简洁和凝练。我自认为洞彻了乡村的一切细节,但这其实是错谬和省略的产物。我对乡村的所有认识都被那深及穹宇的流云所捆绑、拘囿和束缚住了。我的乡下的蒙尘的居所代替我迎来的每一次隆重的日出都像我记忆中的新生儿的生活。现在我接近了它,获得了它,丢弃了它。这所有的错失,都是我人生中的败绩的积淀,因为我无法同时拥有这双向的生活。它们远比我所想象的要更为积极和富足,我只是在流云之下生活的奔波者。我的思绪像张皇的钟摆,如今它看起来远逊于我所生活过的乡下区域。它是需要拨乱反正和祛除雾障的城市钟摆。

六、深层流云：我的乡下书房

我在乡下的书房以超越我的希望之姿在独立地生活着。一张床。桌子。台灯。茶几。一些早年的书籍。它们以超越了季节的冷静和淡泊，在独立地生活着。我能够与它们共处的一个夏季已经过去了。在寒风之尘透过窗户和墙壁的孔隙落到桌面上的时候，我分身乏术地寄居于别处。我不求甚解地活着，在我已经奋身度过的四十年中。漆黑如昨的乡村之夜是最为隐秘而真实的事物，在我能够看到它的时候，更多的浮思联翩的夜晚来临了。我直觉中的宁静，就像我二十年中独自栖息的水底般的宁静。我的乡下书房：一股轻烟般的往事中的思乡病，和继往开来的宏大叙事般的宁静。

七、乡间车站

我从这里行往远方，它那么庞大、古怪而遥远。它是冷静的，随着旧日的一声令下而行往远方。那里雕像突出，我记得那些青色岩石。那里还有万亩玉米地形成的排场。那里是乡间车站。我从这里行往远方。这里、那里，它们都是我的根据地，也都带着漂泊者冷静和荣耀的颜色。可是往日如此蹉跎，我耽搁了多少年啊。我并未在刚刚可以举步人世时便来到它的前方，坐到车站的长廊里看那些游人们。云层也是车站在以流动的方式等你。它们既是故土乡村的云层也是远方的云层。可是后来，我似乎住在这里。我离它多近啊，日夜汹涌的啼声为田野的出路开道，穿过那座铁路桥，我就来到了高山上。眺望乡村车站，跟踪它自我成长、自我哺育的营养期，告诉它：到哪里都是这样的。到哪里久驻都会使自己变得狭小，和具体的空间一样小。或许只有流动的大兽沧桑未变,因此请你袖手做一个彻底游人。车站是我们的祖父一辈建的,但现在他们看起来都迂腐,因为无论如何,车站都局限了我们举足。从长廊的尽处回头,便可以看到车站顶部的道路,它在夜里独行,游走于十方天地。深入的夜色多么开明和静谧啊,你如果偶尔攀上那些顶峰,就能看到车站在做梦。它化身为一个老翁,抓住了无边无际的臭虫。刺目的是那些夜色,而白昼反倒温厚、绵长,并不突出。刺目的夜色多么开明和静谧啊,你如果攀上了那些顶峰,便会长居车站再不回头。如此一来,连车站里的青草和风云也成为你的最爱。它们带着你环游整个世界和整个楼头。

回廊，狂风

一、我母亲意识到的永恒

不必问我何故，我母亲就是因为意识到了永恒之存在后才爱我的。否则，她大可以把我吃掉、扔掉。否则，她大可以不做我的母亲。我以前对她的依恋之情也完全消失了，在意识到永恒之存在后，我痛苦地回溯了我和母亲的一生，我认为我们都是错的。所有的源于生活的东西都是不存在的。母亲意识中的梦幻异常短暂，但她曲解了世界的寓意，她变成了唯我独尊的母亲，反反复复地钩沉旧事。在苍老的流云代替了秋风的时候，我看到母亲面容中的纹路一点点地加深了。

我也老了，但母亲的心却仍如旧岁，她所意识到的万物就是宇宙全体。否则，她大可以摔碎她的不幸，破坏自己的家庭，释放自己的哀愁，杀死她的夫君。但她的独裁却并非如此，因为她所意识到的永恒就是她心目中万物的本相。而我们的生死就是整个世界的最大事件。这样持续的爱持续了半个多世纪。母亲彻底老了，像我记忆中的老祖母一样。我对她再也亲近不起来了。如果她仍旧困苦，我只是对她抱以客观的同情。

我们都在与永恒的对抗中来挽救自己。因为我们没有必然而永生的关系。

我们只是造物的浮云。如果大地上没有风声和任何人类，我们就如同大地本来的形体，但是如今，我们占据了很多区域。母亲占据了她的乡村，我们占据了城市的蜗居。每一次穿城而过都会使我忧伤，因为我貌似在这里已经待了一辈子。

某种程度上的我们已死。这是永恒的上帝的意思。某种程度上的我和母亲已死。至于我们的亲昵关系，也已经永久地终结了。我们不知要各自走到何处去，大野之外，没有任何母子。没有任何人。我们只是绝对的孤零零的个体。我总是为此而伤悲。

但是母亲，这才是永恒教给我们的绝对真理。我们毫无能力，挽救不了任何一个人类。

二、本为隐忍之痛

在村子里生活，生死本在一念间。

我母亲因为生活中的好些麻烦事，就不止一次动过轻生的念头。

现在她儿孙满堂，我经常回去看她，她似乎是好些了。

但她仍然会想到，若真有一日老到无法自理了，该是一件多么可怕的事。

我经常会听到她谈论死亡。

村子里的老人们一代代老去，又有一代代新人像幼苗一般悄悄地长大了。

现在，我人至中年，老一辈已经日渐寥落，而三十岁以下的孩子我基本都不识了。

天地荒疏，人的情感本不该处处纤细入微。年龄稍长，它势必要变得稍微粗糙一些、坚硬一些。唯其如此，在死亡真正来临的时候，方可从容面对，体贴自身。

但是，我没有离开村庄的时候，只是经历了极少至亲之死，其时，我年龄尚且幼小，并不知道死亡尚可称之为：人的终结。

是时间的磨炼，使我渐渐地明白，死亡并非一些绝对的个例。它恰恰是最为普遍和凡庸之事。上帝为之命名，且从无更改。

在普通人那里，死亡还可以称之为：对苦难的终结和反叛。因为对爱和孤老残病的恐惧，一个人在终点来临前即已经被动地放下了一切，他（她）眼睁睁地看着死亡一点点地临近。

我在离开村庄之后，确实听闻了太多的死亡。亲戚旧邻，年长的病殁，幼小的夭亡。直到后来，我都听得麻木了。

时间已经太长，对我来说，在村庄里逗留的岁月永远只是那十五年。但在十五年之后，不经意间，时间已经翻了一倍。

此后，它一直在往前奔涌、跳荡。

到今天，粗粗一算，我离开村庄，竟已长达二十八年了。

走在二十八年未有大变的村南公路上，我觉得自己并不年轻了。看着那些几乎没有变化的土地，我觉得自己比它们都要古老。

但是，当我离开之后，仔细想来，那些土地却是日日如新，我觉得时间的作用力会使它们发生天翻地覆的巨变。我不能设想它们其实年年如故。

但是，埋葬在泥土之下的人越来越多。这些人，有的我是认识的，更多的从未谋面。

但是，他们都曾经在这个村庄生活过很多年。一横一竖，一撇一捺，便是他们所经历的全部。

在他们死了之后，那些插在坟头的树木如果能幸运地活下来，他们的身后或许还不至于空洞无物，但是，似乎，坟头树活下来的并不多。

因为他们已经不在，即便真正在意他们的人也不会日日守护。那些树木会逐日变得干枯。

他们在地下逐日腐烂，变成一堆尸骨。

当然，这是我们每个人的归宿。

除了爷爷死亡那年，我大概看到了凡人下葬的一幕，其后的三十多年，我再未有这样的经历。

三十多年，差不多已是半生过去了，我看到了我的另外一个亲人死亡。

我看着他的棺材慢慢地被推入墓穴的坑道。

我看着他曾经的面容在我的眼前缓慢流淌。

我想，这就是一个人的终结了。想到这一点，我的悲伤就不可遏制地涌了上来。

这个即将被埋葬的人是我的姑父，比我的父亲小三岁，比我的母亲还小一岁。

我看着我始终不太了解的他的一生，被慢慢地推入了墓穴；他占据了其中一半的席位，他的旁边，预留了我的姑母的将来。

然后，我的表弟被唤了过来，工人们中的头人告诉他日后种种，包括，等我姑母百年之后，如何挖开坟墓，将她与其夫合葬。

然后，工人们扬起铁锹，开始填土。眨眼之间，巨大的坟墓被堆积起来。

我确实有些悲伤，我的姑母健在，但与她同龄的我的姑父，先她一步去了。

但是，我看到很少有人哭泣，包括我的表弟和表姐，我已经死去的姑父的一对亲生儿女。

我想，几天下来，他们的泪水已经在无人看见的时分一点一滴地流干了。

我的表弟与我同岁。他只是生日比我略小一点罢了。

但我仍然觉得痛不可抑，我只是觉得需要竭力地隐忍。

我看着我的至亲的亲人们，我的弟弟、堂兄弟、我的亲伯父、我的堂姐、堂妹，除了个别人的眼角含着实在擦不干净的泪水，更多人的脸上都是那种竭力隐忍的悲伤。

我奇特地看着这一幕，我觉得我已经看到了更多的终点。

在那个没有更多悲伤的正午，我站在离城数里的山上，心中被某种麻木和困惑折磨得难以忍受。

但是我终究不知道该如何说出这一切。在大多数人都默默地撤离之后，我回头看了看姑父的坟地。我觉得是很多人在共同使劲，把他孤零零地丢在了那里。

他是从东三省飘荡而来的一个异乡人，身前经历了各种压迫和磨难，但他真是身材高大、气派不凡，现在他死了，被埋在了别人的土地上。

这或许是他从未确切想到过的一个地方。

山下三十多里远的地方，便是我们的乡村，他早年插队落籍之地。

但是后来，他靠着自己的奋斗成了一个城里人。

三十多年过去了，他终于不得不放弃一切，再度回归了土地。

数月之后，我的大伯父也步他的后尘，孤零零地钻到了地里。

多少年后，是我们一个个地在步他的后尘，孤零零地钻到地里。

但是，因为这个过程的无比漫长，新旧交替，死亡的伤痛终究会被慢慢地稀释，变得如同生命日常一般自然和随意，不值得一谈。

母亲只是在同我闲聊的时候才会一次次地说起这个话题，但是，谈久了，也会令人生厌。

因为在这个只有活人才可以畅快地呼吸的世界上，谈论死亡会被视为不洁之事。

但是，我有时会想到我们每个人已经遍及全身的污垢，会想到我们此前所受到的教诲、所承受的苦痛，我觉得谈什么也都无所谓了。

在反复地打量了这些年之后，我算是彻底地理解了他们。

在这地下，有一个巨大的充满了虚无的迷宫。

我不亲近他们，当然，也不仇视他们。

我死了之后，你们也不要悲伤。我想起母亲常对我说的这句话。

我现在已经渐渐地认同她了。

因为悲伤，真是多么糊涂和无望的事。

因为死亡，它真是多么必然和简单的事。

三、教育诗

在我的一生中，母亲一直像个巨大的影子一般笼罩我的天空。

我曾经相信母亲也是才华绝世之人，可惜她的一生未得片刻施展。

在她自我囚缚的命运与我的命运发生关联的时刻，我缓慢地降生。

但是我无法采取主动，我无法将她从自我囚缚的命运中解救出来。

我无法采取任何救赎，尽管我深深知道，我与她遭遇的命运完全等同。

我曾经相信我也是才华绝世之人，因此我总是深怀悲痛。

我感叹于我们的人生，就像泥土感叹于草木的腐烂与芬芳，并将其包容。

我们将祖先种到地里，在那些埋葬他们躯体的方位植上树木。

当那些事物长成，我们的生命便显示出同山峰一样的影踪。

我从那些高远的地方看待我们的行程，我从他们高远的面容中发现每一种人生。

我们将祖先种到地里，他们在死亡之中诞生，我们从他们的躯体中诞生。

每一种树木、每一类人群、每一种文明，都埋藏我们冀望的救赎。

但我们无法捕捉，我无法解救母亲。在她才华凋落和衰败的岁月里，我如此惶恐于人世。

我战战兢兢地度过的那些岁月，我再也不想重新走过。

我不想阅读那些不幸者的遭遇，我很耻于才华绝世者被摧残。

我的母亲已经度过了她充满伤感和困惑的大半生，我有时会恐惧于谈论她的生活。

就像谈论一次巨大的文明，但她一定无法阻止自己的进程。她类似于某一种惶惑之神。

她的自我究诘来自自我禁足和心灵的不自由。

她在给予我的一生中同样给予我这种巨大的幻影。

是贫困和麻木的生活毁坏了她，她企图以自己的毅力再造心灵。但她无法彻底完成。

她的命运像崎岖的沟壑与险峰，她迭遭人世的种种苦衷。

她是自己没有想到而成就的那一类型。

我在谈论母亲之时就像谈论我们人群的整体。

我从她的故事中找到人与人之间的惺惺相惜和反复的背叛。

我不知道我是否可以完整地追溯我们的一生，像那些树木在追根溯源并找到祖先的骨头。

我们曾经把祖先种到地里，若干年后，我们从无限的生灭之中复苏。

我们来自一些散碎的骨头，我们来自风云跌宕和挥之不去的图腾。

我们都是深深受教于人之生死、之大寂静、之喧嚣浮云的同类。

有时，我觉得我已经读懂了母亲的全部，就像我面对一小片土地而误以为理解了全世界。

在如此时节，我误以为我们不仅仅是浮云，不仅仅是寂静，不仅仅从生死之中受教。

母亲从未给予我直接而全面的人生的导引，但她以自己对悲剧的证验告诉我人生的无趣。

我很警醒，但从未觉得悲剧便无诗意。因此，有时我会欣喜地大笑出声。

这是与母亲不同的。或许是唯一的不同。

除了我从母亲的身体中被孕育出世之外，我再也想象不到我们的悲喜会面临不同的命运。

如今我想起母亲，就像想起一个巨大的影子一般。

我深信我从母亲这里经历了人世的全部沧桑。她无情地制造了这所有的一切。

我时常对母亲的未来心怀观望。

在我的文学世界，母亲是大于任何时间的。

我因为受教于母亲而去书写，却从没有想到她以自己矮小的背影成为我的巨大源头。

这是我们互不谈论的最大苦衷。

她在活着或者我们都在活着，这是我在面临需要切分的思绪之时的一个直接感受。

但对于人世，我们都是懵懂和疑惑的。

上帝从不说出，或许，他是因为无聊才收容我们。

对于上帝，我们出于同情而鄙夷，但他不许我们以自疑。他不许我们以飞翔的诗。

他只是予我们以厚实的土地，我们死后，便大集体一般，被无聊地葬在那里。

四、我从未承受任何重物

我从未承受任何重物,所以我的身心漂浮,如雨水中的日出。我的梦境中有错谬的往事征兆,时光远了,我回过头来,我看到你了,莉迪亚。我如此迷恋那日出,那久违的万物中的日出。我已久违了,你的痴迷的病症,你并不悟觉的一生,你伫候在路畔,毫不顾盼的一生。我踩着那些旧日丝线,我看到你了,莉迪亚,但是光阴荏苒,你的白发苍苍:"我身心中的部分白发",与此生我们所有人的白发都大体相似。我们承载重物却从不自觉的一生,"我从未承受"?莉迪亚,这极地的多热、无果的一生,我看到你了,也只不过是"看到":我从未领有你的部分身心,我如此坚定而疲惫地路过你的墓畔,你的身心苍苍,而白发修容——也只不过是因了"你的白发修容"!

五、恐龙

我们智力的顶点便是死亡。在那些荒郊野外,草木凋零的顶点与亡者的坟茔融合为一物。如果在最早的晨曦中有车辆驰过,你应该会发现在它的车辙上驮着累坏了的恐龙。垮掉的恐龙的脊骨生长在车辙上。

你的言语之声不能将睡着的恐龙惊动。晨曦中的露水和生长期的落花都"空荡荡的"。蚁群飘过田园,它们以最小的力扇动着微风。穿过那些树木组成的南方林带,你有时会看到一个驯兽的老人在描绘他亡妻的面容。

你不知道的消散就长在那里。沉着地种树的老人和大声驯兽的老人都深入山脉腹地,与上古的生命、上帝遗留在溪流中造山的器具"融合为一物"。你看过了那些大大小小的花脉,都是大谷存荣的意思,都是生死无穷已的意思。

沿着一条缓坡北上,直到群山之巅。水珍珠在雾气中长出来,会飞的蛾子落在泥土的深处,使它们的亡魂长出来。阳光之下总会有生物的往还,你瞧见北山移公的橘黄色锄柄了吗?恐龙在他的身后筑巢,他们共同植播着春草。

没有一个人会成为他们的整体。有很多柴火也变得阴潮、落寞(总之寂静纷繁,远离喧嚣的冷焰)。也没有烈士烽火。在最西端的大河空阔处,年轻的龙王沐浴表里,看起来如英姿飒爽的俊杰。

恐龙飞过无人的大地时会发出"噗噗噗"的破空之声。无有的聆听就种在你的心里(是神秘的)。在许多年里,老迈的万物的鬼魂也都不出来活动。只有恐龙飞过无人的大地时所发出的"噗噗噗"的破空之声。

那些袖手藏匿龙衣的妙道人还没有出世。但是,如果恐龙的速度过快,会打乱生死的节奏冲突那莫名的幻觉。有时的确会有斟酌着离开地表的人性虫子。不要同他们大声说话。他们都是人类的旧物。

简要的早晨也会与黄昏暮雨交织在一起。最初只是淅淅沥沥的播放,后来才改成了大流倾盆。龙山上的雾气腾腾,正跃跃欲试地长成。还有锣鼓喧天的幻觉也会惊动恐龙。总之,它们没有一次路线重复的飞行。它们的飞行都是唯一的、单独的、冷静的。

六、落日故人情

我迄今仍然没有想明白我死后将会葬在哪里。离开故土已久,我已经不太熟悉乡下的时光横流。它们在日出日落之间凝聚成一团团故事,并以此告诉我们:人群在数万年里已经穷极变幻,如飞箭般疾走。落日余晖洒在河边,既见识生人世界(躬耕的农人、念书的孩童、异乡所来经商者;熙熙攘攘的集市;日常的交谈和争吵,无休止的……),又照拂先人远逝后已经转生的苗木、走兽和暴露在大地上的骨殖。但我反复地游走，仍然没有想明白自己的归宿。我尚且幼小？不，我已经不年轻了。我年近老迈？不，衰老的时光看起来还远得很呢……我每次归故园都会走到或许将令我永生的土地，它们在那里铭刻：泥土中的温热寒凉、悲欣交集的生命诗意、大大小小或存或灭的坟茔、孤独以终老的乡人们；还有不知从哪里传来的一两声牛哞，仍然是温热交替，与三十年前毫无区分……

七、暗自飞翔

我们每天都在经历着死和生。那顽固的宿疾会把你带入极地。这里没有陌生人。没有充足的养分和美景。当你呼吸时所感到的窒息，已经是另一个程序的开始。飞鸟散尽了，它带走了白云和树木。每天我都盼望着一场及时的透雨，每天垂暮时，楼下都会响起呼喊声。我带着爱和恨下楼，穿过枯萎的草丛，看着西山方向连绵的岁月在慢慢地落入虚无。我不是一个滞留于空洞的幻想家，可是每天都产生积弊，疲惫在劳作后加重，我的羽毛越来越离你远去。天空啊，离我远去。我想借重于鲁班，学他的神技，每天都可以抖动羽翼，谁知道高处的寒冷，已与昔时不同。请给我取一件保暖衣，请剔除它的重，请告诉生命，飞鸟将尽，天空中鲜有同类。我时常梦到飞行，前些多年，我视此为人生最大的秘密。我时常梦到鸟类，请帮我约会摄影师和鸟类观察家，我想通过他们的口，与生活沟通。这每一日的孤寂时光，宛如一个象征。我必须使大力，才可以使自己看到轻，截至目前，对于天空，我只有很少的经验。我不可能成为流云，只有一个垛口，接近它的规则，我请人把它固守。在那高高的极地，只有丛草和浮尘，它们荒萎的面目，是我们的来世或前生。我们每天都经历着这一片一片的剥落，将身中的污垢去除，请诸神作法，相信神秘和意志力的永恒。那远年的故事多么让人崇敬啊，只要乖乖地待在这儿，就会有你所仰慕者，路经你的故地，喊你的乳名。请及时地打开阀门，让他的船头抵达你所站立之处。请认准他的面孔，勿用古法，请相信你的辨识力已经足够。准备行囊，切勿负重。如果可以飞翔，也请勿示于人，那船头所坐之人，会识破你的伎俩。请保持镇定和笑容，这里一切的柔暖将与未来混杂，请理智地看待韵律和旧日大风。它们声如裂帛，已经先自飞行。请勿怀疑万物，请勿延误。那沟渠中漂浮着信息瓶，请取来，读他们的暗语。这是最初的时刻，那救人的人也是生者。请暗自飞翔吧，这世上没有坏人，会目睹你真正受困。请尊重呓语、飘离和无声的蹉跎。

八、墓畔笔记（他人录）

我们究竟能在多大程度上进入他人的生活？幼小的时候，我想应该是无限制的，但年龄稍长，我对此保持怀疑，现在，我想尽量客观地来评判这件事。我的结论是，我们只有非常小的可能性会完全地捕捉到他人的整体。我们想要获得一种清晰的认知的那种企图，和我们乐于献身并沉浸了一辈子的那种生活是悖逆的。从这个意义上说，我可能会度过乐观主义者的简单的一生。但这个说法却很不全面。我想度过那种乐观主义者的简单的一生，在我反复地品味这个句子的时候，我仿佛能够听到我沉睡到未来的灵魂的窃笑声。有一年在岳父家的时候，一个正午时分，我百无聊赖地骑着自行车出行，一路迤逦东去，最终拐到了一片田野里的一条小路上。在小路的尽头，我看到了一个墓群。正午的田野里似乎阒寂无人，但也未必，因为就在我停靠自行车的地方，同样也停靠着一辆破旧的别人的自行车。但是车的主人不在我的视野之内。我站在墓群之中，缓慢而凝神地注视那些墓碑、田畴中的野草和正午的阳光,风从我的脖子里吹过,我既感到安定,又似乎有一丝不易察觉的惊悚。这和我在这些人生前看到他们的生活是不同的,现在,他们安静地躺在地下。我无法想到他们是怎样活着,并且死去,最终安静地躺到了地下。在那个难以确定归属的正午,我想起了早已淹没在我的记忆中的无数陌生之人。但是,我无法回忆起我是如何离去的,也难以判断我心中的惊慌之感是否替代了那些平淡的日常生活而使我变得与他人有所不同。我在回去之后讲起了这次出行,我的岳母轻轻地埋怨我不该在正午时分去往那些墓地。墓地,我轻轻地咀嚼这个词,但我并无任何不适之感。在我写作的历程中,我很多次都想起了这个孤身远行的正午。我在那里停留了半个小时还是一个小时?我后来也慢慢地忘却了,但是我注视过那些墓碑上的字,在新立的坟茔的墓碑的前方。我无法确认那些墓主人的归属,因为这是一片陌生的田畴。在同人群接触的时候,我也常常会感到,我们都是被孤立的,在一个墓葬和另一个墓葬之间并无联通。在一座人生的尖顶和另一座人生的尖顶之间并无联通。但这种记忆损害了我的幻觉,迄今我所思所想,都像是一个偏执的患者的呓语。我坚定地相信了灵魂之事。在我全新的描摹中,我对于自我的判别越来越趋于对一个客体的观察,自我即他人的理想开始慢慢地得以实现。但由此一来,我对于任何交流、书写、访问的期待都变得审慎起来。此前我认为除了自我这个客体之外,我所能深深了解的人中,至少还有我的母亲,但经过了这些时间的变异,我再次看到树荫下母亲呆坐的影像时,我觉得这种看法是错误的,我其实并不了解我的母亲。她的面孔老去,皱纹布满了脸庞,已经让我不能直视。我曾经想过要写一部关于她的命运和灵魂的书,但这几乎是不可能的。因为我不了解我的母亲。我曾经以为我爱我的母亲,但这或许也不是完全的真理。所以,在我写作了二十多年之后,我觉得我又开始回归到对人世盲视的起点上了。但是,如果说起我的今天与昨日的区别,却又与此大有关联。我如今常常想的是，假如我们能够深入到七个人的灵魂，那我们便与上帝无异。我知道他的目光所及，也不外是这七人罢了。他在他们身上种植他的全部灵魂，并任由他们承担和发挥殆尽的时候，他才把他们全部收回。所以，我在那天正午所看到的那些泥土里的灵魂，或许便是上帝本人。他在累了的时候，便将自己厕身其中。而我曾经误以为我所看到的每一个他者都身处上帝之外，现在我回过神来，我想我是错的。是啊，不羁的上帝、忘我而宁静的上帝，才是我们"破碎而总在思归的灵魂"。

九、去姨妈家的下午

我曾经有过一个姨妈，她至少比我的母亲要大上三十岁。但她活到六十来岁的时候就死掉了。我记得我在很小的时候去姨妈家。我记得那些我在幼年时代的漫长的温煦的阳光和那些温煦的漫长的下午。我记得她们家的里外两进院落，前院的丛生的杂草和斑驳古老的墙面。我记得姨妈和她曾经带来的那些短暂的亲情洋溢的时光。但我的这些记忆在随着时间的流逝变得越来越难以确证的时候，我只能以自己的猜想和朦胧的幻觉来恢复那些下午。有时我会觉得我在幼年时代的亲人们都活得很久，他们都活到了我的脸上长满皱纹的时候。现在，便是这样的时候了。我像是又来到了那些时光中。我想起了八十年代和我们的相望与徘徊。我几乎已经忘记了这些年里时间的奔流，我几乎已经忘记了我们的记忆以及一茬茬新人的长成。我几乎已经忘记了时间的缓慢，我们与自己共相患难的那些时光。我已经忘记了后来发生的一切，忘记了我可能仅仅依靠幻象和记忆就得以度过的一生。我几乎已经忘记了我会写作，阅读那些历史并以此界定我的一生。

现在，我会想起去姨妈家的那些下午。它们是隐蔽的时光又回到了我的记忆中。我觉得那些三十年前的下午与如今我正在经历的这些下午已经大不同了。但它们都是永恒的。它们是永恒而破碎的。现在，我想把这些关于下午的记忆写下来，我还想把八十年代我们浪荡在正午的村庄街头的记忆写下来。我想把我一生中的全部起点写下来。如果我能够全部完成这些逝去的时光，我便能够恢复我未来的、目下的，以及已经过去的一生。我的任何生命时空都不是断裂的，我的任何生命时空都可能形成一个记忆的整体。就像我在八十年代所经历的那些村庄里的下午，那些炎热的、散淡的、不断地有人逝去和有人降生的下午。就像创世之初的那些无人行走的下午。就像那些下午，我和母亲步行开启的征程。就像那些下午，我的母亲三十多岁了。就像那些下午，我的母亲八十多岁了。就像那些下午，我的母亲还是一个少女，可她至亲的姐姐已经成婚多年。就像这些下午，所有人的命运和灵魂开始孕育的一生。我已经不能够彻底地写下这些下午。

我已经老了。老得总是穿梭于往事和回忆中。我们的命运和他人的命运总是交错发生，我的祖父、父亲、外祖父母、我的姨妈、我的兄弟，以及我的儿子，他们的命运总是交错发生。我觉得这是我们所有人的一生。我觉得温暖和寒冷的时辰都是这些下午。在我所有的亲人们都静静地居留于这些下午的时辰，那些从流逝中孕育的力穿越了我们的一生。从我们开始落地的第一天起，我们就已经老了。我想起了去姨妈家的那些下午，它们是黯淡的沧海。它们是热烈和浓重的沧海。它们是扬尘蔽日的正午和黄昏。在我们一生的启幕和落幕时分，阳光温煦，如同柳枝枯死和初萌。我们就是这样度过了一生。没有任何事情可以阻挡的一生，我们只能随处站在路畔回望的一生。我们总在反复的下午。我们不可能再度重逢的一生。相对于尼采和更聪慧的人，我们都是陈旧的回不去的那些下午。它们孕育了云雾，它们孕育了无边静谧和苍茫死生。

十、回廊，狂风（1）

我无法保证不做梦，即使是在月光空空的夜晚。即使是在阴暗之光已从乡村撤除的白色夜晚。即使是在那些充满了狂风的夜晚。宁静的回廊中满是密密麻麻的人声。

宁静的回廊中满是水声。

我很少在梦境中看到笑容密布的人，也不会看到学习逻辑学的人，不会看到他们与任何人谈论梦境的样子。那些夜晚，我用尽了自己的想象去领略的那些夜晚，充满了我的祖先们失手打碎的杯盏。

在我尚未出生，可是我的父母已在人间受难的那些夜晚，我的祖父母外祖父母已在人间受难的那些夜晚；在他们不辨方向，一味地混人生的那些夜晚，我总是看不到任何回廊。

那些弯曲的屋檐下，那些五颜六色的部分，从来没有告诉我任何可信的事物。我的梦境中布满了麻烦事和小树木。

我通常须经过母亲的讲述方可抵达那些门楼和回廊，但我无法谈出任何观感。我只是记住了外祖父和一只狼对峙的夜晚。那些人与兽同出没的夜晚。

那些年的狂风，以及雨水急骤的夜晚。

我和一些朋友们陆续路过了南方；我很快在靠窗的地方看到了那些影子般的夜晚。在与你的对视中，我渐渐地离开了那些根深蒂固的岁月之"中"。我很快地离开了那些水草丰茂之地。此后，我只能在漫长的追忆中去找寻那些夜晚。

那些午夜中的无名站牌，它们顺风而下，变成了我此生永不可能反顾的部分。

我不只记得遍地狂风和雨水，记得夜间星斗和宽阔河流，而且我还记得漫长岁月流逝中那些悒郁痛哭的部分，我还记得那些茫然的人群站在路口的痴傻面容。

我无法记忆的部分，只是那些幽静的院落中的那些回廊。我无法准确地描摹，更不能写下任何狂乱和悖逆的部分。我所追忆的与此有关的一切事物，那些屋檐下的宁静滴水，那些狂风侵袭的曼妙身体，都并非现实的部分。

我无法保证不做梦，即使是在心智健全的夜晚。即使是在那些疯狂的雨水被门廊阻截的夜晚。即使是在那些外在之物根本不善加服从的夜晚。我们路过了那些长满了人影子的村庄。

那些逝去之物永不回返。

但它们留下了狂风和早已被击成碎屑的部分。在陈旧而腐朽的回廊之中，旧日的奢华隐约可见，那些鬼魂附着在器物之中。那些天井中发出污浊不堪的水声。

那些狂风吹打着窗棂。

我向母亲询问一个失踪二十年的人，我隐约记得他已经返回故地。我隐约记得是母亲向我传递了这一消息。

但我的记忆并不确切，母亲告诉我，"这都是你梦中的事情"。

在大约二十年的时间中，我已经忘却了大半事物。我很难确定任何我曾经身历的部分。

只是，在那些故我隐藏的复杂而隐忧的事物之中，我看到了狂风。

闻到了狂风。

我听到了那种疾掠而过的狂风。

它吹倒了那些巨大高耸的事物，包括那些腐朽的回廊。

它吹送着那些泡沫状物质；那些碎屑，构成了事物的根本。

我总是无法忘却，但也记忆难及，那些河畔漫步的岁月早已随风逝去。

它们总是不加小心。

往事如此，故人如此，"谁也无法解救你们"。

后来，连复述往事的人也都没有了。

连讲故事的人也都没有了。

但"重复是无能的明证"，现在，谁还会在意讲一些陈腐老故事的人？

十一、回廊，狂风（2）

未来置我于何地？它噤声袖手。它藏在一株花瓣的核心？

我没有看见过它的形容。它在死亡的出口悄然莅临。

我的一个舅舅刚刚去世了。他活了八十岁，他没有继续活下去。这令我迷醉的长生不存在。我们感受他时，他仍然是悲伤的。我从河堤上走过，河堤上怎么会没有人呢？时间是碎小的魔鬼，它开着大卡车带走披雨衣的兽类。

它是机器兽而我仍在担心。

我不知道在时间中到底是谁在滑下去。

事实上我们很快就见不到一个认识的人了。

时间会很快继续飞跃八十年。那种流逝里，世事的风轻吹。

谁料到落叶的无常心？

舅舅，我们都在这边等着过河，也都会去往夜的星斗，也都会归入黄土成泥，所以你别担心，我们只是一些蛮荒的兽类。在最原始的记录簿上就有我们的名字。我不知道泥土以何种色泽铭刻，但它最终会将大地上的字迹削平。

城市书

一、食品街晨景

带着某种人生中特有的怅惘之情，我离开了食品街。我在此地住了两年之久。

直到所有的旧物已经破碎的时辰，带着此生中不会再有的怅惘之情，我离开了食品街。

而今，以一个过路人常有的好奇心和柔韧而亲切的感受，我来到了此处。

食品街上高挂的大红灯笼，并非是我记忆中的旧物。

那些夜晚的喧闹和此刻晨间的寂静，形成了参差对比。

我的确曾经居住在这里，像拥有旧日时光的囚徒，审慎地穿越了那些街区。

我并没有在这里写下今生中最重要的作品，但是我秘密的命运，曾经在这里开启。

如今我看到了那些积年未变的灰土，它们仍旧潜伏于暗处。

那些尘垢开始变得坚硬、陌生，像我生活到今天的所有意义。

我也开始变得高度陌生化了，每一个曾经与我发生关联的旧人都已经离我而去。

我活下来的全部价值在于重新与生活建立联系，与我熟悉和亲近的人重新建立联系。

我是全新的，可能没有记忆，因此也没有旧物，没有大红灯笼，没有十四年前的食品街。

我毫无怨言地离开了我的生活，我没有在这里写作，没有所得与所失。

没有任何素材，当然，也没有晨景，没有夜间喧闹的事实。

在多次行走他乡的早晨，我看到了那些草木和相似的露珠，但是，我没有做任何对比。

在夜晚与早晨的级差中，食品街上走过了无数的行人。即使是它空荡荡的时辰，也带着高度集约化的生活，那些喧嚣被更高的星空吞噬了，因此在我不加掩饰的回忆中，这里的一切与我的命运没有交叉。我可能误解了我的记忆。

我被我的记忆所囚禁的事实，也在妨碍我对于十四年前的事物做出准确的描摹。

我很少返回到我出生时的故居，直到它被拆毁的时刻。我也很少追溯我的任何生活。

我觉得将我的追溯纳入写作中是错误的，它是一种无聊的做法，且不会获得任何同情。

即使在我最落寞的时候，追查那些未知的领域也远比复述旧日繁华更具有探险般的激情。

我在食品街上看到了许多慕名而来的外地人，我观察他们的动作和他们脸上的星辰。

他们是多么清晰而沉醉地走在了食品街上，就像我时刻满怀憧憬地奔赴别处。

我们不约而同地交换着我们的生活，在想象力和怜悯之心抵达的地方，窥探他人的感触。

那些高低错落的洋房，那些石柱子和民国年间的银行都是这样的，它们是另外的时空。

他人的生活。

它们与我们的当下不同，可是，间杂而居于不同的年代里，几乎就是我们所有的病症。

除了一再地寻求做梦的人，我们几乎没有任何沟通。可是，我们的致幻本能根深蒂固。

在所有人的脸上，都能看到我们的遗忘。那些曲折的街巷，也与我们的未来是没有干系的。我寂静地走在这条巷子里时，阳光从青蓝色墙面上缓缓升起，它多么安详、洁净。

像通体如玉的婴儿，我们目睹阳光下的万千人间在一点一点地变白。

万千色彩，都是从这里发端的。

我们目睹阳光：在食品街上，无数人抬起眼睑，像被上帝重新梳理的思想。

是啊，在这深刻的花房般的人间，我们只能毫无思想地抬起眼睑，看着上帝。

二、高新区

多年以来，高新区都是作为一个被遗忘的幻觉而存在的，这使我们在获得关于往事的回忆之前，先行获得了关于忘却的理解。

妈妈，我已经十多年不前往那些起居地了，虽然我在那里度过了很久，在我目睹少数人翻越铁栏杆的早晨，我已经不在那里居住了，这使我在后来模糊不清的岁月里加倍地停留在一个起点上。我在那里居住了很久，我觉得那里就像故土。

但是，已经有多少年，我的写作不会再涉及高新区了，我觉得时间像被我暗自抽空的夜晚，我没有任何办法将那些空荡荡的部分填充起来。对我来说，高新区只是作为一个最初收留了我的区域而存在的，在我的忘却和纪念之间，那里或许也不必是我的起点。

在悬崖上、荆棘地、楼宇之间，我终于看到了它们。大概是十多年前的事了，那时旁边的棚户区尚未拆除，我的友人们年纪尚轻，我冒着烈日来到了彼处。

那时我刚刚开始另一种人生，我冒着烈日奔波。至于那些荒芜的杂草，它们已经繁盛茂密地生长起来。在空荡荡的地面上，我们的人生展开了，那些幻景如何，我却完全不记得了。

在任何一种可能性之中，我只是选择了这最不值得谈论的一种。那时早晨的阳光也是明媚的，当浓烈的正午到来，时间就像停滞了一般，我慢慢地看到了多少人事更迭。至于爱情和虚无，它们也并非是最神奇和难以书写的部分。

我记得那一年过后很久，我又带着自己的灵魂返回来了。我茫然地看着起初带给我触动的楼宇、荆棘地、空荡荡的悬崖的前方，我觉得我什么都看不到了。当所有的故事的痕迹都被消除之后，虚无仍是我所有追溯的起点。但是，我确实什么都看不到了。

我有很多次返回故地的经历，或许，我还曾经返回到我的前生。我沿着尘土飞扬的乡村马路往前飞奔，我看着那些树木和同几百年前没有什么不同的杂草，我觉得幻觉仍在一点一点地将我笼罩。我待下来了，似乎逗留了太多时分。

　　天空中烟云飞奔，沿着尘土飞扬的低空下的乡村马路，我们在一直加速。我阅读他们作为祭词的著作，我看着那些柳树和梧桐树，我看不到任何一个熟人。在我曾经居息的最初的区域，奇怪的是，我已经看不到任何一个熟人了。

　　我难以辨别的是我的恐惧和忘却。它们异常零乱，毫无头绪可言。至于那些个体性的事件，它们都站在我们毕生都将追溯的起点上，纯明，静谧，几乎像是我们内在的核心。

　　妈妈，我已经很久不会去想象我们的来路了。我从未调查过你的身世之秘，但我坚定地离开了那里，我离开了你。这么多年了，每当我感到寂静的时候，我总会看到那种空荡荡的幻觉就在前方，它们在袭击和裹挟着我。我在裹挟着我。

　　那些书卷在裹挟着我。我清除了无数，但那些剩余的书卷仍在不断增多，就像记忆和灰尘，我已经不断地清除过了，但它们仍在不断地增多，它们仍在不断地裹挟着我。在任何早晨，我都有一种迷路的幻觉。在我觉得连寂静都会令我感到恐惧的早晨，我的头脑乱极了。

　　那些乱纷纷的道路交叉在一个斜面上，那些寓言般的叙述交叉在一个点上，那些肉体交叉在一些梦境里，那些旅途交叉在不同的记忆中，那些居所，交叉在不同的文体中。我看着透明之顶点的物体，我觉得它们都是高新区，那些烈日下的幻景。

　　我觉得它们都是我，梦境都是，道路和南方是，北方的枯枝也是，停车场和那个穿红衣的女人是。我觉得我这些年未曾经历的生活是。他人皆是。我们大同如一，宛若浮尘。

我们奔波在上下班的途中，双层巴士经过了我脚底的道路。我看着那些越野赛事中耸动着肩头跑过的人群，我知道他们都在沿着我的目光奔向未知的命运。我突然觉得无可追溯，我们一直如在梦中。那些幻觉就像烈日下的光线，它们照耀着我们奔向前去。

我无可书写，这么多年了，我已经厌倦了那些叙事、流年、噪音和无可告慰的寂静。我只是在秘密地想象着万千人众。我看着他们由生到死，我看着他们，我没有发声。我看着我，我只好缄默。我觉得缄默是对的，因为天空中除了电闪雷鸣之外，也都是缄默的。

三、空房子与恐惧

房子一开始总是空的。空的骨架，空的灵魂，空思想，"空壳子"。直到第一批住户进来，在这片土地上开垦、种植，留下身体与身体撞击的巨响。留下浴液、争吵、人间绵延不休的战争。直到墙壁上长出虫草，屋顶诞下蛛丝。直到屋子的上下左右都不再是真空，这里住了密密麻麻的人。

房子一开始总是空的。那种苍茫无际之荒芜。那种英雄无觅之荒芜。我的相识诸友，都在这种困苦中活过。那种生命无着之荒芜。在房子的内部，我目睹的那种荒芜。在这种空房子里，我的确住过多年，直到故事次第发生，我的岁月逐步被填充。我的相识诸友，他们都泼辣、庄重而审慎。

房子一开始总是空的。伴随着爱情、好恶、宗教般的包容之心、相互间的敌意而成为坚实的堡垒。我认识的很多人，都拥有他们不可知的内部。在房子与虚无之中，恐惧与内在的战栗成为暗夜之书。空房子里总是居住着鬼魂，一切未知之中的懵懂之书。在世事所宣示的道德之中，培育着我们的秩序之神。

我极其不喜欢如今鸽子笼式的房屋。在那高处之反面，秘不示人的地下，通常会埋葬着数不清的时空。我很难想象，这一片大寂静中只是原始的空洞。我们因为住在这里而成为有故事的人。因为讲述而成为故人。因为记录而貌似诚恳。在那被抽取了基础的空中，住着我们无灵魂的人。在我们的空洞之中，蕴藏着那最初的恐惧感与道德神。

房子一开始总是空的。直到那森严的壁垒成型，空壳子变得壅塞而可怖。在厌倦了虚无之后，我对那无所不在的噪声深恶痛绝。我极其不喜欢如今的高楼，我喜欢深深庭院和明媚之书。我们原曾空白的一生，因为介入的深度，而变得如同另一人。

我对许多事物感觉到生疏。我深受自我之困。我不喜欢空荡荡的房屋。我不喜欢空洞的灵魂。我不喜欢白色寂静连绵无尽。我不喜欢虚与委蛇的人生。我不喜欢自身的妥协与客观态度。然而我的不喜欢并无益于我的隐藏。时隔多年，我总会想起那间无人居住的房屋，在黑暗与黑暗坚硬的摩擦之中，我虽然身受艰难，但并不能找到巨人生成的角度。

在一点点地接近之中，我开始了对无故事的人生的漫长追忆。在漫长的接近之中，我开始想起了我的幼小时候。有时我会含着眼泪去回想并开始储存。在空房子之中，我度过了我最初的人生。在孤寂无靠的旅途，我会想起故土，但我"已经在故土"了，在这无止歇的被席卷而去的村庄内部，故土已然不存。

我们时时处处被围困。在情感的漩涡之中。在第一批住户离开第二批住户尚未进入的真空。在空旷田畴的包裹之中。在日光的逼视下。在他人步步为营的追击之中。在对自我的消解中。在意义匮乏的黎明。在老境将至的恐慌中。在空房子所带来的茫然与痛楚中。但我觉得一切困扰都是对的：我毕竟在耐心等待，我想看到那事物崩溃之征兆与重生。

四、大地上的居所空空荡荡

我们和一个区域的真正联系，是在日复一日的散步、与周围事物的相互观察（理想的孕育）、站在桥头的沉思和密林间的穿梭中建立起来的；是在落日时的火焰、天降繁星时的灯饰、夜半归途中的记忆停驻中建立起来的……在此之前，我们始终是生活在他人的土地上，无数的事物经过我们，都没有改变我们灵魂的浓度。我们从未来到这个世界？不，我们仅仅是知道这种巨大的收容，但从未深入地潜伏其中，我们从未与正在经历的区域（生活）变成一个合体。我们是在不断地驱逐自我的历程中变成了一棵移动（神秘）的树！

一间间屋子，都是被居住充实起来的，一旦主体撤离，就会变得空空荡荡。而"我在那里住了那么久"却是个幻念，因为对我等来说，无论"哪里"都不会成为定所，我们在此间的颠沛流离真是太多了。基于一种理解的惯性，我很少愿意与生活之间建立一种辎重随身的牵绊感。但是，十年以来，我所积存的旧物还是越来越多。它们成为我不可或缺的空气与水？但这也是一种幻念。我平素使用的部分越来越少，有时简直到了所用者必为珍奇的程度。太多的存蓄已经覆满尘土，不知所云，树木的尖顶也可能产生我固有的深切的白云……但它们的本质都不是我的。问题正是建立在这种此与彼之间。土地臃肿鼓胀，夜晚喧闹非常，我可能只是居住于容纳了一块大陆漂移的海上。我向水中扎根的努力是陈旧的，不符合当下时间横向流动的新变。因此，大地上的居所空空荡荡，那些占据时空的实物都身处迷途，足堪腐朽。

五、生活的小小牢狱

一座城市是无法穷尽的,它的每一寸土地都可能上演过"故事",但在我们知道问题的实质之后,就会发现这一点毫无意义。一座城市无法穷尽的根本动机是它的运动性。它总在变迁(所谓"沧海桑田"),每分每秒都在变,它根本停不下来(维持不动的幻象)。它内部的每一个分子都在变(在各种主客观的时空中),无论是膨胀还是缩小,无论是诞生还是消亡,甚至,无论是真的静谧(可以忽略静谧的长度),还是假的静谧(它内部在变得衰朽)都是没有意义的。一座城市无法穷尽的一个根本性的特征是我们对它不可能产生完全交叉的认同,它对应的是作为它的创作者的生物:人?不,城市在它建立之后就只是它自己的,它不涉及名姓、时空、情欲的涨满和冷却,它不涉及风物、秩序和思维的构建,它不涉及一部书和一幢高楼,一个个被人为划定的区域;它只涉及它自己的形体、隐晦的低层云霓、磅礴的雨水和一些冰雪。它的确在涨满和冷却,但这是无关紧要的,并非它自身的抉择和"存在的一刻"。一座城市真正意义上的无法穷尽与宇宙的无边际(我们内心的无边际)是同源的,它如何能被我们同时看到(它的全体:刻板的、僵硬的静谧不动)?它如何能被纳入我们"一个人的城市"?它的流逝并非它的构建者建造的,它的各种堆积并非仅仅一个上帝建造的,它并非它的检验师也并非一只蛀虫!它只是一种时光的燃烧,在众目聚焦都看不透的事物的内部,它只是一种彻头彻尾的静谧的燃烧。它不是烈焰自燃也不是灰烬的燃烧,它只是一种燃烧的无意识的生殖?它只是一只庞大无极的碍于虚无的观察的虫子!

在他人看来,在那些习惯了远足的人看来,生活在一个封闭的小空间里,是一件令人苦闷而惆怅的事，但对于这样生活久了并不希求改变的人来说，这样的选择几乎是高尚的、唯一的。他们不可能为了一时的改变而丢下这个唯一的生活的小小牢狱（但也是温暖的可以自足的小小牢狱）。如果必须改变方得生存下去，那也已经是很久以前的事了，到现在，一切都成了一种固定的程式，而他们则因为遵守了这个程式获得了内心恒久的保护。他们熟悉每一天大体固定的日出，熟悉日光浮现在朝霞中的厚度和明暗相间的黄昏月色，除了那从未在他们视野中出现过的，他们几乎熟悉一切（万物，与整个世界）。如此一来，缩小整个星球的半径又有何不可呢？反正，除了那陌生人的领土，就是他们自己守护的这片土地了。外面的人对他们的忽视不足为凭，他们只要让自己人的心理保持优良的守恒就可以了。他们自己种植有果蔬花木，他们自己开掘有河流田畴，他们自己砌筑了楼厦厅堂，总之，到他们这里，封闭而不加自责的生活已经完成。在这个封闭的小空间里，不自量力的像陌生人一样的追求遭到讽刺和蔑视，想要使他们解脱这样的生活而得到广阔救赎的人均告失败。苦闷和惆怅没有落在他们的身上，但深深地落在了那些窥探过他们生活的试验者的心田里。和解与互致问候是不大可能的，只有天空落下云霓的时候，双方都会抬头观察一下，然后，在一个谁都不会察觉的飞速而逝的须臾，他们会共同叹一口气……时间不是他们的生成物，但却是一种意志力的承载。他们何必为了一种不可辩明的亮度而去质疑自己已经获得的生命的灵异呢？

六、搬迁记（1）

我力求使自己的灵魂变大，否则，日渐式微的生活势必把我淹没。

这二十年中，我不停地搬迁自己的身体，挪动自己的灵魂，不停地捧起转而扬弃那些泥土。

在阳光下，我与世界万物咫尺之隔，那些新鲜事和旧生活，它们都是我在寂静时分的所得。

所谓写作，是与设想中的阅读者说话。我与世界万物咫尺之隔。

我不停地与它们说话？

那些微生物可能最为懂得。身居斗室，我不停地与外在的世界说话。

我应该活在一切时刻，我活在无所不在的时间中。

那些具体的影像并不绝对，它们经常离开，被搬迁，重新记录。

我在运动中才可以抵达那些星辰。我独自冥思的时刻越来越多，它们是所有的阅历赐予我的。

明亮或灰暗的旧物。

它们是所有的昨日积累起来的光线，我在阳光照拂的此刻，能够无比强烈地回忆起那些光线。

在爱意氤氲的空间，在寂静中，我抵达无所不在的灵魂。

我总在搬迁，形体上的、精神上的，我们的生活因此总是有多个面向。

我在写作中纪念那些星辰。

我所走过的那些旅程对当下的我总是多有诱惑，这些唯一的当下时刻，我整理自己的旧物，我的思绪总在反复。

有时候，我是多么爱普鲁斯特啊，但在另外的一些时刻，我又多么憎恶他。

我们幸亏没有互相赐予，否则，那些永久的丝线会缠绕我们，覆没我们。

这些老房子里灰尘浓重，我穿透雾霭，观察自己的未来。

我搬动家具，使这里的格局大变。我在一点一点地创造新时间。

大概便是这样的，我的任何抉择都是意念的迁徙。这里的正午时辰温和而充满了收获,我在阅读中可以看到时间的发生。

我没有精力去面对太多的战争,我们抵抗力的救赎之意:便是那些阔大的灵魂。

我看着春季降临,心中掠过一种寂静。那些水声不仅仅是我们的幼年,它们更是时间的印证。

我在搬动这些水声,书写并且撕裂这些水声。在潺潺河流变道之处,有少数人站在垄亩中。

他们抬头遥看:河流正在变成云影,它们充斥了整个天空。

七、搬迁记(2)

这幢楼被拆掉以后,那久随他们的痛苦也被搬移到了别处。但在这件事情发生之前,痛苦的胚胎已经变成了巨大的身形,他们常常得带着另一个虚浮的影子晃来荡去。

我不知道那些人后来都去了何处。但,我明明听到大雷雨就响在这个城市的某个街区。那些根部已经裸露的树木高悬在我们的头顶。

不是树木,而是梦,他们齐刷刷地回来,用集体忆旧的声调轻声说道,以前这里还荒芜的时候,就跟现在这样。"但是随着这幢楼被建起来,他们就陆续地离开了原先的轨道。"

而那些空荡荡的日子也被锅碗瓢盆曲所取代了。

在整幢楼被拆掉之前,这片土地容纳了他们的痛苦。

我不知道他们为什么白天夜里都在争吵。他们喋喋不休,像我已经老去多年的祖父母。他们片刻都不能停顿,我猜想他们终将被这种巨大的过失所吞噬。他们每天从时间的这一头出去,再从坟墓里钻出来,浑身带着宁静的痴迷的气味。

从宋代或者更早的时候开始，这里就被建成了一个城市。后来，有军队驻扎下来。再后来，他们的头人死了。再后来，他们守卫的政权也灭亡了。这里变成了另一个朝代。

但时间没变，它按照惯性运行，在空洞里生下许多老去的骨头，在仅仅能够容纳一盘土炕的屋子里生下了很多孩子。他们在屋子里长出了苍老的面容。生与死之间，漫长得就像一个个被拉伸的瞬间。

这里建过很多房子，都被拆掉了。那久随他们的痛苦都进入了坟墓。后来，他们的子女也遗传了自从创世以来就有的种种矫情，他们悲伤地吹奏，夜里像个幽魂似的站在离地三尺的高处。他们多数人都没有自杀的念头。但他们中的很多人，都死于不想死的痛苦。

战乱发生了很多次，人心强暴人心的事情也发生了很多次。他们被自己所经历的过程所欺瞒，变得冲动、易怒，像一只只脾气很躁的臭虫。他们丢掉了那些别出心裁的部分。

在他们初生的时候，很少被赐予人间的重物，但日复一日，他们的头颅就变沉了。他们很少昂首挺胸地度过一生。

现在，他们都搬走了，我在这附近住了下来。很幸运，我告诉自己，我这样写就行了。他们曾经住过的房子，也只是一些狼藉的砖瓦而已。他们的痛苦被转移了，这里的空气再度变得混乱、宁静，像盘古开天之时的样子。

石头都没有说话。

树木也没有说话。

生活再度静止下来。

"只是，通过乱糟糟的现场，我看到蚂蚁在叫唤它们的失去。"那些房子，像天女散花一般，被分布在一些不见主角的梦里。我们都想死了那些岁月。

不错，宋朝没有回来，以后的城市也没有回来。昨天再也不会回来。只有房子还在，它们被搬迁到了别处。

八、搬迁记（3）

形似一种出逃，我从我居住过多年的地方搬走了。我居住在那里时，无数的青草和小兽都认识我。我楼顶的白云看起来也不陌生。我与你们同在的这片街区曾被光明的珍珠介入，因此流光溢彩，因此在我们之间，有一种牢固的力在生养和驻扎。看起来树木会衰老无尽但总不会死，看起来时光是永续的，我们也不会离开。但我从这里搬走了，在一个突兀的瞬间，有一种撕裂般的力让我感觉到"从这里搬走了"。青草和小兽都同情地看我，它们的识得使我手足无措。

我不再相信自己。我不再相信自己可以拥有理解力以及与之对应的一切。我不再相信时间以及它所对应的一切。这和我不再相信人间沧桑是一样的。我们卑微的命运已经沉浸到了江河、流水与土地的核心领域。我只是不再愿意通过相信自己来相信整个世界。它和江河一样苍茫而弥天的雾霭之中，只有孤零零的树木和卑微的众生。它们都寂静地守候，直到黑暗或者光明的最终降临。

闪电突兀的爆发之姿我无法领略，它没有经过我这儿，即便有时这闪电归我所有，我是生产者和赞颂者——但我仍无法领略。因为我无法深入它的内部，它在我的身体中有它的独立骨骼。我深为我的闪电惊奇，但我同样没有看到它，我无法缩回我的内心里观察它孕育时的一切细节。我只是一个杂役，身怀记录之责却并无悲戚。

我是闪电却并不持恒。它的存在太偶然了。我的一生也是如此它因此

"厚颜无耻"。我没有形同构造且仔细地辩驳,我只是日常化地进入了闪电突兀的疆域。今天我想起了它,在漫长人生的一个局部,闪电猛烈地携带着风雨侵蚀我们的领土直至使一切晦暗的事物归为乌有。在短暂的瞬间我看见了闪电,它的冲击使我无法站立。

因此我并非闪电,在最广阔的原野上,我观察它的爆发之姿但它并不莅临。它只是坚定地存蓄却不莅临。我观察闪电却不存蓄,因此我的叙述无法连绵如山岳。但是在经过它的飘雪的篷宇和污浊之时,我知道就在我曾经伫立的大地上空,有它深沉领悟和勃发的无法形容。因此我是闪电却并不守恒。我只是身在空旷的未来,我看见了闪电在穹苍之极,但是,仅仅这样去赞颂它,对我并无意义。

我看见了闪电埋葬了寓言,那些一言难尽的事物啊我无法深入它们的内部——它们在我的身体中独立长成,它们有自己颜色泛白的骨头因此我心怀重物无法形容。

九、城市书

我已经在这里住了二十年,但我并不认识这座城市。为了使我变得"更加不认识这座城市",我制作了志在忘却的盛大演出。演出模仿时间的流逝,在它最上方的中轴线上,我制作了自己的演出。我不认识它通往任何一个出口的门,在我记忆的方向上,即使我不认识,它也是存在的。它的古老巷道上描绘着许多类似的已逝。蓝天和白云已逝,春风秋月已逝,它们存在的理由是不坚定的;还有那鸟鸣和雨水已逝,鲸鱼和熊兽已逝,它们的存在同样是不坚定的。在这个意义上,我才是唯一懂得时间真谛的人。我把那些已逝的部分都删除了。但是种树的人收集苗木的种子,这是他们的职责,在我的窗台下方,甚至在高高的瀑布下方,他们收集夜露和阴湿之物的种子。受到这些事物滋润的时间长出了一张盛大而庄严的脸。它空阔而深远,为我的演出之绘真正增色的,就是它的空阔而深远。我在这座城市居住二十年了,但我不认识它。我不可能认识这座城市。为了它的随时变幻,我制止了自己的悲伤的遗忘。我删除了那些曾经久违的、再不重逢的人。我把雨水照耀的事物都重新洗刷一遍。我用机器人一般的目光来祭奠遗忘。那些被书写和行走所吞噬的,都尽在大陆的深处,被埋没了。我把所有视之为草稿的标本都镶嵌在象棋的顶端,那个向我咨询过道路在何方的老头是我的雕刻师,他把所有被我视之为未完成的城市诗的句行镶嵌在陈铁柱的臂膊上。我打马奔驰,纵横驰骋过高高的山岗。那些时日都过去了。现在当我贮备时间的种子,拟订我的演出程序的时候,我意识到那些时日的过去才是真正的过去。它们并没有将一种澄亮的事物写在脸上。我并不认识这座城市。这使我意识到一种不被容纳和接受的悲伤。并没有一棵树是我种植的,并没有一条街道的墙绘出自我的手笔,虽然我在纸上记录过,但并没有更多的人物进入我的抒情长廊,何况,我对于自己的描绘始终是不确定的。我不记得此处真正的海平面到底是何时形成并裸露出来。我不清楚那些相互诅咒过的阿姨们后来都到了时间中的何处。回忆和整理往事对我是艰难的。为了保持自己在时间中行走的纯洁性,我制作了志在忘却的盛大演出。我的城市诗的规模是最大的。在它的顶端,有一种深刻的磅礴的史前的巨兽。是为我初来到这里的时刻。那时周边的田园荒芜尚无人开垦,为了找到并撒下种子,我们分头行动截断围困我们的水流。后来,一些时间中的表针建立起来,街巷和屋宇、车站广场建立起来,我们的方圆规矩阴晴感受建立起来。至此,这座城市才建立起来。但如今它变幻无穷,是陌生的。太多的琐屑和烟尘笼罩着它的每一个局部,我不认识这里的每一个人。任何一个场景对我都是陌生的。我不得不重新走过和丈量我曾经迷恋和厌憎的每一个人。我制作他们的每一分钟。尽管陌生的感受深深地席卷我的每一个夜晚,但时间沧桑和自我汰新的力依然将我拯救下来并使我产生遗忘。我制作了一场盛大的演出来与自我的不明动机对抗。如此一来,我的情绪和意志便是全新的。这座城市藏污纳垢,积累深湛,但仍是全新的。

别一时空

一、本能

  我时常被一种恐惧所淹没。不,我不能轻信我这样的生活为更多的人所拥有,但事实证明,我得到的这一种体验并不新奇。在人群聚集的房间里,我暗暗地勘探,想要找到某一种同类。但时间纷飞,我只看到了一些浮动的面影。我感受着如此之深的藏匿。

  是的,我还看到了众生的喧嚣。置身于人众,那种恐惧暂时被屏蔽。在午夜的大街,如果同行的并不止一个人,那种寂静也不会带来更深的绝望。我想起了许多往事,它们像影片中倏忽而过的叶片或者风声。爱情,或许等同于往事?

  不,岁月的背景轮廓远比这所有的一切都含混。

  我有许多次想倾谈的愿望,但缘于一种莫名的骄矜和自我放弃,我被迫地退回到了自己的本能。我有时在夜内看到沉默之中的自己。当某一种声响把这种沉默打破,我站起身来翻书或者走到窗口,眺望远处的青山。那深远的黑暗看起来如此黯淡。

  我在这样的日子里并没有感到幸福。当然我在长时间的忙碌之后极度需要这些。我找啊找,终于在艰苦的追寻之中向自己敞开心扉。这多么滑稽。我有一种预感,我将在对自我的审查中走得更深。但偶尔,我还是想要放弃。十年或者更久?我都在做这一件事。

不,我甚至已经看到了自己的一生。那些浮华的杂质我也喜欢,有时沉浸于某一种氛围,看周围人喜笑颜开,我会怀疑自己为什么要去独处。至于宁静,我愿意把它赠送某一类人。在内心顽强的抵抗之下,我看到另一个自己悄悄地从母体中分离。

秋深了。我在屋子里走来走去,想许多匆匆走散的人。迄今我仍找不到那个大世界,它离我多么远啊。当喧嚣退场,我被置于一个两难的境地。如果是单身时期,我会聆听到某种声音,丝丝缕缕的,令人窒息。这好像是整个世界留给我的遗产。我始终有一种破坏的欲望。

在很小的时候,我曾经仰望星穹。那空旷的高远之处?我想不到它的样子。当周围的同伴悄然离去,我感到了那种绝对的寂静。狗吠此起彼落。但我的听觉把它过滤了。我对这种虚拟的时刻记忆犹新。

我常常会想象地球上只剩下一个人时,那种难以言喻的场景。在成人后的世界里,我断断续续地经历着这样的思考的时刻。生活的碎片在无人处翻滚着。我穷尽心力,想要捕捉到某种欢娱,但是很难。有什么事物可以被同化、合并,成为一种新的晶体?

迄今我仍不知道。但我知道,生命的崭新一页时常被揭开。我有一种清除自己的罪恶般的冲动。当恒久的定律被打破,我希望曾经的限定不成为障碍。我醒过来了。今天下午,我睡了三个半小时,这大概是最近半年来最酣畅的一次午睡。我听到窗外的微风轻吹。

我怀疑我在午睡中做梦。这是另一种追逐。不,我的恐惧并没有消失。当我可以静下心来,仔细地看它时,我觉得我离自己的本能更近了。在我就餐的时候,我还在咀嚼着这一句话,而妻子和儿子,他们观察着我,一个他们最熟悉不过的陌生人。

二、别一时空

年复一年,我都在为自己正在经历的一生寻找一个容器。当时光迁延,许多感受都变轻了,这样的愿望却从未稍懈。我常常想回忆起初临人世的一刻,但时至今日,仍无进展。那新鲜如初的岁月无法被铭记,它经由世界和历史的重重消解,最终如同我们终将重复的一生,茫然混沌而不知归路。现今我于自己,也正如羁旅他乡,那无数的痛苦便由此而生。我曾于年少时遍求四方,希冀一劳永逸、直奔主题,奈何岁月蹉跎、大道多歧,我希望看清的事物,熙熙然隐于人丛,发见愈难。或许便是因此,我求助于那隐幽之词,但有会心处,便感身心安泰。长此以往,阅读成了常规的依赖。我一边猜想那沉浸于相似困境中的某人,一边为现实的生活而奔波如旧。

我或许早该断言,我们所谓以心灵为介质者,是这个世界最为抽象的那种典型。天才、疯子、偏执狂、自我压迫者,皆出于此。而俗世的欢乐多么美妙,倘若能彻头彻尾地自我背叛,倒不失明智之举。数十年来,我窥探着这人世的浮华表象,尽管所见皆皮毛,但也不讳言这浅薄的好处。我时时愿褪去岁月的尘垢,使心灵未见涂饰,去写一本纯净之书。譬如这世上之静默万物,不见功名争斗以及残忍的杀戮,那蔚蓝天空明净泉水广阔无垠的大地,那巍巍雪峰碧绿草坪茫远无际之沙海,均是我们行色匆匆的见证。我写下万物的缄默,或许,这便是那最初的对抗及最后的永恒?许多时日,我流连及此,类同谵妄病人。无数昔日的片段汇拢,而未知更似永恒。

有一些时候,在对消失时空的追忆里,我会变成另一个。但纷纭的世界过于驳杂，而我们记忆中的声音如此低微，我路经喧嚣之地，使自己看起来像一个正常的人那样——醉心于某一种所得。这样的经验推动着自己成长，那决然的对立在阳光下消弭于无形。我自觉这样的日子有疗救之效，对于我们的雄心是一个简短的安慰。我曾经迷恋于发掘那些伟大人物的困境，当绝望的泉水泛滥于生命的终点，那波澜涌现的一生也变得彷徨而模糊。我想象着他们被损伤的生活、记忆中的某一次风雨、纠结的伤痛，在这种时候，我想写一本雄宏之书。是的，这是思想的另一个维度。我常常为自己的神游物外而抱歉于人。

但此时，我恰恰发现这是我之生命中最重要的一刻。随着年岁愈长，这类时刻越来越少。当我彻底清醒过来时，我或老之愈甚，而我正在重复更多的前人所走过的道路。在我们痛感自己麻木不仁之时，也并非没有终极的快乐可寻。这或许正是一个悖论。我们真正的生活之于当下，很可能是别一时空。

三、重合

某一些时候，我会觉得自己正在经历的生活与某一位遥不可及的时空中的同类有重合之感。他所有悲喜的源泉都来自相似的感官和某些事件，甚至他住所的格局、朝向，他周围亲朋们对他的态度都与我正在面临的一切没什么两样。但这样的同类——我在说这句话时其实也是茫然的——他是否也会想到在无极限的存在之中会有另外一个自己？随着时间的流逝、麻木感的强化，这一切也许慢慢都不再是问题了。当我们学会了镇定地应对，或者虚伪地生活之时，那固有的坚执本性看起来便是如此荒唐。这些年，我目睹了许多人的变化，唯独没有在疾驰的列车上切实地看到从自己身上分裂出的另一半映像——我一直呼吁建立这样的科学：把肉体与灵魂切成两半，把高尚和自得分开,把卑微与痛楚分开——或许这样的科学已经存在,只是我们的肉眼已经习惯了含混地看待一切世象,因此视而不见也成为一种可以被赞颂的美德。我常常因此而鄙薄自己,对数十年来与身相随的性情抱以彻彻底底的成见。我简直不可以想象这世界上确实有这样的同类,但我必须强迫自己相信,否则,连一个见证人都没有了,那生活在这世界上该是多么凄楚的一件事啊。数十年了,我逐渐变成想象中的自己的翻版,用许多理由来夯实这个推断——即使所有的人都来反对,我觉得也无所谓了。有些梦中的景象也在日复一日地重复,它们在我头脑的某一局部已经悄然堆积,我希望自己可以解剖自己,更甚于相信某些自诩为亲好的他者。不,我从未觉得这是悲剧,而是自鸿蒙开启以来的最大现实。除了自我确认可以使我们清醒,截至目前,我实在还想不出任何别的法子。这忙碌的世界啊,总是提供给我们依恋和惆怅,总是质疑再三而没有结论——即使文字也是单调而灰涩的,什么时候,我们可以变成卢梭或奥勒留呢?

四、无声

午夜两点,我爬上床,有轻微的失眠。这个世界,也有轻微的失眠,否则,夜里该是彻底的无声。黑漆的洞府里有不甘于宁静的夜鼠,我听得懂这夜里的奔波。许多年了,总是有如此相似的夜,勾连起十年、二十年和我整体性的记忆。我在这个城市里穿行,多少年了,逐渐地丢掉爱过的你,我们的歌声早已沉寂,连尾音也听不到了。那些蹉跎的诗只写给激奋的大脑,写给曲终人散和醉醺醺的面孔。请在记忆的门前止步,我多么不想做一个恋旧的人。请告诉我灿烂夕光下的路途,我想携你的手,请告诉我你的正常体温。在密度高的空间里,思念真是一场拉力赛;我并非一生固执,请告诉我,怎样才能丢掉记忆。

请诅咒时间和它带来的一切吧，请告诉我，你现在置身何处。我已经悄然地涂写了我们的爱情，这可笑的人间悲剧。我已经悄然地钻入城市的缝隙，做一只夜鼠，你明白，这毫无乐趣的晚祷早已发生。你注视的窗外黑蒙蒙的一片，与儿时的记忆大相径庭。月光不见了，我无法梦想和虚构，请告诉我一个清晰的未来，请不要阻挡这荒谬的预设。我确实不想被动地活，可是有什么用呢？那夜里无声的事物早已难觅，它们自在宁静的乡下，瘦削坚韧；如果连夜赶回，可以看到窗子上的冰凌。我拍打着铁门，父母睡熟了，请不要制造噪音。如果失眠，该是多么疲惫啊。这么些日子，我夜夜早睡，恍惚间，一切难题迎刃而解。现在不同于十年前，在阳光和黎明的笼罩中，我可以写几行诗，献给心灵中的大自然。我多么希望下一场雪啊，我想堆个雪人，用树枝做你的四肢，用玻璃球做你的双眼。请看着我，不要消融，再加一点镇静剂，请不要逃离啊，我最多走一个冬季。最多，我们将在来年相逢，我给你再造一场雪，弥补你的残缺。请不要丢掉幻觉，偶尔，它可以治疗失眠。有时候，我只觉得瞬间的你是真实的，不，已经很难像曾经那样，有无比纯明的心境了，请驻足吧，在那个夏季黄昏相别的路口，请挥舞你的右手。那时我还不懂得，这人与人间的至理早已存在，早已被破坏。请不要祈求谅解和追索因果，请不要兜售廉价的同情和道德。我抱愧众生却还活着，请不要误解，我并非一个十恶不赦者，我只是想安静些罢了。可是仅此小愿而不可得，这便是最大的真实吗？在相对的日子里，请读一读诗人们的传记吧，我但愿树木从容，它们夹带着未来之日的风声掠过我，请相信我爱这一切已经凝固的、流动的元素。请相信音乐和美神，请不要为夜寐所苦。

五、论孤独

孤独是最容易被人感知的，因为他（她、它）时时凝结，像婴儿（万物如初的株瓣）。因为他（她、它）其实并未真正存在，不是事物的实体，只是以虚伪的幻觉涌现。如果对应雨幕的稠密和夜色葱茏，则孤独似乎总是轻盈的、婉转的。但孤独是最容易被人感知的，因为他（她、它）会从万物的形体中脱离出来，像赤裸着肌肤和脏腑的动物小蛇。孤独冰凉而青翠，是一条滑动着身子的小蛇。但是他（她、它）是最直接地被感知的，因为剔净了一切围拢他（她、它）的外物流淌。就这样，如果那些东西都来自他（她、它）星星般的形体的深层，则此与彼之间必然横亘着虚空之眼。无数微小的时空化石在见证他（她、它）曾经拥有的梦幻诞生。无数石头一样的人群拥挤着来到他（她、它）的面前，赋予他（她、它）各种颜色和面目的行止。他们会一直这样下去，甚至带动更多的人群前来，将他（她、它）通向古往今来的所有路途堵死。这就是说，孤独会被固定下来，散发烈酒一般疯狂的基因在天鹅城中。孤独的终老之形为之消瘦，但直到他（她、它）出现了最厚的荒唐的镜面，孤独的最终的罪才被释放和刻录下来。这是何苦？那各有格局的孤独的巨人也纷纷成了寓言师、美食家，需要时他们还可以化身为虎、为狐狸。在雨水中为之怅然心惊和不朽。为之消瘦和愤愤然如青鸟。这都是孤独的罪和爱。你说，倘若孤独成群来时化身为虎、为长翼的狐狸，你尚可怜惜那些未老的身子；倘若雨水继续密布（急骤），变成一柄斧头，敲打那些额头，你怎可看着未来之河变得臭起来？腐朽的时候你这样看着吧，孤独就是那条划过镜面的蛇。孤独是他（她、它）滴落在夜晚和昼夜相交时的那些溶液。孤独是无的综合和化解。他（她、它）平白地长出了青菜的透明（泛着血丝）的头颅。

我站立在思考的边疆

一、不一样的种子

大风在火焰的尽头而蛇在飞舞,我们的一生都因此被"时代感"浸透了。

晨曦中的浓雾、路途中的薄冰都在夜色的尽头而"时代感"成为我们久历无尽的沧桑。

以前我揣测过生命的巨大之型:一曰孔夫子,一曰秦始皇。

以前我揣测过生命的空旷和精微,并且设想那卑微和高尚的极处。

我想象孔夫子惶惶如丧家之犬的样子。他经过的流水和他站立的土地。

现在,一切往昔的事物都已破败,只有时间未老,它在不同的种子生长的地方开出新鲜的花来。它们已经将昨日的痕迹消泯殆尽了。

现在,一切出现于我们眼前的事物都被赋予了今日之新特征。仿佛它们不是再生。

它们都是自"我"开始创世的神。

那些种子种下,不知以什么样的力道穿破泥土,它们摇曳在新日之风中。

一切语词都是新鲜的。所有人都是新人。他们都忘却了祖宗。

但他们的确向不同的方向生长,变成了与其祖先不同的样子。

他们血液和骨骼里的基因尚未大改，但异变已经发生。

现在，这些人类，与数千年前的人仍是同一种属，但他们的眼神，却已经开始四顾八荒。

他们自认为比数千年前的人更为接近外来星辰。

以前我揣测过秦始皇的日常生活，他征伐的事物和最终抗不过的命数。

现在，一切与往日都不可完全类比，只有唯一的共同之处在提示我们的来处：作为会呼吸的生命，我们仍然没有越过这片土地。

将时间一点一滴地分解，则须臾之间可以被延伸无限。

那综合了无数生命个体的时光是如何年复一年、日复一日地走过来的，没有人可以提供精准的答案。那飞扬的寂然而温暖的泥土嗅到了旷古未闻的味道，但它一直处于散乱的尘埃状态。它是时光之中除了空气之外最大的空白。

以前我揣测过孔夫子的日常生活，他心中的理想、情欲和苍茫目光下的广袤国土。

在他们的时代，上帝以唯我独尊的方式来表达爱。他控制了除自身之外最为渺小的部分。

他除了看到人间，看不到任何白云间的事物。

这和我们今天并无不同。我们的目光并未真正越界。

那高傲的穹庐，自有其黑暗和光明的部分。

不同的灵魂生长在不同的时代和不同的土地上，他们都是用来组成宇宙的不同物质。

现在，这些灵魂有的已经不存在了，有的却在继续放大，变成更多的种子重新孳生。

当我们埋首于生活之时，这些种子各自为生，他们并不会集体注视往昔。

而那旧日忧愁，也已经独立于另外的宇宙。这其实已经是我们最为接近的真理状态了。

自今往后，那些不同人的生活仍在沿着不同的方向展开，他们的命运被不同的暴风和流水冲动，变成了完全不同的真空物质。

他们后来没有根深蒂固的生活，所谓现实，只是一种庸俗的感觉罢了。

在空寂的宇宙，他们都是土丘，他们都是浮云。

当人类经过了这个星球之后，所有的种子都并非种子。

我们经过那些洞口，不同的人在二次荒芜中发出不同的回声。

我们在这些回声中寻找、辨别我们的灵魂。那些冷光闪烁，它们只是不同的磷火。

二、双重生活

我们的生活具有双重性质。

明的和暗的部分。一种可以被看到的生活，和另一种自在潜伏的生活。

一种充满了明亮的诗意的生活，和另一种隐晦的曲折的心灵生活。

一种关于爱和可以被讲述的生活，和另一种灰色的无法描摹的生活。

一种取决于自己主观意志的生活，和另一种被迫的在寻找接受底限的生活。

一种高度敏感的生活，和另一种麻木徘徊的生活。

一种张扬的生活，和另一种隐忍的生活。

一种和所有外界可以无缝对接的生活，和另一种与宇宙整体性格格不入的生活。

一种正在说出的生活，各种样貌、美好形容，和另一种只重践行的生活。

一种可以代替所有生活的生活，和另一种绝对孤寂、充满了唯一性的生活。

一种忍饥挨饿的生活，和另一种饱食终日的生活。

一种巨大的具有历史感的生活，和另一种日常化的细水长流的生活。

一种哲学生活、灵魂生活、精神生活，和另一种物质生活。

一种向着终点疾奔但却旅途漫长的生活，和另一种速度缓慢但却迅速结束的生活。

一种已经被无限次地呈现的生活，和另一种向着未来开拓的尚未被充分言及的生活。

一种狂乱的不知天高云厚、地大物博的生活，和另一种深悉民瘼、体贴万物的生活。

一种喘息般的生活，和另一种沉稳如山岳的生活。

一种小说生活，和另一种散文式生活。

一种虚构生活，和另一种写实生活。

一种诚恳的生活，和另一种虚伪的生活。

一种透彻可见的生活，和另一种不可告人的生活。

在我们居住的当下，处处被这样的生活充斥。我观察那人间烟火：的确有很多时候，我被那些人物和事情感动，但却无法写下它们，直到一切都成为灰烬的时候，我才从自己总是滞后的旧时间里退出一步。没有多久，我就来到了这些地方。

我看到了我们许多人的共同生活，而在以前，这些都是被我拒绝和过滤的生活。

很多时候，我们与最真实的生活是有距离的，但就连这一点，也很难被所有人认同。

或许，我们生活的真正意义只在于填补地球有史以来的巨大空虚，在所有大脑的沟回里，这种空虚都可以带来恐惧和被否定。

但是，在自杀的人类那里，生活的圣洁部分和污垢都被屏蔽了，这些曾经有灵魂的人真的什么都没有看到。

这和聪明洞达的人、颠顸无知的人都相类似。

但是，上帝连种种背恩的人都饶恕了，无论让他们生与死，其结果都是一样的。

这世界上所有人的来路，都是不可抉择的，而且，他们也都没有为小说家添加素材的意思。

他们与上帝之间没有协约，上帝与人间没有协约。大人与小人之间没有协约。

在生活与生活之间，我所知的一切也仅止于此了。

至于那些另外写下的字，都是为了弥补这篇文字的不足而溢出的部分。

三、感觉的溢出

街道皆非无端的造物。但它们都近于回忆本身，它们既动又不动，在许多幻象中，街道是安稳的、实在的、飘荡的、虚无的。我经过了很多街道，即便只此小小一世，我也会因街道涌起千愁。回忆真是诡辩和漫长啊，在我的走动之中，我会想起街道的热烈和萧条，我还会想起，随着我的离去，街道所保有的那种奇崛也复归淡然。我的视野恰恰在街道之中构成了一个相对客观的角度，我记忆的不只是关于街道的实在形体，我还记忆街道之畔孤悬的高窗。街道中的大风起兮，我站在街道的正中，在短暂的须臾，任凭感觉的高浪涌起。我与我们俩人，多次携手共进，站在街道这里。在我的联想和年华逝去的怅然之悲中,我杀死了那无数憎恶我们的人。那些血污,被作为街道的罪证记住,它补充着我们所不及的那部分梦幻人生。我的行走之路确实已远,此刻,当夜宁静下来,我已无需同谁言语。我只是在静默中接近了街道本身。我只是接近,但还没有幻化。当我说出,街道如存,其实质却是,街道并未存。嗨,这只是一种书法,当街道能够凌驾于云雾之上,那也只是因为操纵云雾的那些诗人们已经困倦了。他们或许需要一种妄想来粘结万物,但作为一种人生的退步,哪里还有街道,哪里还有摔跤手,哪里还有我生我,哪里还值得我悟。那突兀地驰过我们感觉里的朝露,它们飞快地弥漫了高峻而缠绕的立交。我站立在思考的边疆,让晚风弥漫了我所有醉生梦死的思想。

四、心理疾病

有一个人,他总在对我说,你不叫某某某。

不,我总是直接反对。我就是某某某。

但他总在说,时间长了,我对自己产生了一丝疑惑。他说,你不是某某某。

我开始变得安静。我已经不想反驳。

妈妈去年这个时候就犯过一阵子糊涂。我本不该像她。但我不知道自己的名字。

这个给我带来刻骨仇恨的人与我住在同一所院子里。我经常看到他,我在想那些被他故意忽略的部分。但很奇怪,他如此看重我的名字。

为了不去向其他人求证,我竭力控制着自己的冲动。

但现在我觉得自己叫什么已经无所谓了,至少在他那里,我的面孔曾经变了多次。

我并非自己。

在他拥有的那些时间里这只是一件小事。但我不知道自己的名字。

我很痛苦地发现，我被他牢牢地控制的这些年，世界已经大变了。

但我不知道自己的名字。

这的确不是一件常事，在我的不想反驳之中深藏了那种被缩小到极点的痛苦。它直接促成了这篇文字的诞生。我觉得自己是造神的恶人。

我只是不知道自己的名字。

透过这件滑稽的事情，我还发现了许多真理，但是，笔墨所限，我无法从容展开。

我刚刚拟定了一部书的提纲。在这部名为《变形的灵魂》的书中，我将确证那些被我们完全忽略的部分，但是否使用自己的原名进行著述，仍然使我深感困惑。

作为一个话题，我将探讨他的许多事情，但是我不能确定，他是否在意我如何谈论他。

除非另有别的办法，否则我绝对不会把这部将带给我巨大声誉的书束之高阁。

刚才，我已经很小心地写下了自己的名字，但我异常恐惧。

我不知道他会如何反驳，我更担心他会禁止我写书。

很遗憾，我不能告诉你他的名字。

不能不说，我异常悲伤……

（空洞之物也会变得突出。当旧日隐藏，那些隐秘的话语都成为过失。

一切被吞噬的苍穹、旧物，都在语言的光里……）

五、丧失的记忆

关于饥饿的记忆告诉我,我不能在乎所有的事情,因为它们彼此分离。

关于时间的记忆告诉我,我不能在乎我无法抵达的事物,因为我们皆来日无多。

关于爱的记忆告诉我,我不能以我自己的方式去商榷和退缩,因为爱自身即是伤疤。

关于迟到的记忆告诉我,我们不能无视这样滑稽和踌躇的场合,因为那铸造者更欣赏其美目。

关于书写的记忆告诉我,我不应该迟滞到下一刻,因为遗忘随时都可能发生。

关于丧失的记忆告诉我,我正在接近永恒,因为只有那不存在的时间才静止、优雅,并充满了对自我的迷惑。

关于不堪的记忆告诉我,我已经无法对抗,因为那最大的勇气我已经在过去的时光中挥霍一空。

关于理智的记忆告诉我,我只欣赏我所能感知的部分,虽然它们有时更近乎无妄和梦幻。

关于思辨的记忆告诉我,我在言说一面的笨拙根深蒂固,我并未真正在乎不阅读的人。

关于季节转换的记忆告诉我,那无尽头的绿色也可以形成耻辱,因为我们对美的追逐和贪欲从未止步。

关于经典的记忆告诉我,那真正的峰峦聚集很难预期,因为这世间经常会缺乏水分和新鲜空气。

关于复活的记忆告诉我，那枯木逢春即披示了死即永生，但我们对于轮回之事向来懵懂、向来谨慎、向来保守。

关于求真的记忆告诉我，我们从未对心仪的事物完全主动，因为我们更依赖时钟的精准。

关于远游的记忆告诉我，我未能在乎任何事任何物，因为生命已将大半付蹉跎。

关于流水的记忆告诉我，我只拥有过一个乡土，但那真纯的部分已被埋没。

关于行动的记忆告诉我，我一直在寻找，虽然并未完全丧失。

关于记忆的记忆告诉我，那最平白的部分最为孤傲，因为我从来不能捕捉。

关于寄居的记忆告诉我，我已占据过多，因为我已经很少思索。

关于白昼的记忆告诉我，那最重的阳光将覆盖山河，因为我已看不到远处的草木。

关于结局的记忆告诉我，我最不能容忍的丧失，它们已被虚构，形如匕首。

关于恐惧，我已经再无索求，我应该尊重自己的本能。

——唯它们，"皆为我所有"。

站在走廊的尽头描摹

一、在时间的链条中

我们对时间的流逝心有所感，是因为相对于这种永恒的长度来讲，我们的存在总是短暂的。设若有一种可以与时间长度相等同的生命，没有感觉的终始，也没有漫长的转折和回溯的盛宴，一切只是漫漶无知中的向前进展，则我们或许可以对时间作另外的判别。这种没有终结的事物也没有开端，而察知其存在者或许也是空幻的。那些强烈至于柔软的絮状之物是无须造物而生成的，但是现在，很难说我们已经准确地把握并且书写过了。在这些絮状物质之间的绵延缝隙中，我们以年、月、日来进行粗浅的划分，而在不同的认知中，这种划分所带来的结果也完全不同。我们无法精准地对比漫长与短暂的本质区分，因此，我们也无法精准地判断生死。在我们常常以经验主义者自居的年代里，哪怕仅仅是二十四小时这么短暂的流逝，也已变得磅礴惊人，其放大的幅度简直可以与人类整体性的起落反复承续。我在迷恋上对时间进行记录的二十年中所获得的岁月感与我的童稚时期是如此不同，它似乎已经给予我两种完全不同的人生。起初我耽于对人生中所视所感所闻具体之物的描摹，但是很快地，我就知道了这种选择的局限。在时间庞大无极的链条中,很难说会有人和具体的物之存在。我们总是想要窥视的那一双上苍之眼无法真正地进入到我们的观察之中,这或许是我们处在时间里一直感到躁动难安的最大原因。而越是对时间敏感的人越容易受到外物的磨蚀,越是想要全面地感知世界的人越容易受到魔鬼的惑乱和神圣之境的拉扯。那些擦破了感觉外物的坚硬石头,其实就伫立在我们的心中。那些山峰与树木、江河与冰层、个体时代的渺小命运,总是顽强地伫立在我们心中。我们无论多么艰辛的表述都像是隔靴搔痒的不及物的行动。因为归根结底,是我们认知的有限性在替我们做出最为荒谬的决定。或许,在时间的链条中,本来是没有上帝和神祇的,没有实在的形容,当然也不会有任何虚无。而我们进行科研和心灵探测的最大动力就是来自这里,我们大可以认为,无论是夏季充满鲜艳色泽的白云还是冬季里暮霭沉沉的天宇都是我们捕捉天地虚实的一条条路径。通过对昨日的遗忘和疏离,我们焕发了想当然的新生,通过讲述,我们获得了对于生存的自足或更正,当然,通过书写,我们也获得了类如我们自造的唯一的视角。而"上帝"一词的虚无缥缈,似乎就是时间链条的一个简单佐证。有时,我们通过爱情、金钱、权力或者某种自得之感赢得的短暂的荣耀,在时间的坚硬链条中,又是我们无论如何拆解,却也不会抵达的最终的极限。我们的反抗性和停滞便如此到来了:那些难以记述的昨日并非是构造我们生命的必须之路,如果万千生灵暗自有知,我们也并不总是走在一条与它们无限背离的路上。我们的生命或许有一种荒谬绝伦的循环本质,而这种天真的循环,构成了时间和我们之间的多重体察。

二、但她的消逝闪闪发亮

她完全瞧不到这些。她被骗了。那些假装路过街头的人才是最重要的,他们带着她过马路,带着她进小区,带着她回到她唯一的住宅里去。她位于楼顶的住宅像个山寨,原以为形容苗壮,"那本就是她的"。如果你脑子再清爽一些,还可以向那几位送她回来的人问点事情,但是,突兀而来的变化令那个站在门口的客人尿了裤子。"砰"的一声,响动很大,来自他脑海里茫然的星星。他本来认识你们,但此刻一切都变得陌生起来。魔鬼和动人的魔鬼心声都在外面,"站在走廊的尽头描摹"。她完全瞧不到这些。她本来是要出门远征,但她被骗了。那个认识她的人带头,又把她送了回来。她本来想去往故乡的原野,那里风声轻柔,没有楼层顶部特有的窸窸窣窣的宁静。那些路过街头的人发现了她,捉住她,把她的心愿逼供出来,然后原路返回,把她呈现给四色魔王的心拽了回来。你瞧,那就是她的心。柔软的流逝,安息者的心,硬朗的棱角,冒烟突火的战争。有些时候,她会变得壮大起来,准备从楼顶往下跃,但是没有一次成功。窗外,总是守候着一些东沟来的客人。他们与街头逡巡者是一支队伍上的人,只是因为分布不同,而渐渐有了裂痕。但是,在坚持让她固守真理这一点上,他们没有分歧。她偶尔焚烧过时的书籍,有时会打开窗户的细缝呼喊。被声音烘烤的客人们眉头紧锁,无法区分一个庸人和另一个伟人的惆怅。"这就是普通人的一辈子,她被迫居住在那里。""幸好她没有流离失所。"她看起来还算年轻,每一个神态都不老,甚至你知道,她还算是被看重的人。因为,她没有被抛弃过,一直有人为她守卫。在鬼神为她铸造的领地,她的自我与一棵已经长到极高的树合为一体。因此,最后的那个夜晚,她不见了,化为一棵树的枝杈和书底的珍珠。"你瞧,她不见了;但她的消逝闪闪发亮,像楼顶的星群中一面高反光的镜子。"

原野之曦

一、原野之曦

原野太广大，因此它成为修身之地。你站在原野的晨曦，就像站在诸神的门前。你瞧，他们双手织造的日光就这样升了上来。时间为此盘绕，带来人生千重喜的幻觉。诸神赐予令你迷恋的幻觉，不赐予你名位。赐予你万物苏动的好声音，不赐予你具体的虫吟。你要在晨曦的辨别色中发现它们！你应该有观察者的敏锐和炽热。这是荣耀的、必要的！你应该生身在王孙和乞儿盘桓的河谷，注视黎明的表象，从而建立自己的学说。离离原上之草，便是你晴天诗库里的句子。你的心薄薄如蝉翼，它澡浴在日光中，思考着日光五百亿年前的倾城？你一笑动天地，令诸神惊奇和大欢喜。观自在那里你勿去惊动，他正在整理未来的形容。资料在上头，随着云层碎屑变得陈旧。你勿去惊动，勿为不必要的世间换新。你勿从高高的云间下来。未来浩瀚，它竖起高高的旗杆。未来如一只青牛，它以哞声打动你的根本。

未来如一只青牛，他建立青牛国。那叫未来的喜神也是战士，他随着晨曦的启动结束了神秘的任务而消逝。你看到薄薄青牛身上的金光了吗？那是诸神大欢喜，加持它们的旅程在青牛之身。柔软钢铁的织造完成，随之有一些金色儿童出来。他们在碧空，遍撒晨曦如洗。俊俏的世间，断裂如痕的瀑布，硕大的青牛战士，原野，诸神欢畅如雷的歌吟——你勿去惊动他们，随他们大欢喜。这是你二次生身的机缘。你知道天地间神奇的交合如何生出日光了吗？那奇幻的昼夜之隙即是天地间无分你我的柔情溶液，你知道它们漫不经心的静默和涌动了吗？吱吱一声响的天地之间，自从你来，便是一片锦绣。自从你来，便打赤足，缠白毛巾，使山野之色也是一片莹洁玲珑。自从你来，便有唤起天地之志气的晨曦初在。诸神之战本在黄昏时，此刻天地间已再度恢复柔情的朦胧。你轻拂双手在上头，天地之间只有一阵薄薄青牛。它的皮毛鼓动声声啸。它是一只自山谷里跃出的青牛。原野广大，青牛之曦才是你最终的幻想和辨别。

原野广大，而原野之曦又岂有辨别？昔年在南，青草池塘在畔，你岂有辨别？再活八十年也是这样的啊，晨曦中有无分你我的歌声，搅动你心神的涟漪。你自黑色的雄奇的山中来，你不知道云深处还有几棵松、几株柳。原野广大，带着你苍劲的笑声自山中来。生出原野的大山中跃动一颗少女心、一阵玲珑日出和半山瀑布。幻觉如蚁，密密麻麻地爬满了心头。你知道那些徒步山中的僧人最终老死何处？平安熊啃着修竹像个修持的大人。你知道平安熊是哪一世青牛的变身？它啃着修竹像个持念深深的大人。清风入耳，蛇蟠出洞，龙虎相会，它们逝者如斯夫，都是些持念深深的大人。念诵些青牛之歌，送出些山谷老者，后来听闻天地间俱有晨曦大鼓，真与有荣焉！你后来何处见尘埃，种植萝卜芳草，任由苦难的生死辉煌天地？见那些持念深深的大人苍颜，种一些凝固的灵魂果子在冻土，拉开未来的晨曦瀑布作歌，唤他们醒来？修他们的栖所和墓室如斯，你因此有辨别？你因此有薄薄青牛身！

二、植物的死亡

四季更迭，草木荣枯，我见识过多少风流云散。相对于事件（物）的消逝，我们的感觉始终是不存在的，它们毫无意义，不被看见，因此即便夏日浓稠，是生命感觉最重的时刻，万物（消逝）仍是不存在的。它们昔日的悲生悲死也是不存在的。万物没有身为之碎和足以弥补的时刻。万物只有一个夏日。那些深种在我们身中的植物也没有可供我们提取的汁液，没有芬芳和长久的光芒，甚至没有它赖以生长的物体本身。那些丰厚的土壤只存在于风的流动中。万物之叹岂止是一个过大过重的锈蚀。万物本无心生长。在处处都是植物性的夏日，处处都是静谧中的时间大声。处处皆是，别无他例。你岂可修葺草坪和地衣？植物都是这样的，苍郁茂密，"静谧而大声"。你岂可只容正视，不觉谛听？植物都是这样的，正因为它们不觉自身。果然，它们不察自身？

三、静待雨水停驻

每一个人背后都有一根立柱，都有棵枯草。那都是唬人的！但是，雨水瓢泼而下，把柱子冲湿之后，露出旧年积存的苔痕；但是，雨水并不停驻，单调的草木被雨水冲刷而凋零；但是，只有那些柱子，它们多么陈旧而正直啊。我留意到柱子积存的苔痕，留意到行人旅途中在柱子下的驻扎，留意到万物都不过是一种草木。无数个下午都是这样。我与草木和柱子为邻，与我们未尽的人生为邻，当然，也与期盼中的雨水为邻。因为是一场雨水，使贪夜里的清凉提前到来了。我在灯光下捕捉蚊虫的时候，屏幕上正好亮出你痴迷的白色。有很多雨水般光滑的事物一掠而过。而我们的命运就这样了？我站在我背后的柱子和枯草下面。我才不想要什么主义呢。你当明白，雨水终究会来，这并不复杂的世界创造它的界限，而我们终究在苔痕下面。静待雨水来临的日子也过去了。无数虫草死亡之后，我们搬迁到这里。绿色藤蔓一点一点地积聚起来，而我们在聆听的事物中发现它们。我们在光照和羽衣中接近它们。那些安然的生长将我们覆盖了，变成我们幻想中的青灰。那些透明的注视，立起来的枯草，那些隔着悬崖和寂静山谷呼喊的——都集中到我们这边来！都请举手啊：我看着那些柱子。我不止一次想到它们，不知道它们是否陷入沉睡？但是雨水的魔咒、时间的长辫都与我们无关。我只是静静地站在立柱下面，观察那些苔痕，观察雨水上的那些苔痕。我的观察不得要领。但是多少年了，我一直在观察那些苔痕！

四、北方羊只

　　大雨沁湿了土地，孤树高悬广漠。我在北方看到的漫坡的羊只——果真只是北方的羊只吗？具有空洞、旷古、生命存真的美？

　　大风吹动雨珠入耳——横断于山梁上的雨水；令北方羊只却步的雨水：那些层峦叠嶂的、枯草中的寂静雨水——

　　果真只是一阵细针密织的雨水？

　　果真只是令高处不胜其寒的雨水么⋯⋯

　　"茫茫青山叠翠，人如草木虫鱼"，我站在山梁上，看到远处云雾丛中的北方羊只了。

　　此处可堪隐居地？最是微末不足道的隐居，最是一年春好处的隐居？最是无人登临、随万物荣枯的隐居？连那些枝叶的脉络都是这样的：新的、古老的、只是俯仰于天地间的隐居。

不必有粒子回声的穹庐，不复有疾驰纵横的奔马，不见有山岳，更毋论一个一个人类不逢的区处。此方山梁只是产出了北方的羊只。

只是产出了空荡荡的天际线。

只是产出了时空的须臾和迎风高歌者的渺小的勇猛。只是产出了梦中惊醒不知四季何为旷古的爱的相思与恨的梦？

木鱼木鱼声声，寡人卧剥莲蓬。

我如今看到北方的羊只了，不止看到了它们洁白的毛发生命而且看到了它们绿油油的脊骨，而且看到了北方枯藤老树……断肠的羊只？

毫无波澜的憬悟。惊雨惊风的羊只。天际唯此一梁？常常是如此的一梁产出了羊只。尔是时间密布。尔时羊只漫坡！

五、裂帛文

"生命如裂帛，在风沙中起伏。"

每个人都被埋没在他即将出发的地方，那些朔风吹北，总是发出呜哇呜哇的高声。他有时会用灰布蒙头，像个陈旧的人陷入了死去的村庄。天使经常会徘徊在他们看不见的上空，散播一种只有他们自身才能听到的议论：生活总是孤独妄为之事，如果活着总是孤独妄为之事……日轮旋转，他看不到天使的音容和脚，也无法拥有任何一寸山川和河流。但是，在他碰到树木枝杈的时候，他的将要裂开的思考神经会被轻轻地放一点血出来。他的血肉撒在林中空地上，白茫茫的……还好，是那夜色中白茫茫的月光。取经僧人们经过，他带着莫须有的敬畏之心看着他们。他们也被埋没在将要出发的地方，反复地离地而去，有时纵入云层，有时也只不过是旋转一个半圆。那些朔风吹北，总是发出呜哇呜哇的高声。有时他会误以为就这样住下去了，就在那些风吹裂谷的地方，就在那些老鹰盘桓和俯冲的地方。灰色的山脊带着天地寒凉矗立着，暗沉的时光之影笼罩大地。他看着取经僧坐在树下念诵经文，风波涌起正好……他看着高高的海浪如突兀的泉水出现在他们足下，往日趁此熠熠生辉……他看着那被悬挂起来的天河中布满了星辰和月光，磅礴的尿意一点一点地将他催醒……

"如果他们走过来打乱你的思维怎么办？如果他们抢你的行李怎么办？那个夜晚，你无比饥饿，幸好如此，否则你就再也见不到我了。"

"从始到终，我都在你梦境的外围体会失重。如果你问过我时间是否在你死亡时活着，我可能会回答说没有。蚊虫嗡嗡嗡地扑入你的面目，将你的心中恐惧和各种欲望叮咬得沸沸扬扬……真是羞煞先人了。"

六、自我的晨曦

每天更新的月色使我们赞叹，而我现在看那些孩子欢呼雀跃，要来欣赏美。

我看到夕阳仍在高高的山上。浩瀚的星空给他们织出未归之期的罗网。

那些期待已久的人也都是浩瀚的。在黑森林里，他们眼底充斥着春汛到来的形容。如果说，陈旧的货车拉他们到了码头，那码头也是浩瀚的。如果他们讲起故事，那故事也是浩瀚的。夕阳落下和日光升起是一回事情。在这个星球的彼端，夕阳西下也是圆的、浩瀚的。

也是明亮的晨曦在运行。也是天空的云影降到了清澈的水底。也是汪洋般的浪涌入高空。如果我们涉光过去，能看到它们在穿越那些杯盘。

能看到它们在云天相接处交流晨昏。能看到它们在梦与醒的边界说出爱恨。

我们与日月的起落隔着一个爱恨。吃饱了撑得发慌？不，他们有些宁静的闪烁以致远。

我们与自我的晨曦隔着一些困倦。那些逼仄的瀑布拐进大江河，因此水流奔急。因此如同去了星球制造的水源。它们新出一个星球，仿如通明全身的瀑布。

帮我请回一个水球吧，帮我藏起你的珍珠。天色昏暗时请照亮那些角落。水位低得不能再低时要去帮助那些干旱的村庄。他们将浩瀚的木桩钉在了不周山上。平地立起惊雷。请你看看那些雷公电母的毛刺。请你加厚毯子罩住他们的烈火雄心。天晴了，雨停了，你就是一个雷公、一个电母。

你的胡须长在谷物上，像尖突的毛刺。毛刺齐刷刷的，一根根存在如云烟。

一日日存在如云烟。三餐用罢，你的故事像云烟。

昨晚你几点睡的？你睡好了没？梦亦如惊雷，将你派出刺秦的荆轲叫回来了。荆轲荆轲他不理你。狐狸在外面扎营，狮子带队逡巡。

在山峰高处，历史动来动去见也不见如参商。

你捧在手心里的雪化为银龟。你锈在衣襟上的鸽子飞入王谢堂前。

谢谢你啊，李老板，我们回头见。桥梁高架，人类通途，我们都有一双左右互搏手。

我一无所知

我似乎一无所知,除了对那些横线保持热情和赞美之外,我似乎对那些圆形花瓣也一无所知:我不是植物学家。

除了对那些高地上的阴晴保持沉默和向往之外,我对自由和言语的沉默也一无所知:我不是心灵的气象学家。

除了对那些裂痕斑斑的段落保持跟踪的微笑之外,我对过去和未来、四季的形象一无所知:我不是历史和地理学家。

我非为别物,但自身是紧张、严谨和空虚的:我不是小说家、诗人、驯兽师和农学家。我非为万物之中唯一的确定性。

仔细分析我诞生下来、我终将死去这件荒唐事,仔细分析我存在于这个世界上这件荒唐事,我发现自己一无所知:再没有比这件事更加隐秘的了。

最终,我只是一个此间的客人却占据了做人的一些好处,因此我居住、行走在大地上但对自己为何行走和居住一无所知。

我不知自己该去往何方,我不知那神圣的……如果日出是神圣的我便不知那日出从何时开始一无依凭地绽开,我不知此间为何会有循环播放的光明:我不是一个秘密人类?

我一无所知。除了对成为一些幻象般拥有万古江山的鸟兽保持疑虑之外,我对于植物的不可易与、难以挪动一无所知:我不是园艺师和建筑学家。

再没有比这些剩余更像废墟的了。再没有比这些废墟更生动、让人惆怅和绝望的了。再没有比此刻更疾快和富有指向的了：我不是哲学家和医学家，不是美食家。

我没有一个庄园可以请你无限期地住下来，没有万卷书可以赠你明目，没有百年可以激励你，但对于这些我常一无所知，因此我不是摇动身形的巨人。

我不是旅行家没有自己的指南针，我们没有山水之间的相逢。那掌灯的人看着我们，那导我们入世的人看着我们：对于他们是如何出现的我一无所知。

我不是一个陌生人但看起来还有一点儿恐惧和战栗的自白，因此我一无所知。那艺术中的稀疏的描绘不是针对你我的。

我不是我所想象的和自我相识的那个人。我对自己一无所知。这些细腻的晨曦和月光非我所绘：我只是碰巧看到了他们出山，因此为你写下了这些枝叶。

我不是这一片叶子。但我为谁和源流何处？我一无所知。我不是一片完整的叶子因此我不是经济学家。我不是政治家。

但我为何一无所知？在时间的子午线上，我没有自己的骏马突出也没有一个疆域种植玫瑰花、胡萝卜和雨水。在我的葬礼上的我是如何出现的我一无所知。

因此我不是一个堪舆师没有自己的庄园和土地没有自己的名字。因此我是明晰的只有未知的梦和睡思沉沉住在我的心上。因此我不是一个世界我没有自己的名字？

灵魂变形记

一、奔波幽灵

　　这场雨阻断了我的归路。我本来准备去往他途。我本来准备返回去。恰在这时，我听到了鬼哭狼嚎。电闪雷鸣之中，那遥远的面庞和奔马都被照亮了。我朝着它们走了过去。我同谁都不说话。思考是无意义的，而仔细地描绘它们的神情更是下策。还在早些年，我站在西方高地上的时候，雨水也会这样淋漓而下，午夜的惊魂都被它们吞没过。我或许因为爱慕虚荣而在那里待了下去，我或许贪图那里的空旷而在那里待了下去。那时还没有这样被梦境的长丝线缠绵一夜的恐惧。雨水吹雪，穿越轨道，因此有秋叶跟踪它们的踪迹落了下来。我本来准备在大雨之前驻扎，但房子还没有腾出来，因此在淋漓的雨中，我只好半隐半蔽地站在石柱子和草庐的后面。我全身上下很快就湿透了，因此我没有按时出门，更无法按时返回去。这场雨阻断了我的归途。我把它写了下来。许多窗口明暗相间，已经被夜色覆盖。我从石柱子后面闪了出来，我可能从没有错过。比起那些消逝和呼喝不已的病痛，我可能压根就没有同你相识。那些呼啦啦响起轮转不已的街道，那些从你身心的深处挤出来的嘀啾不已的街道都没有什么。反正雨水清洗了它们的面庞，在这样的夜晚，如果不是二十年来从头一跃你自然也不会看过。雨水催人老，就在你等待和渡河的间隙，你呼叫的白发三千和屋檐的灰尘都落了下来。电闪雷鸣之中，连那浮动的奔波幽灵都被真切地照亮了。他笑起来像一朵瀑布莲花。暴雨如注，他笑起来真如一朵瀑布莲花。

二、灵魂变形记

　　午后困倦，他总是想睡一会儿，但是阴寒的天气，让他警醒。关于灵魂变形的事实来自往日的一些旧事物。除了昏暗中的期待清明，除了蛇蝎般的毒辣和白昼里的时光狡猾，他再也想不出其他。但是，如果在故国，灵魂既未得到关注，天色又渐趋转化，日光在平静的午后便开始穿梭。他变得昏昏欲睡，渐渐地，灵魂的声音也被隐去了。他听不到任何外在的声音。那种在静谧和喧哗之间制造的错失让他惧怕。他像是从另外的区域来到这阳光普照的人间。他抬起头，看到宇宙的穹庐，那些让他的记忆弯转的曲线。

　　真是罪恶啊，这铁蒸笼。在春日，无数的春日，他回到故国，记忆把他的一部分身体的穹庐埋葬在那里。站在他随时都会出现的起点朝地平线望过去，他看到天鹅啦、恐龙啦这般让人怀疑的动植物。他看到含羞草、裸露的大地和星星点点的白雪。在灵魂将成未成之际，他开始一点一点地离开平静的大海一般的内心啊，那些灵魂，他无法记忆，更不尊重它们。

　　他迷恋上挖掘灵魂事出有因。但时机未到，他必须寻找各个角度来阐述这面对现实的勇气，来阐释孕育灵魂的云雾和泥沼。但是很好，以各样语调来突出这个，他觉得再也没有比如此坚执更好的了。对不起，为什么，可是，这阴阳交织的、冷热更换的生活像他将自己点燃之后的火，悲凉散除后的余烬。他既是纵火犯又是救民的圣徒。他是自己看不到的火焰，在丛林中，他随处发生,那些颗粒,是他内心遗弃的珍珠。

他快马加鞭地活过。他具有绵羊气质,可以凝定沉思。但世间事不仅仅如此。他是蛇与兽、花卉与灌木、草地蚊蝇和枯枝巨树的合成。他是蓝色天空下的种子,他是流水和道路,那种稳定的、麻木而惧怕的嘉禾、春色。他是自己内心里的蛊惑,他察觉到了灵魂的存在与缓慢的消逝。可是,他无法完整地绘制自己灵魂的曲线,太多急匆匆地越过了此刻的事物令他惶惑。

只是,假如熟睡过,他便感到了日光温和。在隔绝内心之音和喧嚣旧日的岁月里,他是故国、孤魂、被吹捧者和无端蔑视者。他是草木、气流和无丝毫遮挡的蓝色空际。正是因为意识到了蓝色和漂泊,他才探知了恐惧的总和。刚才他路过了一棵棵开始萌芽的树木,那是他尚未离开的记忆在漫长地回溯:

"他来到了孕集巨冰和巨水的河上。他沉闷的灵魂,是他无端变幻和仅可容身的部分。"

三、针形恐龙

我拿着那颗大铁球,走过了石子路。恐龙兄弟穿他的薄衣,陷在地底。那里水声轰灭了烟火。几根竹竿都是他们家族的供奉。七杀殿里也有集团军,种植菠萝和火龙。我认识他们中的老大,仅仅认识他一人。几枚针形的烟火都是他的化身。他读书读到了博士,懂得按时取物和前往天下找人。怪才就是他吧,懂得按时取衣,遵守驯兽的韵律。吃过一些动植物毛发。他还是一个老头的外星,在这里的时候他不说话。山川的骏马就是他吧。老大老大我看着他不说话。我想撬开他的嘴巴。雪花飘来,使天空随时转换,关闭地底的龙窗。我看着他就是他吧,像一针见血的恐龙,水声淋漓像一只眼睛里滴溜溜乱转着乌贼的恐龙。

四、深夜密谈

我与你有过好多次深夜密谈。有时，窗户外边，阴雨森森。因为睡得太晚，你的眼皮沉重。我们已经有过好多次深夜密谈。在一些无事生非的夜晚，我制造了并拥有我们的秘密星空。我等候这一日已经太久。我已无心守候。在更无望的时间内部，我定然已经无救。我不知道自己的依赖性和不知改悔始于何时，我只是无心做一个良善之人、麻木之人、枯涩之人。我并非喜欢暗夜沉沉，我并非喜欢睡意和骚动。我并非喜欢我们目前的一切，但基于一种生活的本真，我同样拒绝雷声和那种激烈的变奏。是啊，在这样沉闷的岁月里，我已经过得太久了。有时是一种非要做点什么的愿望迫使我采取行动，沿着楼道，我们的世界在缓缓上升。在它漆黑如墨的子夜，我看着自己的血液流动，我的感受与你不同，我们并不是始终步调一致。很多时候，我们争吵的缘由就来自于这种分歧、罪恶和宽恕。我已经用尽自己的心力在书写我、我们。我已经用尽心力，但只要睡过一个整夜，生活重又诞生无数可能。在我迄今活过的有限的四十多年中，我经常处于绝望和忧愁的双重围困。在我迄今的所有收获中，我经常觉得是夜晚催生了我的爱恨。我失去了安宁的日子已经难以计数，我经常思维混沌，不知所归。有时，是一次无可遏止的激情让我沿着记忆回溯，那些被遣散的旧物质看起来如此陌生。我沿着自己的路途奔波、后退，看着田野里的杂草变成自己生命的一部分。我埋伏于这样的田野，夜晚像无数人在诞生、降落、被埋没。我觉得那些辞别我的词藻根本就不存在，我觉得自己的叙说无力、慌张，如同四散的尘埃。在那些夜晚，我与你有过好多次密谈。我想看到你的心，其实我已无比熟悉。我想看到你，我们的一生，像如此这般，其实本无秘密。我们的梦境并不同步。我们的爱恨并不存在。我曾经寄希望于在不同的区域获得爱情，但现在，随着时光流逝，这种信念也已逐步淡去了。我继续耕作，像勤恳的老牛一般，在怅惘的夜晚，回顾自己的一生而无悲哀。那些不存在的荣光使我深觉尴尬和虚妄，那些流利的箭镞如同已经逝去的年代。我捕捉它们，并无法自控地与你交谈，在那些夜晚，你睡思昏沉。你慢慢老了。我觉得我们平静的生活至此已经走到了最古老时光的深处。我再无发现其他任何新事的可能。我觉得疲惫的夜晚，整个世界并不存在。在如此之多的焦灼和期待已经过去之后，我们的世界并不存在。我经常孤寂地守候在这里。你睡着了，整个宇宙的雨水彷徨而四顾。我的心中经常积蓄的恣肆汪洋也被冲决堤防。我需要找到一个新角度来完成我们神秘的初衷。但夜晚如此深沉，我不知何物在子夜初生？我们总是贪婪，我们总想拥有。你似睡非睡，似懂非懂。我们总在啃噬，咀嚼，牙齿尖利，如同雌雄双兽。在整个夜晚，我们总在忏悔。在整个室内、野外，究竟是何人、何物存在？

五、你不必大声说话

你不必大声说话。如果你饿了，就轻轻地拉一下缰绳。有忠诚的爱你的人会将食物给你送来。如果你怕黑就把光明的旧日洞开，让快乐的源泉覆盖你。你在海上，也记得热烈地沉默着。不必大声说话。如果你怀念水声，还可以潜伏下去，拉一拉海藻的手。你幼稚而坦诚的面容是有效的。你的笑容和沉默也是有效的。日复一日，你单独的手艺人都成为幻象。日复一日，你单独的宇宙也在亲近（附着）和笼罩你。你不必客观地捕捉那些蝴蝶带来的影子，你只要随心所欲地追逐它们就可以了。大狗小鼠都熟识这片土地。在朝露中，他们不是旧人，而是一点一点目光的新生。你诚恳地爱他吧，你新生的心从此踊跃和澎湃地面对。河流里的瀑布都从此向北，在那如云之地，还有你梦中的山水。在众人相逢和掌灯时分，你打开手指可以看到时间的纹路。它们是一切你所见不到的形容。天籁的音韵扑面而来。"如果你饿了可以大声说出来，你的一切反驳和寂静都是一样的。"有时我孤身经过午夜的大街，能够感受到灵魂活跃的高音。你混合了血液和情欲的心都是一样的（要迟到了），因为在生活之畔，所以你总是举足观望。你的宗师知道你的名字但从不呼唤你，你匆促地离开，"常常独身守护他"。你盯着那一双眼睛像是看到秋天的薄霜，"就这样了，你说白色的苍鹰要回来"，因此天空瑟瑟地降低。你饥饿了可以先吃点果子，别过意不去，"你被冻着了还可以烧点柴火，它们发出明灭的光"，你感受到泥泞了？也可以闭目睡会儿。想通的话，斜阳和浓雾会挡你的路，会抓你的手，会赐予你，也会有揄扬的歌子飘荡在你的山谷。就是那些树林，它们密密麻麻地生长了四十多年，骑士的脚落在它的外围，"他们多快啊……四十多年！"骑士的脚和他们的心都在走着，有些轮廓看起来像寥远的栅栏。野生山狐都团坐在地，它们看起来也还不错，因为至少有它们在那儿（娃儿们），由此时间的静止就变得越来越好。它们一起努力地运转，做出一次锋利的饭团。

六、你一去那里就会发出声音

你一去那里就会发出声音。沉默像只过时的钟表，它滴滴答答地延缓着时光啊，生命的过失啊……总之，你一去那里就会发出声音，日子肆意的芬芳在你眼睛所看不到的上方。你尊重的那些事物都在沉睡。还有白杨树的叶子、松树叶子、柳树叶子，就在这七天中全部发育成型。你梦中的瀑布依旧喧哗，象征万物葱茏。你能不能快点儿？不要指望后来的人可以帮你的忙。他们甘于被保护者的角色已经很久。他们闻到的是缓慢的、近似于停滞下来的腐木芬芳。后半夜，是他们思绪最活跃的时候，不过，也不能指望他们像骏马一般奔腾而来。他们顶多会有正常人一半的行路速度……这原因就在于他们本来就在这儿，不需要做什么事，就这样沉默着面对生和死。你能不能快点儿？你一去那里就会发现草叶朦胧，它们被露水洗过的叶子充满了晨曦和明月交织的辉光。那些日渐稀少的清亮的面容在等候你。猫狗也停止了争夺战，它们齐集于院子里，那道笔直的墙围困着它们。去年的生物死掉了大半，只有雕刻师才会记得旧日的完整影像。你快点儿，我就知道你还会回来。那一年你滑冰路过的北方原野现在早已是一片森林的汪洋。鸟儿在树梢喷涂着五色气流，像这样秘密的事它们早已干了很久。只有布谷鸟依然巡游天下，但你走到村口就可以看到它们。它们的分身认识你。你快点儿，你一到那里就是星期五了，时间流逝的坚冰在慢慢化开……那些声音中听不？你随身携带的家什也不必太在意，它们去去还复来，根本不会彻底地离开你。如果还有一柄尺子，可以用来丈量那些膨胀的山水和土地。在你的江河那里，有你没你都一样的，谁都不会失神待不下去。你看着吧，沉默和喧嚣的巨流已经造成……你当时说过这里就是人间的枢纽？没错没错，你只要站着、醒着，用自己的力量走路，就可以参加未来长途的拔河！

绿色的凝结而为枝瓣

一、绿色的凝结而为枝瓣。

二、平面上有一只鸟飞行,它采取了什么措施而无联翩之效。

三、夜色是招魂的,鲜活的,精彩——如隆冬时节万人锣鼓。

四、寂静。明月之下的狗吠打破寂静。你应该打破砂锅问到底。

五、最难的判断就是这样:最难缠绕和捕捉的蛇就是这样:最令人难过的夜色就是这样。奴隶。母鸡。蛇和牡蛎。

六、最无尽的语言就是这样。时间的纹理绵密,无法刺透的……

七、我不知道何时可以有一个返回。你最大的做人资格就是可以免试坐在上面。他们不会驱逐你。我来作证!

八、跳舞的人呢?跳舞的人总是一脸欢笑。他们骄傲地包揽了茫茫夜色落在人海中。

九、走十分钟的路程和日出日落是一样的,尤其当雨降下来!

十、被分离的枝瓣有些尴尬,早死了。

十一、被你瞄准的狮子不以为然地,看着你。靠着老虎头,做个游方僧。

十二、生肖宝座上有个根本,没有任何离奇的历史写在上面。

十三、不能用五个复杂的沉醉来问答,不能用爱恨来问答。

十四、夜幕,隆冬的夜幕。那黑重的手都一无所有。

十五、抓紧时间爱吧。石榴树上，五朵金花！

十六、磅礴的夜色，它如何一个值得！

十七、唯物的擎天柱子，它自己知道就好。

十八、杂乱不堪地……当我看着你，游鱼也有了秩序，你的课业也有了秩序。请！让我考证，看着你。

十九、厚厚的草垛，庄子口的天际线，当我看着你，厚厚的草垛里生蛋清的洁白。

二十、如果夜色是清晰的，那便是它的本来。月光多厚，它一无所有！

主观书 V
闪电传

未来看着你。便会疯起来!

一、存在

"我事实上不存在,我只在想象中存在。"

"我过去不存在,我只在未来存在。"

"我不存在,存在的只是你我,是众生和万物,是灰尘。"

"灰尘即是时间的重物。在这里,时间没有获得清晰的应用。即便如此,灰尘依然重如古月。在完全陌生的乡间山麓,油彩涂抹着整座峰峦。蚂蚁和群兽聚集,使枯寂的山峦露出画幅般的生气。"

"湖边落下一层一层的浓雾。这是人间的一种相似。水面上是深绿的水草和脏污。这也是人间的一种相似。"

"我从未远行,从未在形式主义的旅途中存在。但我蜗居斗室,也无异于羁旅,我是我的远行与否、存在与否的一种相似。我能感觉到他乡的风景葱茏,它们与我居住的庭院、山谷和楼上的古月相似。"

"我从未在时间中得到完整的确证。但是古草古月'同样茫茫无涯的相似'。我潜居在山麓,在山脉的成长和变形中旅行。我俯瞰的事物都在涌现。"

"具体的事物看起来那么清洁。季节、空阔的星斗看起来那么清洁。从我居住的湖畔四望，高远的鹰隼看起来那么清洁。清洁是我理解的人间的一种相似。"

"这是向未来的运行？一种凝神？一种盘旋而上的凝神？是的，这是在纷扰中的一种存在的相似。我们从未来到真正'陌生的相似'？"

"我所理解的寰宇是这样的。我聆听到你的声音是这样的。事实上，你是静默的，你的声音不存在。因此，我为你的存在而展开的书写也是虚伪的……"

"因此，一切山谷的宁静就是时间的明镜。它藉此看到了一切人间的相似！群蚁和兽类聚集，使枯寂的山峦露出画幅般的生气。"

二、厨房

绿色铺展如云，厨房里的色彩黯淡。人生的香醇漫长在阿尔卑斯山上。厨师是我认识的阿蒙。他能够用心烹煮你的梦。

明亮的动物声声鼾息如雷。你步出街门向东。在那里，你遇到了你的消瘦指纹。还有多少密叶藏在露水的珍珠。

有一些缓坡是游戏师送你的。这个五月，因为风景贴近山岭，所以你可以绘制年老垂迈。你不必太担心整个星球的损毁，它铸造了一个圆环来维护你的观感。

孩子们在山谷里玩得尽兴。厨师采掘硕大的蘑菇而归。厨师的鼻子上是河水的笼屉。你瞧瞧那青翠的山鸟和巢。你以机械的大力翻卷浮云。

那熨帖的稠人广众之下，蠕动你幻觉的青虫。

坚壁之塞年年长烟落日。那余晖尽数，只是疯长的葱郁叶子。

天空中云龙蝶舞……现在好了，你就是那云龙之谷，你就是那云龙之柱。

三、午休即起

"您午间的休憩时间如此短暂!"

"是的,二十多年了,一向如此,我的午休微小但深入,不需要知识分子化,没有逻辑性。只是睡眠而已。我已经睡醒,可以沉思,但什么也不谈论。"

"也不游走于天地,不写文章记事?"

"要游走。要勒石。在地面上留下巨大的背影。但是岁月中的你我漂浮着,已经渺然不见影踪。在睡前想起无数小流行……二十多年,'睡前',就这样过去了。父老,母衰。就这样过去了。"

"应当置身广袤荒野间,幕天席地,方可知春未至,春已归。北部环睹萧然。惟江南草草,风情别样。何不至江南?"

"是的,我最爱春天,最爱江南。梦虫故事,不值顾盼,休言利弊,不急,不缓。就是短暂的午休。醒来仍觉怅然。如是二十余年。君与我相别,二十余年矣……"

四、未来

这不是我的区域。未来不是。那深色的梦在瑟瑟发抖(那抖动的)。

这不是一片泥土,不是生存重点,没有凹凸和外形(时间被洗涤,被造物的神奇造出来)。

这不是我的梦,不是斑点,不是公交车辆,不是黎明(离弦之箭)。这不是唐朝的月色,不是月色。喝点吧,风中酒、火中油、苍天下月色。

未来不是。此刻不是。叶子是焦黄的。秋天了，我不是。没有走来走去。

没有空虚的早晨和世间烟尘。没有。我看着你，你我次第不识，相互敌对，而温柔的河水始终在流淌着。

枕着你的脊梁，幕天席地。

看着你的劳役，心情欢悦。

在南边的丛林不是。葱茏不是。挣扎的活和昂首挺胸的十一月不是。

狮子舞、骷髅头。

未来？你拈根针给我吧。请看那时光的虚黄。请步出东门行。从此处往东七八里许你就会看见她。愚钝的、懒惰的、明艳的七八月早晨。

打开窗子，可以看到那些明艳的、亮晃晃影子。话语的说出和止顿不在这里。

午餐盒子不在这里。十七年前的情爱不在这里。

你屏蔽的颜色发出火焰一般的燥热。二十岁时"明艳的火光"不在这里。

没有选择和宣言。没有荣耀和灰烬。没有鬼扯的废话连篇累牍。你交通四方，八面玲珑，也只不过是一个小小的人间的梦。

大约有十个人见过，那些颜色土地、云层山树、木马千秋。

大约。不是确数。

也有不存在的夜游者肆虐，笼罩你的早晨，延缓时间的尺幅，在墙皮上雕刻一些大小红花。都是不一样的。斗士！

都是，无例外的月色。

无所谓。堂而皇之的虚影一般的月色。你的细胞核。

当那些花儿开放，无所谓。当她们衰败，你的寓言并不存在。甚至你所经历的一切玲珑（虚影）都不存在。你没有看见月光。在清风中上班去。在未来夜归？

未来有一些小世界，你递一根柴火棍给我吧。扒拉一下黑白条纹里的草叶，你递那些动作的循环和暮云的彩色给我吧。

给！

未来看着你。便会疯起来！

旷古·河中舟

一、酒鬼与使臣

午睡漫长,那里头大影小,而山脉从容亘古。你淡泊不定。你从这里人群最为集中的公园过去,到集市去。到流水低微的集市去。抬头是一个红色高耸的句子向着更高的云层奔腾。抬头是你走过的幼年田间路。你渴望从这里走出,向更高的、未名的游方小径。总之一切令人惊奇,湖水静静地泛着绿波。

多少年了,你记得那时有赤焰似的花束结成队形。

你一点一点地记得,一点一点地捕捉。

时光令人苍老,脸色枯黄。时光令午睡和魔鬼的恋人未满。时光如何仅得如此?你徘徊在大街的走廊和跳宕的酒鬼之间,"别无所见的虚伪的未来失踪了"。

那么你的心情可好?那高高的云天上雨水聚集而盘桓未落。

你知道仅仅是它们的影子集中而种子的道路未成。鸟雀跃出金笼向窗口吟唤如仪。这样很好,这样一来你就只是看到藤蔓攀缘。鸟类始纵酒的良宵你缘墙而上如绿色植物,这样一来那干涸的意志的河水会发出绿波。

它们静止的时辰你像一只敬慕未来的小兽。

二、司晨

啊，悲伤艰困有命，是那司晨者的低语。人之困乏，有如天造地设。而你领有未归的密码了吗？

浪游有年，山树绿了有年。而你领有生之安眠的密码了吗？

啊，经过平河坦途和山地险峻的都是你。而你领有秘密地创造爱的密码了吗？

司晨一人分立，世间幻影婆娑。而你领有持节守岁的密码了吗？

不，没有任何密码，一切都毫无瓜葛。而你领有只身东顾或西行的密码了吗？

那思索的日期未定，你尚在踟蹰。而你领有醒神节欲的流波？

而你领有爱仅存于世的密码了吗？

啊，没有爱与死的密码。一切所来有径，是那司晨者的低语。

三、拆解

我将时间拆解成两半：我有所记忆的和我已经忘却的。那春光浙沥的城堡立在我的幼年堆积之地。它永远没有发生变化。那根本性不会变。

从城堡的一个垛口进去，沿着屋脊长长的曲线向前走。一直到我的出生地。

那漏雨的日子：好大的瓢泼的雨。我将这些雨的株瓣拆解，建立那疑惑的岁月的中心。它们浩瀚的、高高的钢铁上面，那幻觉的云彩令人触目惊心。

你还没有真正抵达你的失忆之地。你从未抵达，这些感觉葳蕤的草木已将凋零。

你读了一遍，迎着风中呼喊声，将时间拆解、打乱，在无序的沉静中，读了一遍。那被拆解的岔路上铁器横生，挂着远古的瀑布。那瀑布的锈迹斑斑。你一定懂得迷恋和它的锈迹斑斑。

那无从查考的灰色天空种植久远的田垄，你从哪里找到它入口处的那棵古榕树？

田冶子就一个人，在这里筑起地基，撒遍时间的种子，你看到过他头顶葱茏的热汗？

时间的种子撒遍天下的时候，田冶子就一个人，擦拭头顶的热汗。

如果一只不死鸟同样看到过他，人鸟同飞但各循依旧迹，田冶子仍然一个人：煮早餐，诵经卷，立于嘉禾望岗。

你确信你看到过他？

你确信就在这些晨曦和"那里"？那灰色的不死的鸟儿歌唱，直到受感应的芬芳花木长出。人间的绚烂和你时有时无的悲伤长出。

那时或断裂的垄亩也将天空中的灰色塞进记忆。你俊俏的、落魄的形容被塞进垄亩的记忆。

它被时间的药剂洗涤而造成来日循环。

你开辟吧？那来日的垄亩的高山与流水仰止涌流直上。如果你可以直穿那空中沙洲看到田冶子，请你一定告诉他在这里布阵的好处。

他心有妙法自会做出得当区处。

你认识他？在"那里"田园只有宁静。而归客于渐渐招魂般的黄昏曦光下，同他默视良久得道妙法？

田冶子：

容我深情一辩，在这旷古未有的绿色嘉禾田园……

四、夜色如昼

切开那些卡片。云层在远方。二〇〇〇年在远方。你尚未抵达的二〇三六年在远方。当人的意思相渡几何，圆形木刺植根在远方。雕刻的技艺日渐荒疏，但粒子的霜雪雾月在远方。当诸神躺卧而时间不动——

止剩诸生诸死的黎明。在远方。

天地玄黄之间，万物声息已经存在了太久。犬类的嚎叫撕开裂花。吹笛子的人午睡不至。猫头鹰在黑暗的屋子里叫了一两声。你听到那清澈的流水向生死的旅途献媚了吗？瓜果菜蔬都在聚集，你听到那清澈的流水向生死迷途的献媚之声了吗？

在这片土地上有多少高峻的无极之地就有多少相似的尘世烟火色。当你再次莅临那人已在他已去远你曾不识你未必熟悉。当你再次莅临光明如火照耀你心头暮色（森林苍茫）只是偶尔有只狐狸缓缓经过。

晨曦不偏不倚。万物起居如蜂蝶（住在那里）。白色的浮尘淹没我（落在柱子上）。舟楫千帆住在那里。

是旷古的夜，未眠者和夜中醒者住在那里。

是那么浮白的、沉黑的烛火。

五、慰藉

他见过那些知识枯燥而单调的管理者。但这不代表他不敢尝试。他折断的那根枯枝一直在那只石椅上放着。青雪落在上面很快就变白了。

之后他回了一趟果园。他把自己的一滴血滴在上面。

黄昏很快到来,他猜到了那个秘密。如果没有人催促,他还会继续逗留下去。

但是雨水打湿了他的肩。他回过头去,像看怪物一样看到了天空在降低。

夜色飘了下来,不多不少,落满他视野所在的这个平原。

你看,当时我们都在那里。树还是那些树,海水也没有变幻。你看,波浪形就是天地的颜色。你从它们的流逝中懂得观察。你从黎明学会无人的苏醒。独自面对这一个接一个的昼夜?不,周围的温差太大。在人群的内部,你熙熙攘攘地活着的感觉洋溢。

怎么会没有树木的枝头?那些丛生的快乐!怎么会没有密密麻麻的枝头?

二十多年前的祝福你已经看不见了。但那些冰天雪地的感觉却充实了你,造就你,爱你。人间如万物一体?你的圣灵在你的之前和之后。

还有那些白烟。

空旷的天空里的白烟。

还有那些水浒英雄、高亢的歌声和跃动的灵魂。还有那些珍馐万象田亩。

打着灯笼你一定要打着灯笼吗?

那天地的光源矗立在你的正前方。你带着你的妻小婴儿在天地间,看着天地间那些光源。你喜欢它们,爱他们?

如果从空旷的白色乳雾里发掘,你一定会像掘地三尺的大盗找到先人归来的踪迹。拥挤吗在那曾经的天地间拥挤吗?

不,在我们的叙谈中其实根本没有一个具体的"人"。那朦胧的地铁口站着二十多年前的祖父。他用尽了力气使他的人生虚度。

我还珍藏着三件宝物。我羞于示人。在水边感叹逝者如斯乎。你发动了你的全部热量站在水边。高山的影子就是人间星系。

那水边天涯也有芳草。你可以站着吃完十八碗当地小吃。他们从你的身前走过。一步一步,没有深浅。或许鲤鱼就从河中跃起。

不用太多局促,总有故事发生。你不用担心生活的海拔降低。麦尔丹,那些人你都认识?还有那些松子,你都认识?

我赐你一杯珍珠水,你用心将它饮尽吧。

大胡子兄弟和他的姐妹也来自那里。在草原般寥廓的夜晚,我们喝酒谈天,度过了数年。用一些点和线将它们连缀起来就是枫叶。

它开阔的美,就是人间跌宕起伏但却芬芳慰藉的美。

空旷

就这样，像热流、绿叶，激起你的疼痛。你命运的额头上种着大树的叶子，你匍匐的生活中长满了时间的根茎。

你种孤独、流水和终老于乡土的叶子。

你锯开带伤的手臂。那鲜艳的月色照耀你。你淋漓地观察。那些葳蕤的草木进入那间土屋。那个老人逝去之后尘土被封固起来。永未看到尘土流涌的就是那些常驻此间的老人。

莫非他们便是你阐释的青天下那唯一的老人？

但是鲜血之痕处处浇灌着泥土。他坐于路口像一缕灰尘。在旅途中他多么愉快而今他看起来像一缕灰尘。润湿的露瓣上落着他疲惫的血液。

他越来越走不动了。艰难的步履缠绕他的梦。

我抬头仰望之间你就凝结成火焰。想着那些大山的纹章，你的行动太快了。

划过春草绿，在豆瓣的缝隙中跳舞招摇。

你几个来自何处？凝结成火焰。

顺着人世间的流速向下游去吧，看看那些额头上结界的小友。你头一次瞌睡得枕，一转身就是一个虚无。

你没有辨识的凝结，没有水果的海。无阴影的夜色。那些食物被夸大、冻结了。

除了我们，你还识得几人？我现在真想和你共同行动，抬起蔚蓝色的海。

在蓝色和绿色交织地带装上烟囱。你一定知道庞大的静止就在那里。

凝结你的心神的那些易燃物在堆积和沉默着。你一定要记住这些海边立柱。正是它们的顶天造成了你的寓言。

你没有赞颂，也没有一个果木盒子。

在光晕的围拢中你的腹部形成。

像个孕妇诞生，你拉拢着那些华贵服饰，得出一个针尖似的形容。

我何时成就、何时返回、何时离开？在天空下，不过是微小的一梦——

我劳作过的菜畦里都封冻了（一片荒芜）。天鹅的声音瓢泼在湖面上。

我看见村口的古松不老，山水依旧，溪流也潺潺。

我看见那些花儿都一样，带着朝阳和新结的冰层，又度过了一年。低落的田园、松动的牙齿、未知的命运和狗！

辘轳在转动。孩子们在疾跑。

在那里，新年奔放，瓦片堆放在田埂的上方。

篱笆桩子挤在一起，立在那里，多少年了？平展展的原野，显示出今天的样子，时间的征兆，戏剧里的青衣和蝴蝶。走街串巷的匠人、游商小贩、入口处的门楼！

都不过是一梦，带着孩子们的耳机在听歌子？

荷叶铺满了记忆的河床，被子蒙头，能感受到屋内的寒热。

世间也是妩媚的，万物初一，当年就有几个英雄北行，路宿在山岗上，餐风饮露珍珠，像个团体柱子。

还有枣树上行将凋零的几片叶子，还有二十七年的故事（被忽视，告诉我们吧）。
　　好，你转过头去——在你的铺子正前，神仙取衣联翩。未来如惊鸿一现！
　　好，好啊，你看那极目的前方，敲锣打鼓的布衫。
　　好啊，你看那孤女惆怅，欣然如一僧。
　　炊烟袅袅，不过如一梦。
　　牲灵万方，端坐亦欣然！

　　献给你我，这个在夜色中看起来无边无际的世界。献给那鲜艳果子，春风雨水中燕子衔泥。献给那黑色的辩白。献给那南方湿地少女，那薄薄的裙衫。
　　在夏日黄昏车站，我的著作因为夸张而实现，就像泥泞里隐藏着钢铁。
　　绿地里的草色如织，依然闪烁。整个阔大的星球上，处处是绿荫如织。
　　那些庇佑你的生物都疲倦、困厄。
　　江畔独步寻花：感喟于天地轮转荣枯代谢的胜景。
　　白山营里枯禾：感喟于尸骨抛荒弃废无多的虎豹。
　　在未来世界，欲望之灰变成了战火与惊雷。我的残余的部分变成你。这种变化无边无际。
　　那惊悚的岩石被雨水浸泡，
　　它的剥落和腐蚀无边无际。

　　寒冷变得清晰可辨。就是这样，我们不可能从此刻获得更多。窗外，阳光在升腾，而明亮的星辰再度归隐穹苍。那茫茫然地穿透黎明的火炬，也在期待着巨人让路。它引领众生？是的。只有它是洁净的。

而天穹的整体像瀑布一般,流泻彗星的曲线。

那普照在果园里的春天清晰而冰冷。很快,百花就会绽开。许多牧民吆喝羊群,穿越道路。

在这里,指示他们翻越山岗的是他们自己。指示他们日出而作的是他们自己。那露珠里的青草没有枯朽。万物芬芳而体贴。音乐从远方的乡间响起穿过昨夜新筑的木门。

春草之上,这是五月的道路,那手搭凉棚、仰望晴空的牧人,正是他们自我的星辰。在他们的前方,山峦的背景正被乡间云层洇染。

正东的溪涧泛起晨光的清流。每一个日出之地都有一个牧人守卫。

在仍属寒冷的乡间,他们清脆地发出召唤儿女的高音。

我离开那些事物似乎晚了些。我不够坚定,因此有一种忘却和纪念的嘶吼。是吗?当你告诉我,"开普敦是个城",当那些细节都在呈现——

你该知道,说这些没用的。"谢谢,这些也都同乡野没有关系"(痛快极了)。

你在那里待不下去。

如果我们共同用力或许可以开掘一个洞窟,集中其中三人的智慧可以办一个教会。但你在那里待不下去。

整整一个夏季都用力也不行。整整一生都用力也不行。这里的平安符由他们统一制造。统一发放给你?

说这些话的首领扎着蝴蝶结。说这些话的首领手里拿着刀子。反正不用担心,一些鲜花在簇拥着她。

我观察那些土地时甩开自己的步伐。我的臂膀上吊着一个小大人。

同你们说话我没有资格?告别旧年,我只用了七十一种语言。

连桑树也是隐秘的。告诉那个小大人,让他带走蓄水的桶。

刻痕在上。有无数的蜈蚣爬过红土地。我小心翼翼地珍藏着那些光。

拿着桶,装载你的起重。打开雪的核心,寻求冰冻的引领。

毛毛虫在上。有无数的红白血爬过黑土地。

不知何故?你总是有一种松弛和游戏。不知何故我们就不再联系了。见证者越来越少。

耸动的漫天春色舞步。

迟缓的四十余年长征。

骑士不容许梳大小辫子。你对镜贴花黄(自惭形秽)?让我看看你的心。

让我听和亲吻你的心。

你的额头上有独木的泪。在时间里只有一些假流水。你的衣服——都在吗?你说说那些时光都在吗?敞开的物体和疯癫有心无力地!

你家里的老人都在吗?看看那些肚兜里的温度摸摸那些冰下的水。

滑板车生花瓣造一些泥团。你的爱和健康风云快乐踌躇满志都在吗?

满坡都是红艳艳的蝴蝶结。果子果子你让开,让我给你爹娘掰开,采来!

满坡都是,红艳艳的!

突出的几个儿童,摄入你的镜头!

那风的里子是白色的,富有诱惑力,否则你会看不见。如同一条蛇的腹部,它柔弱、坚实而伸展。如同空旷,风大如卷席(天地间),否则你会看不见。

你不吱声。你无须吱声。空旷就是一个草根的命运和一把锁子(和一个囚徒)。

就是白色的。流水才是白色的?否则它多么重要啊——大风披拂,你怎会看不见?

我愿意同你商谈。共过韶关。我愿意同你在六年里建立一个故事园田。

总是那些风沙登上了山巅，而西去万里无云。我愿意做一个单独的主人公。

在腊月的雨水啊。在你的悲涕。在网络的色泽和热吻里。在你的冰雹和死亡里。在记忆？在缅怀。在做一个乖巧的婴儿。

我愿意成为连接失败的庸师和坐下来观花的铁匠的那把锁子。它被举起来，挂在你的心上。

天地间一片昏蒙。（旷古未有的？）

我愿意这样沉醉地。（做一条巷子的首尾）

可能你并未注意到那不再升腾的巨人和打伞的裙钗。就这样，你返了回来。

大树小虫激荡。就这样，你是一个卑微的婴儿！

要珍惜那些写得少的人、写得好的人。要珍惜那些写字的手。

这是一个秘密。当你拿起笔来，世界变了，天使被蒙在鼓里。

要珍惜那些发明光的人、看见光的人、歆慕光的人。天使被烤焦了又恢复如初。很难说这是谁的梦想谁离天使更近一点。谁在那里用力（追踪天使，表达对天使的爱）。谁在螳臂当车不胜忧烦却长出了新的感官。

天使是发明家（光的发明、光的所爱）。天使是诞生了日记的圆心并钻木取火的人。越过那些波平如镜的湖面就可以看到天使了。天使真蓝就像站在高峻的平原上向天宇的深处遥望所窥探到的。

注视天使的时候请务必屏息袖手。那旁观的柱子也来自天使的故里因此他有注视天使的标准之姿。

或许不止一个天使,但我们从来没有看到(葱茏地)。我们看到的天使都是唯一的。天使新鲜地长在山峰绝壁之处。

因为是稀缺的,所以也是明亮的(唯一的)。

神人愈合之状

　　那里太多的人都热烈如火。你尝试着掀起风浪,坐5路车到尽头,迈进你的家门。你回来了,沧桑的世事带你游览天地直到你逝世。

　　你回来了,带着你的躯壳做一个宅邸里的游人。你这里看看那里看看分外感到陌生。这是你前世的魔鬼之居。是的,你住在魔鬼的心脏你没有梦只有一个人。

　　那如归的雁阵陪伴你走过大海和群山。那游击队的诗人首领书写过你赠送他的诗。你在哪里完成了最后一个句子?你优游而干裂的双手在夜里好疼。

　　你签订的协议是哪一个魔鬼恋人给你的?

　　你住下来,可是只有你住下来。那墙上的沧桑老头住在时间的核心认识你。

　　没有歌吟的静默你如此做一个归客吧……

　　四十二年行如奔马。人生何事慌急?不觉鬓已星星也。

　　那粗略的生死,没有抉择的句子。是谓"生不由己,死不由己"。即使没有生死,晨雾仍是茫茫。时光湍急却并未写下片缕,"铭刻在地面上"。

　　空气中的蒸馏水,大河川的冰。黎明无梦的骤醒。

　　远处断断续续的狗吠,被打散、发布在地面上。成为"黎明无梦的骤醒"。

成为爱恋的背景？成为黄昏音乐。成为此世"最逼真的狗吠"。

成为一道霞光。成为一枚月色。成为少年奔行志。成为我的"追忆逝水年华"。

花束扎根于尘埃。那落花的衰败自然也在"扎根于尘埃"。那来生的钢铁志（衰败的落花？）依然扎根于尘埃。万物啊，可为此黎明时的静止与喘息比拟？

时光没有发芽。不生长。它如同一束束尘埃，被均匀地铺排在地面上。被碾压的重如缥缈峰洗涤。被记忆和集合的"人类"急行军洗涤。

被你的幻景幻物洗涤。匆匆过客奔行何意？被建筑物凌空的存在和顶部棱角洗涤。

墓地里也有奔跑欢乐如仪的少年上帝。他生出少年阿宾。他生出过客你我。

他生出过客草木、建筑物、裸露的肌肤、人生最早的情欲。最早的梦。泥古不化的人生奔行的梦。他生出过客上帝。他生出过客。刻骨的雷霆。过客。生出战斗机。

那年我到厦门路。人生奔行遍布少年南北、青年南北、中年啊……老年南北？！

旅社茫茫。你藏下你的生死漠然到大小磨盘。

天空降低，月色西行。他终究会谈到雨水，果然雨水穿破了云层降下。

淋漓酣畅的雨泥泞了我们的梦境。但它淋漓酣畅。我们站在垄亩中埋首，凝视天空的柱子。从此领有谦卑心，敬奉你们温厚的先祖。

我们多么爱这世间，它广大、静谧，孕育着黎明。

我们多么爱。它那足迹是突出的,充满宁静的寓意。

我想写写神人愈合之状,不写不足以屏息。那努力风华的,和那孤苦的,那善良的,和罪恶的,都身处此刻。静谧黎明中的醒与不醒。

都身处爱这人间的容颜焕发和憔悴。

都身处语言的磐石和石子路的中心。

但是人迹隐隐。欢欣鼓舞的草木,也有它所爱的祖国。

埋首于人间的花朵,也有它所爱的祖国。

那些草木和花朵,在黎明的静谧中向着时间本有的归路死生。有令我们观之动人的宁静。

天空降低。是那神人共造的城。

是那超越人的巢穴和障碍的城。

是那天空的柱子下充满低声饮泣的城。

那明亮的月色和共此人间的草木,都造就我们的心,洗刷我们的身体,沐浴明静语汇,抵达我们又远离我们,看顾我们又摒弃我们。

那明亮的时间中,有透彻和浑浊之物的尖刺,在一天天地刺疼我们。

在这里,你始终倾心于那不可言喻的美:时间在复苏,万物如洪钟神奇变化。蒙蒙亮的曙光中浩大的静谧升腾。你指导孩子们在书写"欢乐颂"。沙滩上浩大的潮汐涌起海月。众多犬儿安眠(隐约犬吠无声)。在这里你始终可以不懈地抵达万象,用心捕捉那生之风波:玻璃外面分毫不差的夜色,撩人的夜色,炙热的水面覆膜。真正连接你与冻土中的龙吟的是那些动词(虎啸的形容在望),真正连接你与未来世界的是那些云层中的时间轴(超轻黏土与钢铁融合的铸造,绘制公元前五十世纪的螺纹),真正连接你与故土的是珠海大道(水面上轮渡竞发)。你还能记得四十三年前你相遇此世的那个晨曦吗?

那些沉重的地脉当时也是一样的灰白和明晰在望。那些主动声张的飞禽都在隐居，它们的大红脖子高高冠和绿蓑衣都已明晰在望！

雨水丰沛，挪动，倾斜。变成鹰钩鼻子三瓣嘴、豆腐心。白山营虎豹：落寞英雄的杯盏堆成的硕大营盘。

谁说英雄不识英雄？瞧瞧那虎豹营：啃牛头鼻子的虎豹营。

古芳草也在萋萋鹦鹉洲。虎豹营群集伶牙俐齿的大雷雨、小田畴。

"步出齐城门，遥望荡阴里。"

虎豹营里灶房：啃牛头鼻子三瓣嘴的龙山。

雨水应季淋漓：丰沛、挪动、倾斜的柴房！

大风中生出绿色河马

一、秉烛

我们当时见过,后来也依稀见过(白象似的群山)。我们没有登上白云。那些景物看起来绵软和厚。而大地上有纵横的沟壑。秉烛,从此你须记得你我!那些围拢你的会渐渐散去,而空虚的意志就是一只天鹅。你看那些溪水(时间里的清流)!你看那些人,何曾相熟而陌生的面容。魔鬼琴声记得你我。你希望它这样……但也尽可忘却!这已经是我思念的尽头了。我的记忆里有太多的山水和天空。它牵绕着消散了。它不同意你一个人越过故乡渐渐行远!它不同意那些雨水覆盖愤然的土地,但它建筑厚实的群山(白象似的)!看起来我们越睡越熟……最为精妙的还是那些天鹅。你不经构思的生活渐渐安静下来。最为精妙的还是那些安静。秉烛,当夜半更深草木长出,当你也听到了那些月宫中的溪水,当你记得并且怀念,你一定邂逅了那只天鹅!春天,它反复吟咏和强调,夏至,它已根深叶茂,秋天它不凋零,冬,它扎入地下,作伏云状。如此,我们也盘桓过三千里土地了。当你形同旅人坐在街头,当风声送来夜中舟楫,当你选择了原野中的矿石并昼伏夜出——秉烛,你可曾愿意随我前去?在那些僧众如一的芸芸世间,请你静坐弘法。请你大声念诵而热烈地——（白象似的，热烈地！）

二、造化·枝条

造化是一只小鼠。它喝最苦最涩的百味酒。但它遒劲地长啊，万里苍天云边树，便是它后来的转身。

造化是一眼古泉，它酿造和灌溉那乡下的田园。

我记得在山里行走的时候，它还和遍地草叶说着闲话，后来是沉默的黄昏老儿阻止它说。因此它变成了无言的造化。

也有灰色的造化。也有绚烂至极。也有聪明睿智和半边瑟瑟。也有一个良夜无多的造化。

造化是今次和唯一的。你看看那楼顶的青草，终于在寒风中隐没和消逝。

终于，你领略了无边的重物，并飞了起来。

也没有什么遗憾的，当年我们就是这样，或生或死，都被冷静地接受下来。

也没有人开腔探讨一下。万朵云和鲜花和通往南部山区的小路。你直接地穿过那些林带。那林中蘑菇，久不见了。造化是那些皱纹百结的手。

兽类在密林烟雨中嘶吼或静静地站立。在它们旁边，万古流水就像刚刚发生。

老王老王让开路，请唤那些壮年的男子归来。请给他们斟酒。

请听他们说书，不许他们诉苦。他们都不愚钝，请指引他们向山上去。

造化是猛虎一击无影踪。

在空空荡荡的天底下逗留几十年。造化才不管你呢。造化是不完全的种子。它搜索枯肠也看不到那个倒骑驴的老头。

但造化成熟了。它和那顿顿酒的哥们儿都来自我们的邻里。

在那些年里你不识造化但这没有什么。现在你该明白：除了这里，此刻，造化压根也没有想到要同你说点什么。

它如此沉默。你芬芳扑鼻。

是的，惟此刻风中轻拂的枝条才是我生命中确定的动词。那远方的蝴蝶展开翅羽落上柔软的高地？而在乡下，还有更为柔软和遥远的蝴蝶在呼唤密雨。

那干涸的时间的河流里，我看不到你了。我秘密的，但还没有超越此刻云空晴朗的光明而柔软的毛发。生活之湖泛着绿波，你俯首看那些山中日出。悲哀和幸福的春天都潜移默化。我看不到你了，就像你从未拾阶迈步于我的窗前。

月色有时使死亡的面相像黑白的层叠增色。如果是一段秋空长天里的缓坡，你要相信，它的斜面也是直垂穹顶。我不思任何趋避地走向你，写下你的名字。

整个山河气壮的高处，都有你可感可触的名字。

没有一个人会记得你的名字。但是存在明晰，它的铸造机制就像你飞越你相思如梦寐的内心深处。你自然地写下你的名字，那些蜂蜜的动词因此都拥有你，获得你。使你惊悚和优容如山鬼的正是此刻：你写下你的名字。

让枝条滴落的，正是你日渐沦入烟火和尘埃之色的你的名字。

三、大风中生出绿色河马

我抬了一下头，看到楼顶上的瓣瓣青草。像大风中生出绿色河马，这挨挨挤挤向核心进逼的句子。

我数到三十层，不多不少，它正好停在那里。

四十二年后，我路过那些炉畔的火，它炽热的光正好停在那里。

我不可想象大风中的河马，风从何方刮来，而今日天降的雨水又流向何处？

青草被吹出了尘埃界，它停留在清晰如蓝的天之野。

河水中的风声耸动如龙虫，噼噼啪啪的岁月降下十九年前的瑞雪。雨水和雪花的珠泪飘飘，那洒落在泥泞下的珠泪，那不可言喻的风中河马。它们奔腾的蹄足构成你睡眠中的兽。

弯腰射雕的河马，石上隆中的河马，它们在一起一定很快乐。

邂逅于人世，却处处皆是旷野里生长的青草。

月色中攀高，却处处皆是河马。

绿色的，咆哮在寂夜里，青草脉芽中的河马！

"在时间的漩涡里你有些苍老。"

"而我也是这样。"

"我看见过你，就像看见一枝陷于梦境的苗裔。"

"而我也是这样。"

"我以为你总是在时间的漩涡里。"

"就像你所看到的、嗅到的？"

"当然，在时间的入口处。就像你的所见、所闻。"

"当然，是在时间的漩涡里。"

"当然，你随时随地都是这样。我看见你，就像你从未离开此处。"

"你的存在是固定的（不会被省略）。"

"当然,离开了你的所在,一切都将消逝。"

"一切光芒都是被动的(无所见)?"

"在这春天的泥泞里,万花复苏(赐予你命运吧)?"

"当然,我用心仍能看见你。"

"但我不会看见你了。"

"人间静悄悄的,就像山岚寂寂,僧道无语地……"

"滨港的水流南来北往,就像那春天的光芒摇曳如蝶。"

"当然,会有蚁眼如见,朝夕屏息。"

"其他人呢?我拉起你的手……"

"在时间的漩涡里?你有些苍老!"

"当然,我也是这样。你看云流仍在,秋叶皆瑟瑟……"

白山铝鹅毛

一、在异乡客栈

谈人生诸事无益,莫如想想灵魂?

想想灵魂并不可耻。

在我们的闭关中付诸诉说的灵魂真如一颗小珍珠。

异乡的天幕如同故土一般充满了深冬夜的黑暗极光。在我们的居住地上,也生长花木和破败。在我未眠的时辰,那一切不被叙述的人生却也充满了细节和柔软之声。在我们彼此之间,很多东西都如壁垒横亘,我们相互独立,不被沟通。

上帝之母收回了她赐予我们的本真,如此,我们便孤寂落入人丛。

并无最初的道德可为依凭。我们懵懂中或曾求助于一切人。

并无思绪,只有亮堂堂空疏。

在异乡客栈,我时常陷入对苍老的回顾。在异乡客栈,我时常陷入平静的绝望。

这淡泊的生命有时也会悄然发生凛冽之声。我以尖刺注入我的灵魂。

但很少有人愿意主动。很少有人,愿以肺腑相见。

在无谓的一切之中，那可耻的人生总在吸引我们？

或许还应该闭目自持。

一向以来，我总以叙谈寻找解救之途。那多半杂沓的步履与喧哗的高声都使我感到厌倦。在沉闷的异乡，我有时会想到故去多年的祖母。

在沉闷的异乡，我自以为度过了难忘时辰，但是多快啊，我们的所有故事已经完成。那伴随我进展的四季已在逐步履新。

那伴随我进展的四季已在催促我们，在尚未动身离开之前，万事落入等待之中。

在艺术的国度，我们所秉守的原则一直不会更改。

我们所保有的爱，正在秘密发生。

我们所保有的爱，填满了荒芜间隙的空洞。那密密麻麻的人众，在寒冬中夜行，他们是我仙逝多年的宗祖。他们生长在我的血液之中。

我们最终都要会合，彼此相认。

我没有灵魂。我忘却尘世。我不愿谈论我的遭逢。

我们的宗祖，他们看起来并不蛮横。

这每一世的生，都曾经麻木而沉痛。

这每一世的生，都曾经羁旅他途。

以前是骡马店、驿站与招待所。现在是让人可悲悯的空壳。

那一切历史，都朝着未来闪光。

将来是空中客栈。

将来时。

终将去宇宙中穿梭。

我们的远途，总是充满了诱惑。

我觉得所有的经过并无蹉跎。

我沉入睡眠之中，难得的一夜无梦。

在我们的所有之中，并无人神之分。

我们皆自我尊崇。异乡是我们之爱与恨。

在客栈，深夜常有流水声。

时光总在涌动。

我们一天天向前走，岁月的苍颜覆盖我们旧日尸身。我们是脱胎之新人，余外一切无须他顾。

那异乡之客栈，总与我们的生命相始终。

异乡：我们的灵感之根。

一切激情：无外"与客途书"。

万物古今并无不同。

我们自是自己的宗祖。

二、内陆

当然，我在此地生活得也不错。或许在他乡更好？很难确定。

我现在拥有的就是这样一个早晨。一片大陆。那些更为古老的地面上奔腾历史的烟尘。戏剧中的脸谱轮番上场，那通往漠北的大门一直开放。

我现在拥有的就是这样一个早晨。一个对大漠的遥想（漠上孤烟、江上青峰，它们都像我的祖宗，也像我的弟子，我对它们顾盼有时，招呼不周）。

写下这些总是令我心疼。

我在这里居停的时间太久了。在这里太久，意味着我的人生已经坚固或者略有歪斜。内陆上沉闷的晨祷已经开始。孩子们上学去了，我听到窗外的琅琅书声（这意味着，我已经远去经年，童年的幻境被置于山外的湖上）。

我引领自己幼小的灵魂漂泊了四十二年，惊悸感连绵不断。那落在地面上的黄叶被吹往空中。它们是一个动词凝滞形容。我有时会想起雨水清凉孤寂和雪花的白。

在那些先人游击之地，山石已经沉积亿万年。一弯月如同一面青铜的镜子悬挂。一些草木凋零。而我们的内心中烈焰烽火未歇？

不，那干涸的事物压迫我们的神经末梢，它是微弱的铁，抓挠一头巨象一般的句子。请等一等吧。玄黄未来，青葱的岁月绽开的只是一些幼小七彩。

那混沌的水和鸟儿也都徘徊未至。它们在致远楼头高歌一曲。你听到它们声腔中的混音了吗？

但你欣欣然，你莫要顾惜羽毛，做一个风骚客人引起四方轰动。

有时，青草也会在秋日里拱破地皮。那缺水的日子肆意袭来。你经受各种洗礼，因此汗出如注。当那些铅灰色的云层降下时，八月之光也都挨挨挤挤着降下。

它们齐声吟诵着这春秋数曲。这青菊梅花和苦瓜。它们齐声吟诵。你听听它们的齐声吟诵吧？你听听那些经卷中的海。

你此刻唯记莲藕清脆梨花白？

三、画作

那上面有他的皮革、宁静和血液、仓皇的风云。那上面是白色的血液和污浊、几颗圆形土豆。星星在变奏，成水火不兼容的夜色。

我看着那三盆花，它们鲜艳地布局，地图上都是它们的颜色。

时间是燥热的，没有人，没有任何企图，没有为什么。让他们在那里吧，让他们体会流浪的困苦。猫狗也在流浪。

让他们读固定下来的心灵写的书，让他们引申。没有辨别，因此没有真假。

绘画只是梦中事，就像你说的那样。绘画也可以用于梦中歌唱。绘画是先人的心情的烈火。画作悬挂，就像村落里的几滴泉水，它在黑暗里的涌液是分明的。

黑白色，全彩，几个老头的骨骼。我看着十分惊奇。他们如何崛起于荒旷大厦？在时间的对山，我和他们说，就是这些数额。它代表流逝。它代表我的心。

最厚实的还是重复和冰冻。大伟兄，你知道，最厚实的还是蜜汁和冰冻。

阿门，最厚实的还是红果、微暗的窥视和冰冻。

你相信北方的深雪会观察世界神秘变化。你相信我们携带着各种苦难的裂缝。你想起一个人的名字，但怎知他在红尘中重约几何。

你想起词的振动，顺便想起夜的发生。

你自观自察不见。你毫无被引申的怨言。

此刻不见夜的蓝天，不见童年。是星火在外面。

但你多时不见，你小巧的旷野能经受风的吹打吗？等时间刮起来的时候，等炊烟飘过来的时候，你的背影还是你的背影。但是，灯光是缥缈的。但是，烟雾是缥缈的。你错过了归期，因此只能住在这里。

那流动的夜色有时太厉害，它会使你泛起忧愁。

你的灵魂经过了它，你的灵魂毁坏了它。

不必经过你的同意，我们将你的灵魂囚禁，这样它就不必面对夜色，这样它就不必生活不必思考。你向它致悼词的时候它还活着。

你绕过它因而与它不识，它是你的灵魂因而从来没有直面你的清白。

你同你的灵魂因而不见，你同你的灵魂老死不相往来。

你是一个人，在无来由地面对全世界的火、全世界的雷。

全世界的雾还未散尽。

你不见那些事物也没什么，因为这就是生活，因为生活就是有所得有所失的。

当然，生活也有所见有所不见。

来吧，让我们与你的身体共舞，让我们倾听你的心声。你转身的时候经过子夜。

世界莫测变幻，让我们集体转身，迈过子夜。

四、白山铝鹅毛

机器造不出时间，造不出宇宙中的空。但机器可以造出它自己，令人类欣喜或悲哀之泪。机器就是时间的副品，流逝也是。

或者它们本身都不存在，是时间的压榨促使它诞生。

时间不会造出自身，那能够成就它的蜿蜒之症。时间也不会制造，但它堆积了如山的尘土。

吾祖承天应命，留下无量足迹。

万佛洞中猫狗，无知无归所有。

爱和身心交瘁也是时间的副品吗？

是的，爱不存在，它是时间的虚影。我们的身与心都是时间的副品。

它没有灵魂，因此也就没有芳醇的叶子。它没有灵魂，因此也就不会使时间增厚。时间只是一根枝杆，因此没有无边的绵密。

时间只是万物的序曲，它没有直觉和温度。

但它是万物的序曲，因此充盈着宇宙中的空。

闪光的事物一定出淤泥而不染。闪光的事物一定是黑暗的截铁，浩瀚无垠如广漠。闪光的事物一定受热词的炙烤，葬在昏黄的野外。浩瀚的事物一定在北山遇移公，邂逅白毛女，在河流奔涌至。

昏黄的野外，恍惚的黑鸭和惊雷般的蛙鸣一定浩瀚沉北海。一定是黝亮而突入病区的火。

白山营地的兄弟们一定记得那些尖角凸体的沙粒。

白山营地的兄弟们一定自造肺腑，不依从他人。循元神，建鹰群，革冰山，成大峰峦。白山营地的兄弟们一定睡落日惊奇蚀骨之环船。

入夜。夏至。春去也。白山上鹅毛废墟舞。积雪草，梦中泥，天狼星丛老铝头。假你的工巧手艺造宇宙。假你的修长手，造你的高山流水冰峰茶。假你的粗嗓门，呼喝幼小骨骼和奶酪。

陷阱卡片给你。假你的心，种你的魂，顺你的意，种你的命……

春播一粒粟，秋收万颗子！

主观书传
肖像的诞生

一、冲动之未完

《主观书传》是我久违的家谱,我自绘肖像的曲折尽在此处。

想到写书者漫长的旅行,我的眼前总会浮现出童年乡下马铃薯的遍地藤蔓。

世界绵绵无尽,我们只能去写"书中之书"。

求索的疲倦中,也有鲜艳的金黄色。

我们没有将自我的尸身刻录在岩石上……它没有看到朝阳的一万次升落就消亡殆尽了。

我反复如常地凝视着这个夜晚……十五年等待候鸟翔集的变幻……

我想写一个冲动的故事并以此感受时间之进退。但此刻时间不在那里。应该返回的人群都在旅途中停顿下来。太多的沙尘袭击你的头颅。你以寂静的草叶果腹。

二、框架式生活回忆录

天地是为牢笼,我们生活在一个大框架之中。

以前准备从事写作的时候,我会想到"写"这个行动本身(形式和理念在先,因此写得不自由、不放松)。但我不能说,以前准备生活的时候,我会想到"生活"这个行动本身。因为生活是理所当然的,即便有天地牢笼,我们仍然无处不在地栖息于其中。

就这样,我已经度过了四十年。

我并未觉得世界是你们的,也并未觉得世界是我们的。或许,我们总是各自为政,彼此间各不相属,大有不同?世界与我们,也是彼此间各不相属:世界为彼,我们在此。这样说来,我们是被分解的、割裂的,因此似可得自由。

但是不然。我们将自己的肉体和灵魂都放在了一个大框架之中。我们一定得做出一种与整个世界荣辱与共的表象,否则,我们的被分裂感、被抛弃感、不自由感,会更重一些。

这当然事关每个人的隐秘。事实上,我们都活得不够坚定。我们的畏惧何来?

因为我们仍然生活在世界之中,天地是为牢笼,我们生活在自我设置的框架之中。那推我们入来的大力,也出自我们毫不犹豫的巨手。"推手推",是我们合伙玩弄的把戏。我们毫不犹豫地准备进入生活的情境之中,我们毫不犹豫地准备进入世界之中。我们理所应当地受到它的束缚。我们生活在"生活"这个大箩筐之中。

所以,我一旦准备要开始写作了,就会对写作产生厌憎。我不能自如地无视我的感觉而写作,也不能自如地忘怀一切而写作。"写作",带着它特有的形式感,在驱逐我对于写作的灵感。

现在,当我回忆我从前的框架式生活的时候,从事写作和"被职业所累"的概念是趋同的。但我的问题恰恰在于,我似乎反感一切笼罩在我头顶的天空。我必须无视写作方可开始行动。去除那种煞有介事的产出机制，立志于永远不去完成。因为思绪一直是跳宕的，它几乎无法停顿下来。

如果不是从事写作，我的框架感会轻很多。如果生活没有太多负重，我的不自由感会轻很多。那么好了，现在问题来了，在无须担负的命运面前，我的灵魂是否可以得自由？

表面看来是这样的。我喜欢阅读和旅行，如果没有其他顾忌，我会选择追逐"文字幽灵"的生活，也会选择天涯浪迹、终生羁旅的生活。我会有寄居感？陌生感？孤寂感吗？是的，一定会有。

那么好了，需要有个婚姻伴侣。但婚姻生活何如？会有厌倦感吗？

我已经过了十余年婚姻生活。它的确把我从一个人的孤寂、犹疑和荒芜中解救出来。有时我会与妻子稍微谈及此事。有时我会与她稍微谈及尼采、凡·高、卡夫卡。我仿佛谈的是另外一种有裂痕的框架式生活。我自认为已经圆润地沉浸到了俗世的欢乐之中。我以为我读懂了一切天才的、非天才的生活。

但是，一种抽象的厌倦感是无处不在的。我对于人世、才赋、生长、自足和退步都会产生同样的厌倦感。在此同时，我的消沉和热情会飞速转换。我无法抑制自己的各种冲动。所谓凡人的七情六欲，我觉得自己样样不缺。

但对天才的惺惺相惜，对于敏感的才华引起的创造力和各种悲苦，我确有心会。这些年来，我断断续续地走近了尼采、佩索阿和卡夫卡，应该与我对这种我所没有获得而且异常恐惧的生活的欲求理解大有渊源。

我厌憎很多事物，从根本上来说，是出于对框架式生活的厌憎。但我的前半生，一直是这样走过来的。

如此，我也可能厌憎我的犹疑和无法汰选。我厌憎我不能放弃准备写作的那种端庄。并且，我几乎可以判定，在我获得对于形式的超越和真正的写作自由之前，我依然不会写出天才式的伟大著作。

但是，我的前半生已经过去了。我从我的框架式生活中所能回忆的细节会变成随后的诗篇。它们钩沉了我灵魂的本体部分。

不管我是否厌憎，我都准备这样去书写。在某种程度上，这也是我的未来一生的神秘启动。我可能已经接近了思考的某种纯度。

而这则告白，代表了我的精神之中被长期掩埋的部分。

三、原上草木皆至秋风矣

我总是想写出时间隐含的秘语，我的理想总是太大了？不，从根本上说，我并无任何理想。我不是为任何理想而活着的。但我总是想写下那些城池中隐含的秘语。天空将光明的倾泻留给我，我总是想写出光明的秘语。在那些流浪至极的旅途中，当我孤身看到斜阳阡陌，我总是想写下流浪的秘语。我并非为我孤身的流浪而存在的。但是，当我看到荒芜的城池中的芸芸众生，我总是想写下众生的秘语。谢谢你允许我一直书写下去。天地生人，我只有这一个诞生。谢谢你允许烟霞存在。谢谢你赐予我黄昏的秘语。有时我读到突如其来的句子，我觉得那些句子都是夕阳昏蒙之光的流淌，谢谢你照拂我，容我看到那些未经生育之苦而长出来的句子。我在看到那些句子的时候，会觉得墙壁的直立千仞是对的。当然，做一个人而经历时间流逝的苦痛是对的。在我似乎看到了万物沧桑边际的时候，我认为做一个孤苦的人是对的？不，从根本上说，我并未经历任何孤苦。我并未作为一个人而孤零零地活过。我也从未体会到思想的欢乐的孤苦。但我总是在完全无理想的状态中生活着。观察那些远方的青山，观察夜航机翼下的苍茫大地，我总是认为上帝创造了宇宙是对的？不，并非只有一个上帝是静止地存在于时间中的。观察那些草木烟缕,我总是认为上帝是对的?不,上帝也不会掌控我们所有的言辞。上帝只是我们顾盼的加深。上帝只是一个秘语的容器。他总是目无得色地踱步于幻影的高处。我总是神色木然地看着他们。从来没有上帝会倾注他的担心完整地修饰那些峻峭的山地。从来没有一份秘密的珍藏是形容的千古,从来没有一个上帝会言说无尽——像滔滔不绝的江流。我总是觉得时间的无限毫无趣味性,因此,上帝才会缓缓地降临。他居住的府邸,既不是时间的图腾又不造作,因此,我才会毫无保留地写下这些句子。但我觉得神色的聚集毫秒必失,因此我才会神色无碍地爱上帝(神思的聚集、失魂落魄的岁月?)!

我为你感到开心、宁静,因为悲悯的神也是这样的。他们总是感到开心、宁静(身处悲悯之中的宁静)。我欣悦于他们总是这样的,就像"秋夜总是这样的"。虽然夜雨微凉,但大体是"宁静的抒怀"。因此,我遥想为此秋夜歌一长曲。因此,我遥想树木枝头挂果的时候,秋风已落。原上草木皆至秋风矣!

四、灵魂的孑遗

盲目无知地相信自己,也未必不是一种向自我激情的深切致敬。

文学不是写给全体读者看的,文学甚至不需要读者。最伟大的呓语,应该没有人(作者之外的任何人)可以翻译出来。最伟大的呓语,应该由最不合言说规范的文字写成,它只携带着写作者一人的体温(巨大的私密性、建设性以及不通融)。

不要幻想任何圣洁,那可能是最没有想象力和荒唐的所在。(有感于泥沙俱下的生活)

激情的片言也可能是不彻底的，但它却有惊人的正确。它再现了我们灵魂的苏醒与沉睡之姿。

或许整个时代的人都不会理解你，没有观察和"爱"，从不注意你的行踪，没有任何区域是纵容你踏足的，也没有任何区域会取消对你的开放，没有任何感情会正大光明地激发你，没有人是你的同道，没有人乐于与你分享在殊途相逢的快乐。这个时代成为一系列折叠的挽歌，那声调飞扬的梦境，成为你离奇地失重的点心，你咀嚼它？不，你只可以尽情地吞噬（消磨、建设）你自己！

我想把我的著作（《主观书》）写得冗长一些、烦琐一些、沉闷一些，尽可能地离读者远一些。自我内在的矛盾、不可解决的难题更多一些。让它看起来像我的灵魂的孑遗，让它吓跑无数想接近它的人。让它发自骨子里去鄙视阅读它的人、写它的人。让它孤零零的，变成一本不被重视的书。只有这样，它才能静静地躺在那里，变成一本"死"的书。它将以低眉顺首之姿完成自身的最终修辞。

五、废墟

不能总持尝试之心，要争取一次击中靶心。

我觉得，我已经写下了一团一团的废墟。我足以为此歌哭无尽。

我受到人世冷漠的激励，爆发出巨大的创造欲，这毫不新鲜。因为上帝造人就是因为他独处的孤寂，万物都不与他共语。

我在能够完全把握灵感的时候与思绪空荡荡的时候，都曾经写下了我此生中最重要的句子。我把它们视为我可以从事写作的直接例证。直到今天，我仍然没有放弃写作的任何动力。

一条鲜明的轨迹贯穿下来，证明了我仍然走在路上，证明了仍然有"我"在文本中……我看不得我的隐身，一种可以意会的知觉之痛。（关于《主观书》的前后分期）

如今，我已经确定无疑了：我的写作中没有枝叶，因此不会汁液淋漓。我的写作中只有干涩的热力（我自以为是的灵肉和"自足"）。但这是对的。"我"的呓语的特征就是如此。"我"的呓语的特征不是描绘性的，而是一种渗透。我花了十几年时间来研究"我"的特征，结论显而易见：我只是为此而生（迄今为止），而不是别的。我无须拒绝它（现有的特征），我只要把它发扬光大，使"它"成为"我"——唯一牢靠的、强有力的"生命的声音"就可以了。

我并不担心自己生活的养分不够（事实上，担心也是没有用的），我只是担心我的理解力太多了。对生活，对各种事物，对未来，对各种形成时间的假象……我担心我对他们的理解力太多了。太多了，意味着我之理解的不集中、不诚实。我为什么要奢求成为一个生活家呢？应该确定的是，生活家不是文学家，甚至根本不是。文学家应该是对某类生活异常无知的人！唯其无知，才可以在更宏观的层面上把握生活，没有任何具体的偏重性。所以我们大都错了，我们会为了自己没有生活（生活的容量较少）发生争执，这其实是没有用的。真正理智的做法是诚实地对待自己经历和思考的一切，尽量使自己不偏向生活的任何一个畸角，对人不求全责备（能真正做到吗？）……如此一来，生活基本上是"宏阔"的（没有偏向性，正直无私）。我们需要为了使生活的更深的意愿达成而做出更多规划吗？自当如此，必须是这样的，随你的便……（一种无所谓的惊叹！生活是这样的，无论怎样，我们都得梦幻一般地活过！我们不要过多地强求自己获得另一种生活？）

六、密林中

对我来说，是写作增大了生命的柔韧，它本来坚硬（柔软）无比的部分获得了最充分的矫正（拉伸）。

我倾尽全力挖掘了我的土地，从此，在它心脏的绝壁上，长出飞鹰。

我带动了我的爱……我的意愿总是如此，即便我趋避（迟滞）至今的徘徊也没有改变什么……我依然拥有生命初生的幻觉（关于爱之初生的幻觉）。

阳光刺穿虚空的时候，所有的人都在沉睡。沉睡因此成为一个理想的魔咒，阻挡着树木的凋落之志和阅读者著书的无限。

因为我一直在写作和汰选之中，所以，《主观书》的面目是反复被打磨的。经历了一百万字、二百万字的打磨，剔除无数芜杂的部分，使它不断后延的唯一的十万字、二十万字具有无比精纯和典型的思考性，使每隔两个年度所呈现的《主观书》具有绚烂无比的唯一性。它是不断地生殖和变化的一部书，在我写作的生命终结之前，它会一直"在路上"。它的生长性被我控制在每天的"黄金一小时"之中，为了使它真正具有一本书应有的广度、深度和硬度，我一度赠予它一种"风格的强调"。它因此既具有自然逻辑的生长性，又是被深深地压榨和淬炼的产物。

简单（无玄机）的形式显然不足以覆盖我的所思，因此到了后来，我所有的奔波都会落实到一个隐约可见的焦点上……在我生前，完整的语言（一部书）总是难以承受的，因为它太厚了（没有重量），太散碎了（没有形式的拘泥）……

飞鹰从天空的地心跃出，它因此具有白云的寒光冷凝和"心事浩茫连广宇"的意志力。

今年的雨水太多，所以，我们就此错过了。但上帝从不述说。旧事荏苒，我们就此错过了。

不过，《主观书》是个整体，相对来说，它的任何一个局部都不充分。我需要完整地阅读，用以验证我的生命就这样完整地错过了。

我当然生活在我完整的生命里，警觉，倦怠，总是充满了未老先衰的悲哀。当然，我必须生活在我唯一的生命里。

我无法抉择，不知得舍，所以，我触目惊心地错过了。我所写下的余烬，是时间流水之中的最深隐秘。

每一年，我都穿越大路、小径，来到这片密林。它的狭小之光笼罩我们。它用尽了力气，打击那些雨水。

我觉得唯有沉睡可以使我小安定，我力争少做梦，或者不做梦。在密林中，松鼠会盘踞在枝杈上，看人间的战争。我们与先人的骨头和谐共存。

我抱着我的头骨入睡。我恐惧于时间的断裂。我没有梦呓，我聪敏而机警，我听见雨水顺着树木的形体落下来。

这天地间的琴音顺着我们的聆听和我们的命脉落下来。闪电在我们的心中聚集，它顺着我们的记忆和胆战心惊的恐惧落下来。

相对于那往来之中的旧人，我们只是沉默地待在密林中。雨水顺着天空的方向生长、开合，但我们却无可遏止地错过了。

我们错过了天空的生，我们错过了天空，我们错过了。但仅仅剩下来的部分，也足以撑满了整个密林。

我们生长在这弹丸之地，变成了密林中的一只只幼兽。我们生长在这密林之地，变成了天空中的一只只幼兽。

我经常朝上望，以此缔造我生活中思考的无限。但我们的故事大都死去了，所谓写作，只是一次"充满了隐喻和失败的总记录"。

七、人世的水不足以灌溉我们

应该以最浓稠的血液写一本书，它们是你所有灵魂的集中。

我永远写不出无穷的边际，因此，我一直书写，直到用尽了世间的语言。

这么多年来，我一直想写一部矫正的书，它需要将一些乌七八糟的幻想，矫正为写作者所需要的真正灵感。

或许正是因为对未知的永恒察觉，才使我的作品永远在踟蹰中，永远未完成。因为，只有坦荡的敞开才是洁白的。相对于那些已经写下来的文字，对于未知颜色的想象力高于一切。

我们所有人都是边缘作家……（没有中心意旨，没有主线条，没有我）……我们所有人都是饥渴的（人世的水不足以灌溉我们）？

落叶情怀人皆有之。落叶之笔人皆有之。

"我的风格自然变化，一年一个足迹，这种风格的繁衍没有尽头。"

没有风格没有变化。在自然的水声之尽头，你可以五官端方地凝视落叶。

我的思想正是为了充实生活而产生的——生产思想，充实生活与空虚。

当然，为了使我看起来更正经一些，我才出版了我并不赖以维生的书籍。它们的出版也没有从根本上改变我籍籍无名的现状。但这真是太好了，因为拥有无名者默不作声的思想，正是我的思想中最为动人之处。

也许我还在为夜色发愁，但它们其实已经越过了我而覆盖沉沉大地。我的愁闷与大地的激情肖像没有关系，但是与它的沉实紧致有关系。我希望自己能安息在大地的表面，这样，蝴蝶飞过花瓣的时候就可以看见我。

我日复一日地活着。我的人生笔记晓谕我颜色与秩序。这是我真理般的纪念章。我日甚一日地，用心擦拭着它……

我虔诚的遗忘才是长达千年的写作史赐予我的。因此，我做他们的读者，但永不会蹈他们的覆辙。我即使再次踏入这样的河流，也可以赐予河流新的名字。它（河流）的灵魂于我而言，总是陌生而惘然。

你要回来吗？

不，我已经在此。我从未离开。

我只是望着你，但隐身如仪。

写作是一种生活的突出之物，但它们绝非生活本身。

起初，我只是想写出一种句子：它具有高度的膨胀感和神情的浓缩；它集中了一种生命力的菁华、浮生若梦的语言；它是游龙般的幻境的承载物；它具有最精确意义上的含糊感和最忘乎所以的爱恋之心；因此，它也是一个人面临万物和尘土时最大限度的指引……但是，久而久之，这种强度过高的审视力改造了我自己。我对于自身的妥协和激发所能容忍的间隙越来越短。我对于自我的厌弃和首肯所能容忍的间隙越来越短。更多的时光中，我的生命是空洞的，不及万物和灰尘。更多的时光中，我需要去阅读和行走（在大地上），飘荡（在浮尘中）。更多的时光中，我对于世事的沉潜和忽略是不会为人所知的。更多的时候，我只是我的一个尸身在世界上游弋（如幽灵般）。更多的时候，我心有我所不及的万物和尘土。我对于强度感的涨满充斥了赞誉之心。我需要不间断地连缀它们，以使我的命运达成！这或是我唯一的补救之法……我不愿意在我灵魂最空洞的时候去读漫无止境的书，去写虚弱如泡沫的句子，去承受浮游生物般的无限次的压力。我抓紧机会把我的空洞感之变奏写了出来……如此，我的心有尘土，它承纳万物过重。如此，我的心存万物，它黏附尘土，形成内在的风云和雷电。我仍是我所不及的少数，它只蕴涵在多数"唯一"的时刻,"寡人"般的盆地。我仍是无须多言和"沉默"的……

在人生看似无穷的可能性中,我的选择空间已经无穷地缩小了……成为一个作家……成为一个一生只写一部书的作家……成为一个反复的单独的作家……成为一个纯粹的人(作家)。但这种缩小,是多么令我欣喜啊(因为我对时间的抉择、刻意浓缩和省略)……

八、不需要佩戴人世的面具

将各种经验、深入的思考和巨兽般的灵感交汇,我就可以写出世界上最独一无二的著作,用以比肩那些独一无二地存在于世的文学经典。

不需要佩戴人世的面具,也不需要尖刺和荆棘,不需要梦幻的完整性,也不需要轻盈的慰藉,伟大的著作只存在于河海与天空的交流中。

伟大故事将生产优美的天籁般的曲线,但讲述者却僵身站立,他在艰苦地抉择,以获得一个稍为宁静的破题方式。

如果不能大踏步跨得很远,就需要用心地体会人世间的一切辛酸与欢悦,因为在那最细微的地方,也经常会长出最伟大的、千古不易的诗来。

迄今,我并不知道哪一本书完全是在"写"的意义上得以成立的。我不觉得它们只是单纯地"写"出来的。"写"的动态性不足以完整地构成一本书的样貌。"写"之坎坷崎岖不言自明难以剖定确凿无疑地绽开。因此,我们缘何以写为据?我们只是谨遵内心的律令而尽可能地不逾矩罢了。

九、思想被煮熟了

缓步行于当行而行处，缓步止于当止则止处。青草蓬松于地表，虫蚁蛰伏于足下。风吹则故事过耳，风停则万物生矣。

我为什么要去书写浅白无力的书呢？仅仅为了追求被理解？（但浅白是无效的，我们的理解力和内灵魂要比浅白的书籍深刻得多。）（浅白是夹生的，但我需要的是，"思想被煮熟了"。）

尽量少写隐晦的诗，它比隐晦本身更加罪恶。尽量少写透明的诗，它比透明本身更加罪恶。尽量少写诗，它比写作本身更加罪恶。

艺之小道，固求技法更新，变幻绚丽，但欲进大道，则务必虔敬守一，情性诚笃。

十、大地上的婴孩

我最初学习写作，是为了描绘我内心的战争。

在我幼小时候居住的平原地带，有一些远古时候遗留下来的堡垒，我们作为异乡人抵达的时候，这些堡垒经过了数不清的风雨，早已变得伤痕累累。但我们将其择为最后的住所，或许有着这样的理由：这些堡垒已经囊括了人世的全部，只要我们甘于这样寂静地活着，并且死去，就完全不必因为猎奇之心而对它抱有任何遗憾或成见。

我们乖乖地住了下来。

作为更大的人群中的少数，我们所余留的时间十分有限，因此，选择这些隐蔽的乡间居住，可以帮助我们减少不可再有的搅扰。

而在此前，我们所经历的人生一片喧嚣。

自打安心乡居以来，我们外出的日子十分稀少，因为我们不仅居住在堡垒，而且决意无限地生殖堡垒。在我与我们之间，我们渐渐习惯了缄默无言的生活。因为担心过多的交流会出卖自身，我们将固有的思想筑成洞府，那里只珍藏我们所书写和想象的事物。而冻结所有的爱恨和欲求，将成为我们最终的归宿。

但是，随着时间的推移，在我与我们之间，沉默的障碍开始成为诅咒。我们的言语功能退化了，在一些必不可少的夜晚，我们需要前往那些隐秘的高山之时，沉默的行动带走了我们柔软的面孔。我们千篇一律地铁青着脸行走，任何一个婴孩的哭声都被视为不祥。

在我想象到了我们的终点的那些夜晚，成群结队的幻影无悲无喜地走向那孕育我们的高山。我们最初学习生活，便是因为山上的树木。在大风肆虐的夜里，我们需要站在最高处的一棵树下喊出上帝的名字。此前，我们是以这种方式来对抗遗忘的。

但是，在过了太多的年月之后，山上的树木开始变得寥落。我们的生活不得不直接地对抗宇宙和风雨。那些神秘的信件就来自于上帝造访的夜里。作为上帝的分身，我们对于上帝本尊的感情是复杂的。因为他笑的时候，看起来像是婴孩。他发怒的时候，看起来像一只雄鹰。他睡着的时候，像一条无声无息的河流。我们阅读那些信件，便是在他安息的夜里。

上帝也在发出鼾声。我们看着他总也面目不清的睡相，像看着水流在无尽地消逝。那些神秘的信件总是在猜测上帝的名字，我们阅读了无数次，但总是找不到最终的答案。或者上帝并非上帝本尊？只要我们看这些信件久了，就会发现这一点。尤其在他化身为流水般的睡姿躺下来的时候，我们听不到他的任何呼吸之声。

到了后来，在所有的人彻底沉默下来的时候，我们成群结队地向着那隐蔽的高山进发。我们心中珍藏着一个笑微微的上帝婴孩。他爱我们，因此才会赐予我们阳光般灿烂的岁月。但这些年来，我们经历了多少喧嚣。因为生老病死的缠绕，因为到处都有争斗和私见，我们渐渐地连自己都觉得不可信任了。

我们来到山上，以沉默的激情喊出上帝的名字。

我们在山巅上，听到山谷里沉默的回音。我们完全活在一个个"沉寂"的夜里。那个婴儿的面孔在无数人的心目中泛滥，那些高山般的盼望也在无数人的心目中泛滥。在压力大到了极限的时候，终于有人无法抑制自己的悲痛而哭出声来。

这些年来，我们经历了祖先的死亡、父母的疯癫，各种怪异而嶙峋的堡垒反复被构筑，在离高山很远的地方，我们缓慢而凝重地停驻下来。在一些必不可少的隐秘的夜晚，我们感到了上帝诞生时所带来的吉祥的红光。我们来到了高高的山上。

在最为粗壮的一棵树下，我们喊出上帝的名字。我们以沉默的激情喊。我们以善良的激情喊。我们以自己看不到的希望上帝降我们予祥瑞的利己之心喊。我们以对待一个婴儿不该有的高声喊。在高高的山上，我们以一种前所未有的混乱，在撕心裂肺地喊。

我们沉默着，在以一种前所未有的混乱，面对上帝嘴角的笑容和他流水无形的悲观。

山上的风声和融雪、泉水和沟谷都与我们不同。大自然的景观台过于寂静了。而我们以卑微之躯站在了上帝教谕我们写作、生活和历险的夜里。

我最初学习写作，便是为了描绘上帝。但对于他是否赐予了我们以生命，我很难确定。

我几乎不相信上帝会给我们以任何回应。他的微笑是我们制造出来的,他的婴儿身和雄鹰般的姿态,他对于流水的模仿和缔造,都发生在我们的梦幻被书写之后的夜晚。在任何平原之上,面对高旷、虚静、庞大的夜晚,我们都会心怀沧桑。

我们在居住到堡垒中的时候,信奉上帝的人已经开始减少了。只是出于一种习惯性的寓言般的抉择,我们会沉默着,在一些必不可少的夜晚离开村庄。在我们集体沉默的夜晚,月光渗漏到了我们居住的土地上,就像我们的幸福和荣耀被洗劫了一般。

作为上帝的分身,我们连彼此都不信任。

所以,在高高的山上,我们最后的话语是以古怪的枯死的树木的姿态被喊出来的。至于上帝,他听到了我们最终的悲伤。

"他虚幻的影子在我们每个人的心中一闪。"

十一、风、写作、夏日盛事

像"我的一辈子"这样的诗,我们睁着眼睛是写不出来的。这样的诗中充满了时间的闭目凝思,它天然带着未来和疲倦的铜墙铁壁。

理想是宏阔无边的,但它的实现,却事关每一个细小的验证、时间的延绵和堆积,情绪在反复,如"斜雨"再次落下,而那逝者也会换个身份重新活过,这当然是灵魂的混合,但没有什么是完整的错失。我就这样,坐在"良机构造的椅子"上,写这些细小的点滴,并渐渐构造那理想主义的大厦。在时间外面,它一定是优雅而客观的,但在时间内部,我所写下的一切都不作数。它常常处于失控状态,由那些反对我的语词构成,由那些鲜艳而碧绿的光芒构成。如果我能够体会到戛然而止而又不会心怀惆怅的怒火,那当然是最好的，因为正是这样主客观所形成的惊人的统一使我建立起了自己的学说。在季节里，它是迷恋而拘束的。在空气中，它既张皇又夺目。在结论处，它只有这一个影子，但似过来人行事，它势必被绘制下来，因此为"书写"所执——这却是不必要的！除非你压根都没有动笔，而仅凭意念使一切所思落了下来……

写作确像漫漫长征，只有大风在其中起伏涌动。

写作不止覆盖了春夏秋冬，它还渗透到了你梦的舌头。

写作中，你的味觉是苦的，只有思考或找到激情的片刻会有欣悦，但整体是苦的。只有准备书写和想到仅有它在你的生命中（浸润和挖空了你的灵魂时）会有欣悦。但漫漫时日，风沙弥天，大气虚心都不足以包裹。写作也不像日出，它不定时，难以预测；也不守时，总拖着一条长长的硕大尾巴。关于世界之盛大，写作从未完全表现：再无穷的书写，似都无法抵达；那沧桑未尽的部分，总是疲惫和局促了你的身心。但还为什么要写？它确是夏日盛事。非烈火不足观。写作中的灰烟，是大风带来的，它稠密如丝，没有间隙，是时间的磅礴涟漪。写作中的雨雾，是梦的笼屉，它严谨结实，装载有序无序，是最高的未来列车。写作不是过客行事，但也难以空洞扎根；它只是最原始的劳作，拥有草木之心，接近星辰流云、晨光暮霭。写作像万物重复、生命再造，但它不是最早的创世纪。因为盛夏之果由来有自。它（写作）只是一个在说，一个在听，一个在徒步缓行，一个以双羽振翅；因此，它是生的复醒，是知觉相对于物之本质的摹拟。因此，它只是知觉的果子（思的创世纪）。

十二、沉醉

毫无疑问，阅读本就是一种天赋，需要执着于探求甚至献身的灵感。

我要诚恳地对待他，读他的书，研究他"命运构成"的历史，写出一些平实的、向他致敬的文字。抛弃"艺"的感觉，只从做人的角度，来完整地塑造他。这样，我就可以像我想象的一样成功了。

品质优异的书具有无可限止的生长性，即便是沉湎百年仍然骨肉不腐。

毫无疑问，专注来自空荡荡的心灵，它的沉醉便代表着一粒海水的沉醉，当它向着外物融入时，它的思维的气味便是世间万物的气味。

我还是得站起来（行动着，流浪中，能感受到事物的沧桑时）读书，只有"站起来读书"我才能体会到词语的灵验，而其他时辰的阅读使我昏昏欲睡，它对于提升我"灵魂的浓度"于事无补。

抑制自己，便可以直通太平洋。

时间的流动是上古的宝物，它将森林草木赐予我们。因此在静悄悄的日出来临之前，我们可以通过森林怀念上古人类，我们可以通过草木重生，那些枯萎的叶子，就是我们反复注射的灵魂。它通过一点一滴带露水和枯枝的汁液解救我们。

我们把自己的指纹制造出来，我们在制造它的时候沉默不言。

人需要休憩？是的，这是上帝之思。他把最高的床榻安放在那里，那集体的休憩便有了安放的意思。芬芳的百合也在休憩，它的"应知与应会"遍行无碍。

我的爱与痛都炽热、直接，我因此会活在我的"深处"。我没有理由对每个早晨的重低音袖手。

白色粉尘都黏附于你,看起来,你是粉尘集中的重物。你加倍的清洁也不起作用,粉尘总是能追逐到你的影踪。它飘飘荡荡地裹挟着你,围拢着你。

"此刻"总是大有意趣,它荡漾着波纹席卷过你的心底。它是你唯一不能深入和抵达的骨髓。你永远尾随它,制造它,迫近它。

十三、脊骨

阅读和思考,都可能摧毁我们。所以,有必要解救我们的心灵,让它间断性地,回归一种大地无风般的静止。

主观意识太强的人或许不适合读太多的书,因为阅读最是一种形式的杂糅:过多的知识的介入会使他本来的面目变得混沌起来,而他的纯洁的理想所在,却是写出不含有任何典故的作品。书籍会淹没他,加深他与自己的疏离。

在阅读中受苦,几乎是我们的一种思想本能,我们正是为此而成就了自身。

我真正在意的事物无多,但是,"大雨倾泻如注的日子,花木旺盛地长出"——我经过了这个世界上的无限洞府。我在花木新鲜如初的创世纪中变得忧愁。

我无法以自己的述说抵达人世。

我观察过画地为牢的鸟儿,它们集体发出唧唧复唧唧的返世之声。

我的脊骨疼痛,有时我的感觉会超越它,我在无可规避的"这种疼痛"的内部走神。

那些高山上的阴晦夸大了我们的相似。那些三角形的物质在它们明净的水中居住。那些河都还活着?它们各自在死亡耸峙的讯息中居住。

我记得流水的边陲、热腾腾的晨间小路、集市上涌动的人群和他们低声交谈的句子。我为我的记住而吃尽了人世的苦。

夜空中平展展的飞翔也是踊跃的。那些伤痕触及楼头，只有一只鸽子负载着黑暗之重。

总是目不转睛地注视，总是那斜倚向上的天空。总是那异域之城，"那些低舞的蚂蚁"在齐齐地越过森林。

在浩瀚的乡野间（夜空里），我也高喊过，但多数时候是静默的。狗吠的声音大过了我的动止，因此，狗吠之声是静默的，仿佛亘古之一物。

十四、众生的苦役

我们经过夜晚的萧瑟，只是逃避众生的苦役。大风在树下流动，它挽救了你的诞生。

人间的亿万年都是小的，人间没有通天彻地的造物之能。所以人间只是小的，和亿万年一样小（渐渐被归于遗忘）。

大风泊在树下，大风只是泊在树下。没有人知道树木的生长会通过大风的孕育，就像没有人知道他的前生中也拥有梦幻的虚无的动能。

我在须臾之中穿越了我的影子和我之间的所视，我在须臾之中拥有了我的滞重，所有的物都扭头向外——在须臾之中，我诞生出夜晚的苦涩；在须臾之中，韵律和饿虎都在诞生。

阅读是空的，它是众生皆苦的见证。它是劳作和斯文的见证。它也是物的忧愁的见证。

众生的骨头都嗡嗡作声。缄默之夜只是众生的形容。

草木腐朽，雕刻出泥土、岸边的纤夫、踊跃的山峦和昼夜做工的人。

我抬头仰望的星空依然是那片灰，我从未只身抵达它的高处。

众生的思想之翼在海边翱翔，如潮信起灭，未有尽时。

感受生生之幻，便是苦役众生。因此，我们都是疲倦的旅人。

十五、文学的"旷野性"

创造性语言和机械表意的语言，当有大不同。前者以气韵运思，可使文气流转而下，一脉贯穿。后者，仅仅是"说与你知道"的公文而已。

但文学最需要的，又岂止是"说与你知道"，文学需要的是裂变和未知的警醒之思，是意蕴外的意蕴。文学不是解释和分析。在一切伟大的文学著作那里，都深藏了上帝的犹疑和沉思。那些无法重述的部分，才是文学最近于本质的部分。

文学不是——至少不仅仅是坦荡如砥的，文学的魅力有时恰在于某种逼仄和弯曲的见证。文学不是某种直接的通途，甚至连路畔的青草都不是。但文学却可以存在，并且不需要屏息静气——文学可以按照它的方式将万物的孕育说出来。以一种独特的承受万物引领的方式说出来。以一种分析式的语气去攀登它深深的府邸，以一种夜露式的起居去接受一切光阴的渗漏。文学是贴着马背奔驰的，是"光明冉冉升起"，是拂晓和薄暮。文学是一种透明的自视，是"镜中瑕疵"，因此，文学既是某种拘束和力求挤破脓疮的努力，又不仅仅是唯一的"蝉鸣声"。文学见证了一切荣衰，但它也不是刻意的见证，它只是随着时空的碎屑而俯仰，因此最真诚地看到了万里晴空的艳丽，因此最真诚地看到了山峦深阔中的浓雾。但文学很难成为旷野无限的本体，文学很难成为一望而知的旷野，文学的"旷野性"要更为苍茫和难以抵达，文学的"旷野性"要更为隐蔽和更重一些！

文学需要"隔"和"顿",需要茫然中的沈思。文学不能顺水推舟。顺水推舟,舟行虽远,但也容易使自我的映像流失("茫无际涯")。文学也不必完全求自在。自在感的洋溢,只是出于一种抗拒肤浅悲戚的必要。但文学需要在天残地缺中求得能量守恒。文学不仅仅是在表象上获取身与心的融汇与交流。文学形之于草木间,可以是安放妥帖的柱石,也可以是不必铭刻而长存的分界。但文学本是潮润之物,却又积蓄了太多的风沙。唯文学不因过滤至清纯而澄澈。文学是易碎品,因此需以粗蛮之物为砥砺。文学需要最大、最重、极富压力和厌倦感的摩擦,因此,文学最忌顺、滑。顺和滑是文学之病。

很难赋予作家写作以表演性,因为这个呕心沥血的历程太漫长了、太枯燥了……抓耳挠腮,不修边幅,苦刑犯一样的作业,坐卧不宁的兴奋和各种古怪的写作习惯,最重要的是孤寂及其弥漫于其中的无穷的反思……因此,一切意图表现作家文学生涯的影像作品都过于浮皮掠影、过于软弱了,除了加重人们对作家写作的不解和虚无的顾盼外,几乎一无所取。

十六、斜阳

我的写作并不注重地域性。地域太小了,也太坚实,有太多具体入微的情节,有太多日常功课式的"围栏生活",唯独最少"浮云",唯独最少"旷野"。置身在广袤的空间里时,我们是不会产生地域概念的,也不会过于强调树木年轮的深度之于某一场景中的唯一性。它所代表的只是"生"之本体,是生长之痛之于某种空旷物质的弥补。因此,我希望我的书写可与斜阳共语,可与时间之进退共语,是一种天地徐徐落幕式的"空洞书写",而不必匆匆开展,而不必细枝密节。世界上所有的枝叶都缺乏共同性,都不是万有的通途。

因此，我基于我的痛苦在注视你们。但我不必再悲悯任何事物。但我不必再怀着慈爱"看着你们"。

你要知道，我迄今写下来的所有文字，都将是我最终完成的著作的一个小小局部。它们不会是独立存在的——独立性在这里毫无意义。只有将它们镶嵌于我的著作的每一个字里行间，它们的斩钉截铁才会越过这整个过程中的每一次疑虑，最终它们将变得坚实可信。这千万个日子，我所有的努力就是写下一个个标志性的符号并将它们放置人间，以便于它们在集体行军时更好地辨认自己。

像一个学者之于学术研究一般，对自己的心灵演变，抱有审慎而庄严的好奇心，这大约可以视之为我们保持一种写作动能的最为必要的条件了。我们的心灵值得探考吗？它内在的多重皱褶、它的长河式的歌哭，它的孕育、梦幻谷中的云雾，这所有的一切都值得探考？这么多年来，将自己的心灵进行学术解剖的愿望一直囚禁着我，因此我才写作了《主观书》？我没有像历史学家那样为我们的存在进行历史编年，但一种比编年更细碎的本质工作一直在缠绕着我，一种复原自我的野风在向我吹拂……因此，我写作不仅仅是写作，而是拉动时光之轴，而是时光的一种凝滞？或许只有忘却部分更新和演进，我们的心灵才能够保持驻足于往事的完整性，像时光被"煮沸"了？它兀自冒着咕嘟咕嘟的热气，将荒诞的原野视之为唯一的流动（时光的沸腾？），将视而不见的部分埋葬于地球之核（沧海桑田的翻转？），将纯明的觉悟打入觉悟的冷宫……总之我们的心灵从来没有看到过自身完整的虚无，因为各种芜杂的思虑始终在占据着它。我们写作，或许只是加速了自我囚禁的变幻？我们是自我心灵研究的学徒式的技师，然而我们总在做些大的铺排，像一个大学者一般，时刻都在贯注于他学术似"锦"的未来？

十七、需要重读的书

许多书可以粗览而过，不值得精读，稍明其义便可，即此已然所失无多。可以粗览的书占据我们阅读生命的绝大多数，类同我们已觉泛滥的各种存储。但需要重读的书不同。需要重读的书皆是意识的汪洋，所思、所虑、所达皆重。需要重读的书采用非同寻常的句子，其中句意之间的断裂和叠加都可构成一种特殊的文学景致。文法简单而蕴意深厚的书可以多加回味，但不需要太多的重读。太多的重读会消减这种"意义的深厚"。需要重读的书都触探了文字表达中最复杂的万象，是逻辑的对抗和思考方式的潜隐的堆积。需要重读的书仅从写作的角度讲是无法复制的，可以使人望而生畏。是一眼可知的有效的写作。看似需要重读的书其实是走入了某种表达的歧途，但这种错谬无法恒久藏匿，大浪淘沙，它们很快会被无情地淘汰掉。在我的阅读生涯中，需要重读的书无论如何表达世间万象，其根底都是浑然自成而透明的。不需要过多顾盼，我们心中可生凛然——这是需要重读的书、经得起重读的书、常读常新的书。它们的句子是凝练的产物，整个结构流畅而通透，即便是带有阻塞感的"流畅而通透"。

十八、凌晨故事集

对下一本书的阅读意见：
"这并非人类的著作，或可称之为超人类的著作。"
此前，有很多闲话：
"首先，我要说，在夜里读书，胜过任何催眠药的功效。"

"我便抱着这样的初衷去读了很多书,我的意思是,书籍使人昏昏欲睡。"

"也有狂妄者之言:明理的人不读书。聪慧的人不去爬格子。"

"晚睡是庸人的事业。"

诸如此类。

但很早以前,夜里也很不安静,我经常被吵得翻身坐起。有一次,我在嫉妒清醒的人和愤怒的战争时写下了这样的句子:

"今人大失古心,令人感慨殊深。"

"我并不认识那些惊扰我梦的人。"

"在这个区域,我使劲地找他们,带着复仇之心,但他们行踪隐匿。所有的故事,只在夜里发生。"

"包括喘息,包括穿着高跟鞋子踩踏地板的声音,包括对着窗口辱骂的声音。"

"包括弹珠的声音?"

"我很怀疑那些声音,因为它们并不固定,但我时时都在警惕。长此下去,我的心里就很难宁静。"

"我准备出售房子的时候,这些声音才消失不见。但我仍时时记起那些使我心焦的日子。"

"晚睡是神经衰弱者的事业?"

不,根据我的经验,早早上床的时光代表着对声音的拒绝,我有时会通过睡眠来将自己与整个世界隔离。如果我能够不被惊醒,就预言着我已经变得麻木而不可救了。

"我准备通过腐蚀自己来赢得生命中的又一次胜利。"

"是的,我曾经依据这些来写书。我曾经依据妥协来写书。"

"在我的承诺之中,我将变成一切可笑的人。"

"被时代之喧嚣所吞没的人。"

"我购买了《声音》《沉默》《声音和沉默》等书,但我很少翻阅它们。"

"但只有对症的书籍,是为镇静剂。"

"我很少嘲讽,但始终记挂它们。"

"我以时光之针来喂养盒子里的金鱼,我看见它们在夜里飞行。"

"鱼翔浅底睡安然,但这整个故事的前提是,它们并非普通的金鱼,它们是不惧喧嚣和黑暗的通灵的金鱼。"

"它们是自己封锁自己的身体,但主动敞开了自己灵魂的金鱼。"

有一天凌晨,我发现它们都麻醉了自己。因为夜里黑,我对事情的结局毫无预计。翌日清晨,我才发现所有的金鱼都死了。它们的尸体变黑,变白,变灰,变得古怪、惊人,像是它们从自己的身体中抽取了通灵的部分。它们恢复为普通金鱼的自由尸身。

"事情糟糕透了,但还没有到最为不堪的地步。只有它们发出恶臭,才会发生战争。"

"凌晨,通常是这样的:造物与造人者开始分工合作,但他们都青睐通灵的生物,因此,关于谁将是埋故事的人,他们得进行长达两个小时的争辩。"

"有时,他们甚至大吵一通,甚至嘲笑那最原始的神灵,但这没有任何意义。"

"他们只是需要解释,像沉睡者陷于凝思。"

"但金鱼已死。凌晨,在鬼魂出没之地,我们遇到了身披黑衣的讲故事者。"

是他告诉我,写作只是庸人的事业。

"一切不爱文字的人都超凡脱俗。"

"死亡成了圣人和恶魔的事业。"

"那凌晨遁去的人不做梦，他们见识了恶魔之重生。"

十九、书（1）

在每一个早晨我都会体验到那种通宵达旦的开辟性的快乐。世界的洋面在我的眼前铺开，我一点一点地接近我们的未来。

日子在日子之后还有延展，我即兴地把这一切写了下来。这便是书之由来。

我从窗口望出去；我所目睹的一切表演都可归结于书之本身。书的基本诉求都是表演性的。

时间之轴上生出了许多毛刺，它掺杂了大世界的风声。但我以往并不懂得，所以，我在时间之轴上驻足时，内心纯洁而平静。故事都是后来发生的，那时我已人在中年，却不知今夕何夕。

空洞被打开之后，会形成无限苍茫的景象。我余年的人生沧海，都因一粟一粟的堆积而形成高山和旷原，而形成书。

书之五颜六色，是因为书在运动。如果书自始至终都独处静室，则它亦可简洁明了、色泽单一，里外终始都只是一本书。它不会在命运穷途中臻于无际的万象。

岁月的光斑越过了你记忆的河湾。从那些路中经过，你的灵魂真有意思，"它有一尊小神，造出它未曾有"，而命运的布谷，就是最令它费神的客人。

有一只飞鸟落在秋叶上，但我从未见过它离开的样子，它在亘古如一的盘桓中形成了天造地设的飞鸟之状。

简洁，是书之神器。我在很小的时候，只拥有很少的书，因此我无法把所有的神器集中。我把我所有的不甘和庆幸写了下来，而形成书。

我仰望过的星辰也是书。我种下的树木情欲也是书。那白猫岭上有个商人，曾经出售各种书。我把风沙吹过商人头的样子写了下来，而形成书。书因此有四海飘扬之状。

在离我最近的时辰中，有三个大人。他们集体行动，收集了一些垢灰，造出一座仓库，雇佣了一些壮士，刳木为舟，运书万卷，形成了书的城。书因此有万世千秋之状。

我（在想象中）把这本书拆开来看时，能感觉到它毫无重量，但也仅只如此。它似乎是一类悬浮的物质，与我见过的所有典籍都不一样。但我看不见它，这使我绝望；一想到明天我就要远行，而这本书却只能固定在这片悬空的区域（别无可能移动），我就绝望。这本书不是我写的，我写的书没有这么坚实、悬浮和漂移。但它也不是任何人写的。它的存在无须任何证明。或许，上帝让我们见不到它的形影是对的。只有在那种朦朦胧胧的雾中，这本书才露出幻觉一般的影踪。我现在在外面，也没有仔细地想这本书的事。我坐在一把椅子上，在黄昏临近的时辰，突然感到一种古老的穷愁。"这本书的记录到此戛然而止，否则，你的引述就会漫漶如旷野上的风声。"只有你才知道它有多大，风声裹挟着万物一体会有多大。这本书的页面从未被翻开过，阅读它的人也从未见得会志气高昂。但是沉默着也无法触及的时日来临，那尖角的穹顶就在你的前面。此刻记忆缥缈如粒子，而这本书包裹着它的核心愈变得坚毅（越来越好，跳脱，丰盈，充满了岁月）！

二十、词语万象

每一代人的命运大体相似，但在根本上又是不同的。这个结论是我在经历了广泛的阅读和长途跋涉之后做出来的。我没有以它来观察我的未来生活（"未来是看不到的"），但我常常以它来观察一朵花的命运、一棵树的命运。它们之前的芬芳与沧桑馥郁都独立存在，但同人类混居久了之后，一切可以勾连的部分都交叉发生，它们身上渐渐渗透了"人"的成分。这与人类社会自原始时期便密布了古草古树的印痕是相似的。时间的阴晴不定也没有改变人在面临生死曲折时的本质上的不同。每一代人的内在体验也都无法完整地传袭给下一代。因此，我们如今所看到的时空在下一个须臾便已经不存在了。那书写我们命运的大力是各种漩涡里涨缩不定的奇迹。你倒是应该注目一番足下土地由明亮而至昏黄的整个历程，因为它时时挪动的本质，其实就是人的颜色在大地上的区分。

　　你应该尽情地写出你的疼痛和释放。这充满纠结的整个过程。这一切都是无法虚构的，像生命的根苗在一个沟渠中斜倚而上，直到最终，它也不可能脱离那些泥污的根本。你的命运中始终有贫贱的底色（大地性），有被扭曲的自尊，当然，也有目睹光芒升腾和草木芳香时所感受到的爱。你应该尽情地写出时间在你的生命中运行时无边无际的延长线。当然，你更应该写出那些主宰你的感受力的神秘时刻。它时刻准备着，向你提示和告谕。你拿着时间的火烛，它成功地造就那些运动的秘密的兽。

　　大海和青山都可以书写，只要你的视野足够广阔。而且，你应该看到的那些尽头也足以长生一般活在你的心头。悲伤和焦灼也可以书写，只要你尚觉得自己活得诚恳。你灵魂的瑕疵固然是有的，像夏季的蛔虫附着于葱绿树木之上，但它们并不能够阻挡你向着明亮天穹的眺望。神圣和卑微的自省同时存在于你的躯体之中，你用了数十年也没有拉开它的帷幕。每一个金色和黑色的昼夜交替都足够短暂——它在你富有限定的一生中的误差太小了，小得你看不到它。而百年一瞬并非错觉，当你回眸的时候它们仍在变幻。那些阳光夺目的存在会加重你渐渐被吞噬的寂寥和思念，最终你可能是麻木的。但一切仍可以被书写，因为你的麻木和思念都被洗涤过。在你的世界里，它们由于经历了朴素的和披荆斩棘的洗涤，因而会显示出与时间同步流逝的真实和精粹。

"那丢掉的，那失去的，并不存在。"你斟词酌句地，看着我说。"也对，这样一来，你就不必有一身重负，甚至连记忆也可以消除掉了。"我相信你有珍奇的粒子，不过，莫怪我没有提醒过你。"因为只有你相信，日影下的欣慰才是百世唯一的。你可以做到……"但莫要去找他。现在为时尚早，让他多些时间觅食。莫要同他通电话，他无心聆听。"结果，就是我注意到这些句子。我休息的时候，如同迷幻一般一头扎进了这些句子。"歇脚的僧侣不见得会目不斜视，他们也有劳困和落寞时的低头。莫要管他，你可以做到的……"现在请你回答，你是否忘却了那不存在的？""不，没有忘却。我对我记忆的胃非常熟悉——但是抱歉，我不太舒服，需要一个人独处。"你走了过去，怎么办？"让那庞大的事物显影吧，这是人间的大概，诗歌和雨水都在借青春之声诵读出来——"你自在立交桥上俯瞰，"那些遥远的北山——你若看见，就是遥远的北山。"你不会知道别的，词语万象，都抵不过这一刻的力的山丘崛起，闪烁的群鸟逶迤！

二十一、内心的位移

只要内心的流水不曾停滞下来，《主观书》的开展就会无穷无尽……我只是时常觉得我的笔力不逮，仍然不足以充分表达我的内心坐标：在宇宙中？除了使宇宙加速，我别无所图。除了使我停滞下来，而宇宙加速（使我独立于宇宙之外，形成真正的悬空），我别无所图。人间言语（一万种人间）都是错的，它们应该有更为积极主动的反面，它们应该有更为消极颤栗的反面。我何时才能明白我的梦境和宇宙时光循环见证的由来？我何时才能明白人间（一万种人间）确乎如此，而碧绿的树就栽种在大漠扬尘的彼处？曙光摇动冬日的枝条，朔风推远了季节的更替——我何时才能明白，宇宙就在大漠扬尘的彼处，而我们内心的孤烟就是这样的。它必然是宇宙循环的衬托，而与寂静的远行没有任何瓜葛，而与寂静的远行连理同枝？我们必然是这样的，内心的流水交错，形成时光的铺排旋绕。除了千年树木，何物会比我们的根扎得更深？我望着生生不息的窗外：一种时光的肆意开展无穷无尽的徘徊……我望着那些曾经沉沦海底如今却跃入山峦之高的树木……一万种树木连绵不绝的风声（风的流动）使我伫立：我何时才能懂得它们的生生不息？

而宇宙在腐烂的事物中反复地、深情地孕育！

《主观书》是一本出自世俗的书，这是毫无疑问的。在这本书中所谈论的许多事物都是我们日常生活中习见的，因此它谈论的整体对象并不新奇。生活就是这样，它充满了事物的陈皮。当然，多种事物的陈皮也存在不同的层次之分。我们不必越过它而希望达到地平面之下事物的纵深。我们如果有能力看到黑洞（当然这是不可能的）则事情会有更深的变化。但如今，谈论这一切都是没有意义的。我们所能保有的事物的初衷，只不过与人生的基本荣耀有关？《主观书》正因为出自我的笔下，所以它保持了对这一规律的遵循。我在这样说的时候，发现自己淹没在一种虚拟的旷远和恐惧里。那些往事中的突出之物在兀自生长，它们无悲喜的样子与我书写中的洋溢感交集。我所书写的,只是自我惆怅感的洋溢?只是事物的陈皮:糙厚而坚实的事物的陈皮?

二十二、巨著如浮云

"巨著如浮云——因此你会在这个下午,感慨万千。"

"说哪里话呢?你看看那些严谨的学者、狂放不羁的艺术家、烈日里忙于蝇营狗苟的生命——你看看他们无须扬鞭自奋蹄的呆样子。"

"你难道误以为世人皆醉?不,你应该苏醒时取法其中,先建立自己的呆样子。"

"否则,你会感叹,太忙碌了?这有什么好谈的?那些神龙摆尾也没有出于你的意志。但它们还是落下了碎屑,在这人间?"

"日复一日地这样待着,让重复的日头读懂你每一天的沉浮。让枯树读懂你的四季。让一切物都无所失。你看看你埋头于温暖和寂静下一刻的呆样子!"

"你何时执迷于此?你嗅出了人群中的气息有些问题。你其实爱一切人事。否则,你不会见他。"

"你想通过书写缓解某种低落情绪(或亢奋与尴尬)。但这种行为是无边际的。你不可能得到它诚恳的指令。"

"因此你穿过了山洞。你躲过了龙争虎斗。一些小虾米,看起来毫无意义?"

"你常常觉得困倦。在瀑布的边缘,你随着水流俯察天地。在平原的尽头,你拾级而上?"

"如果是长长的书卷被焚为烈焰,你怎么想?那当然好,因为些微寂静便是虚无的实质。它不容它再多一点儿。"

"因此，每一行字都被涂抹掉了。那些毛发也就还了回去？"

"是这样。浮云独坐，它不明白如何从山河里越过。"

他最后出示的那张纸是空白（时间）的完整记录，这预示着他的来日无多。但是，愚钝的人滑过海平面，还带来了波浪的刷子。

对他来说，这些事物都是完整的，没有破碎的浪花，也没有破碎的刷子。但是，愚钝的人划过了海平面，他带来的事物粉刷了时间的完整记录。

用心感受才可能离他的破碎更近一点儿。唯有他的用法特殊，才钩沉了往事中的特书。

他值得我们用心研究。黑白色相杂的特书，更是他大喊着跑过的瀑布围屯。

在时间之前，前时间是空白的。在书之前，前书是空白的。空茫茫一片黄昏的原野，在它之前，前黄昏、前原野是空白的。

巨人三三两两地走过了街头。他们的脚步到来之前，前街头是空白的。

而我们之中最年幼的、空白人生的先生到底托谁的福才找到了他？那些密密麻麻的时间中，唯有他的那页，是空白的。

他的人生平淡，无奇不有；短暂、朦胧如雾。唯有那些愚钝的鼠在跟踪他出海。他那些残余的保证根本不作数，也可以视之为空白的。

他最后出示的那张纸是他用心良苦的保证。但是，他密密麻麻的书写无法导致结果的落地和形成，因此，是空白的。

二十三、自传

我在这里生活真有意思。从这里出去是葱茏的鼻梁山。我在这里生活，抬头可以仰望。那些天空里的飞鸟，都想占领你的小岛。

你认识你的那些小小孩童吗？他们幼稚的心上，也有恬静的鼻梁山。

那些珍珠也可以攒成瀑布。你任由它去遨游吧。你跟从他浪荡四方。

你的心上密布星辰。那些水珠都为你加油。为你的梦，缝制一个小小衣橱。

在幕天席地。在枯藤万里。昏鸦造就，草木无声吧。

你一定认识那些小岛。在岛上邂逅珍珠。你的密密匝匝血肉。打碎了那些镰刀造斧头。打碎了铁造就血。那些花朵绽放你的"血肉"。

你认识镰刀斧头。你认识热情的火焰。你认识那些冰火和大街小巷（河海汪洋）。

我们在这里生活真有意思。从这里回头也不是故土。从这里出发也不是岸。

你认识那些小岛？你认识小岛上的美人？你认识那些鱼儿，它们唱千古相思曲儿。你认识城西大汉和那些城门下的尸首。缅怀他们"千古"。

你认识他们的骨头。

在夜里。在沉思。在剥皮取衣。在仔细地写一行字。

白鹭青天，遥望各位，你们都好哇！

从前有一些人类的种子撒在这里（泥土、珍珠、如梦令），后来生根发芽，长成大高个儿。后来有一些问题搞明白了，就是有一些人类的种子撒在这里。

释放梦的翅膀时，那些猎兽的人都来帮扶。他们撒豆成兵，炼成一道阵线，预防人类的痴呆、感冒和悲伤。

都是一样的绿色星辰，有的可食，有的不可。尽量离它远些，这样才可显示千里单骑之决绝和勇武。

饿了，再食儿碗夜色。海浪始终汹涌，像昨天和明天一样。

它们在那里建高塔，镇妖伏魔。也不过一个日出、一个日落。

也不过一个一个生死念头。这里苍茫人海，古色古香，像一朵"珍珠花儿"。

我最开始写我的自传时年龄幼小，只有这样我才可以诚恳地把握"我"这个字。我那时对万物没有讴歌的意思，我只是体贴和接近那些陌生人世的美。那时，一切都是最新的开拓。街巷是透明的，它发出幽暗的光是后来的事。暮晚时的亮色也不会使我绝望，它带我进入记忆并且反复地绽开是后来的事。

在我的幼年我看到花儿，它们是单纯的花儿。我看到瀑布，它们冲刷掉我们身体中的那些泥胎。我陷在单调的日子里产生不适感是后来的事。那时夜市开放了，三三两两的行人飘浮如鬼魂来到街上。我通过他们骨骼的星辰看到他们的上方是后来的事。狗"汪汪"叫着，打破了黎明时的宁静。

我开始书写。我一天都没有浪费过。我迂曲的幼年从来没有存在。我的幼年向来明净、直接、充满万花锦簇的美。我来到田野里，那些轩敞的高天都是最原始的，有着苍劲和睦邻的味道。

在我的中年，我的自传已经积累成型。厚厚的一大卷。那里充满了我唯一的坦途和愉悦。那些流逝不见的事物也在其中得以存留，尽管我并不认为这是必需的，但它却是唯一的。如今我不可再造。

我的幼年结束后,我离开了故土。此后我的流浪印记就构成了我的自传主体,直到今天我的流浪仍没有结束。直到我返回故土,那些人生灰烬的感觉更浓了。直到故土也再度变得陌生,但它没有新鲜如初的意思。它只是我漂泊途中的一个寂寞驿站。我在中年时的书写充满了成熟期的败笔。

我已经找不回来那些满溢我心的幻觉。

最后我的自传是以更加浓厚的痕迹留下来的。最后我的自传是以更加浅薄的方式留下来的。最后我的自传已经没有太多的说服力了但却被谈论。我的书写根深蒂固甚至充满太多的臆断(陈腐的)。最后我的自传是一棵枯木长在那里我有时并不认识它。那些沧桑巨变更动着我的人生(给我的书写添加材料?似乎不是的,它只是更动着我的人生,打破了我的幻觉)。

最后我的人生也会被缩略成简洁的一册最后我的自传是空白的灰烬。我觉得那些言语是沉默的但它们有着最初的宁静。最后我的自传只是几行字在地上铭刻。最后我的自传成就自我被浮世的感觉吞噬(进入苍穹)。

最后的事情好荒唐我看着那些大小路大小城大小人大小白鹅大小铁柱子大小石狮子大小楼盘大小游戏有着找不到词的幻觉(进入墓群和浮世)。

——我们第一次相遇是在哪里?

几页纸折薄的荷花。几十个年头匆匆划过。几个鲜嫩瓜果。几十次搬迁。最后你转去,最后你我都无法形容。

二十四、一把命运锁子

小时候,今天,明天,我读书都是为了"跳出来",仅此而已。

我们的命运旁边落了一把泥泞中滚爬过的锁子,所以它曾与大地浑然一体。现在,无数的灰尘落在上面,再加上风雨剥蚀,锁子已经不可能完好如初。

再说，它原本也不珍贵，不是金银锁子，并没有真正地清亮如洗。它的饱经沧桑倒如同命运的天然。

读书也是这样，为了"跳出来"，也为了混入人世。为了进入命运这张大名单？当死人的鼻子落在大气的灰尘中，我们看不到锁子的形状，因为一锁如闭生死。这像日常的吃喝拉撒一样简单。

我以前并不希望同阳光下的众生一样，但现在不同，现在我已经变成了众生的一分子。没有命运的秘密引领，也再没有婉转的歌喉牵你的手。

所以，读书不会破万卷，也不会自然地击败命运的浮沉。真正起作用的还是你已经融入众生，因此既知道他们的合欢，也懂他们的苦楚。既越过他们洞中白雪，也可深入他们心情的腹地。你作为一个"众生"，而有了一片可同他们共享的天空。

所以，锁子并没有盲目行事，它从此也不是高歌楼头，只看到你。看到命运挣扎？它从此只是更加锈蚀，趋近于锁子的没落和死亡。

那村子里的金鸡立起来，它也在读世间书。它读书如故事，供养出小说家爱人。也供养杀人的金鸡王。

小时候，今天，明天，我都没有改掉读书的弊病。我可能想过要改，但结果是改坏了，所以在后来，只能看到锁子的沉默无状，完全忘掉了锁子的前世今生。

明天，我改掉命运的浮沉？不，我读书不是为了救他们。那些飘浮的万物都不知道人间锁子。那些飘浮的万物自然越过了人世。

我有时感到饥饿。我就是饥饿的万物。锁子因此使饥饿的万物锈蚀。因此，在雷雨交加的天空中，我看到了锁子的惊疑和锈蚀。

我有时看到万物。它们都如同滑腻的草蛇。因此我越过了沧桑看到万物的锈蚀。有时，我越过那里沧桑的时间灰线，到达深情的人间腹地。我懂得了那里教条的风华。

小时候，今天，明天，时间都变得和初来时一样。那时我们读书，只为了触碰到命运的锁子。现在，无数的灰尘落在上面，使珍贵的锁子开始显示无从辨识的色泽。现在，我们越过了它。

一条时间的白线就像一条草蛇，它伏地千里，只为了珍珠衫子。那时月光正好，而命运里的三两个行人正在集中，他们最懂得越过阶面入水的好处。那里加速发动的，何止是过去的古今、未来的今生和如今我们所看到的一两条道路、五七番新生？

二十五、任何欲望都是有毒的

任何欲望都是有毒的。在我写作的最初，仅仅可以书写就足够令我满足了。后来是书写和发表。再后来是书写、发表和出版。但到了今天，我已经很难通过写作、发表、出版获得根深蒂固的愉悦……这似乎不是我全部的理想。《我的理想》应该有个永不知足的完整表述，是我所有的文学篇章中最难以定稿的部分。因此，我曾经以为的"是各种不足在推动着我写作"也是错的，它应该有个永不知足的完整表述。但这个表述也是错的。它应该有个永不完整、不可晓谕于众的表述。我迄今为止的所有写作，仍然最多指向距我当下最近的上一分钟。我的所有著作，仍然最多可以呈现我昨夜的全部企图。但是无论如何，以往都过于草率了，它们本来只是有待于完成，而不可能形成"经验的丰富"。从这个意义上说，我的哪怕最小的欲望也是我站在"沉闷的阳台"上眺望天空之蓝时的欲望。我必须竭尽我的可能去书写的册页应该与我澎湃的心率相一致。与此相较，那些无穷尽的欲望反而是次要的。但是，哪怕仅仅是写下这些"次要"的毒性,也贯穿我生命的首尾。所以,我以为的没有穷尽的毒性,就是关于我的写作的最大的背离。

在反复的书写之中,从冥思出发的各种文学已经死掉了,爱情主题的文学死掉了。夏日午后的文学死掉了。欲望类主题文学死掉了。至于喧嚣的流言、推杯换盏的酒宴、大路小路各通天的文学也都死掉了。传记类文学本来也已死掉了,只是在各种预设性主题之下,它带着往事的灰尘重新接近了我们。重新对活着做出判断也会使我们压抑悲伤,因为思想的灰尘总在弥漫,我们所能获得的真相只保持了短暂的有效性,它带着流逝的风也很快就死掉了。

在午后的小巷,天色阴沉欲雨,在各类车辆停泊的小巷,树木枝叶阴沉欲雨,在缓慢步行与我错肩而过的人群中,一种被刻意体察的光阴阴沉欲雨,无限的旧日阴沉欲雨。在我此刻驻留的石阶上,静谧之诗阴沉欲雨。莎士比亚的国度阴沉欲雨。我无法集中所有的思绪,但是微风和酝酿了生活之蜜的人类阴沉欲雨。开掘了各种人类内心研究,写下了各种文学主题的诗人们阴沉欲雨。

我沉默地观察着无限的时光来去。在我的右前方,高大的楼房遮蔽了树木,那层次的阳光就像往日的巨石。我静静地想起了我尚未阅读的各类人类史诗,想起了我铺展在桌面上的书卷,想起了各种悲喜剧在夏日午后的滋生。在相思漫布的黄昏时候,机群飞过天翼,记忆的洪水瞬时间席卷天地,仍旧是这小巷,暗淡的树木发出黑暗来临时的尖利之音。时光过去了,永新的水流之声将我们拉回到寂静诞生的时辰。午后,斯泰恩,我们站立和行走的人丛,路边墓群,也都决绝地过去了。

在寂静而日常的书写中,我们无法先入为主地进入人世和历史的极限深度。在我周围的各个方位，我伸手挖掘的一小块、一小块时光都以有形的方式与我接近和缓慢疏离。我有时会觉得我曾经度过的时光便是所有的人类时光，有时却又深知此觉荒谬。但是，我无法不坦言我所做的一切观察便是有形的上帝之眼的观察，他所拥有的山河都如流云飞渡，我所寄居的天地便是穹苍的核心。有许多文学是无须被书写的，但是我们在人世简单的分类法中，却无知而繁复地选择了那行将死亡和没落的。我深知写作的不可能性，但我却无知而繁复地选择了写作。从我目前所见的时光的穿梭中，无论晨昏、冬夏，都与文学是绝缘而体贴的，我们所见，非我们所见，我们所愿，却也非我们所愿罢了。

二十六、秘境与草地、秘境与鲜果

历史和时间的迷雾难以驱散，成为自己异常艰难。当然，我们无法分辨，并且似乎也无须分辨我们写作和理解自己与世界的主观性，但这并没有太大的意义。写作的动力之源似乎来自某种情绪的内在而神秘的启动，所谓煞有介事也是这其中必然性之一种。不写作是异常简单的，无须任何抉择，只要认同惯性就可以。但要进入，我们却需要的是充足的阳光和水分，我们得自己制造光合作用，这很艰难。

我们的写作终归会止于中途。思绪越多，旷野越多，分裂的物质、分子越多，我们不可掌控的东西越多。岁月总是旁逸斜出，它无有定规，即使那些内在的秩序也存在歧途。这是我们写作的神秘性的源头。换句话说，如果一切都在计算的牢笼中，则我们的生即我们的死，则我们的开始即我们的结束，则我们的写下即我们的散佚，则我们的相爱即我们的离别，则我们的看见和记忆即我们的忘却，则我们的断裂即我们的收容，则我们的天空即我们的海水，则我们的坟丘即我们的母腹，则我们的饥饿即我们的富足，则我们的复刻即我们的创造。但事实不即如此。没有任何一条道路是重复的。在我们根深蒂固的梦幻中，我们的欲念和释怀是同在的。在我们日复一日的更新中，我们的宽容松弛和锐利偏激是同在的。我们是未完成的。与一切外在的力有关，与一切外在无关。与一切内在的力有关，与一切内在无关。我们面对虚幻的、布满了沧桑感的人间。那些时间面对永恒、碎裂、随机和宁静，那些永恒随着白云涌动。万物在无限地消逝和生成。我们如何去书写那些事物呢？它们一直在复杂地变奏，像创世之祖在犹疑之中造出令他感到陌生的农人。所有的被创造的孤独但不辜负的农人。像面对空敞的宇宙造出神的农人。我们完全没有走在复杂的旅途。我们是单纯的，我们是变奏的，我们是曲折的，我们是直截的，我们是未写下的，我们是未被写下的。在一切。在时间。在形象。在花圃和园林中。我所拍摄的天空黑暗、沉闷，明亮如星辰。我沿着那些水流，想起无数未完成的肖像，未完成的、从未写作的、激情闪亮的。没有任何寓言色彩的，但同时也是无限的。它们在引领我，它们在抛弃我。只要我们一直没有停顿，则我们必止于中途。我们没有完整地书写，则我们必是与一切阻碍我们的思想、上帝、时空、秘境与草地、秘境与鲜果，在争抢着时间。我们唯一的道路充满了各种水流、灰尘。它布置了我们的一生。我们的命运组成了神谕之城，它以洪荒的大力在阻挡我们，在爱我们。它以必然的有限，在无比深情地，爱我们。

二十七、伞

我从高处降落，沿途山花烂漫，我看到了水流和树木。如果日光依然炫耀地高挂，我还看到了日光之中的海。我看到了时间像一柄巨伞打开从而产生了满地村镇。我在高处建国,从最峻伟的山峰降落,因此那些山峰伴随我的吟哦而成为一个过失。我从山峰的高处降落,白雪和雷电追踪万物的踪迹而变成了一柄隔开天与地的巨伞。我从伞柄的高处降落,我手持这样虚无而执着的伞返归这些高地。我从高处降落,沿途突出的岩石飘浮日光的巨浪支撑我的降落。如果日光就是我的骨肉之疼我就返归日光的高处。我知道那些炙热的源头就像知道往事中启明星的海。日光的高浪涌起一晃四十三年过去野旷天低。日光的高浪涌起就像往事中鲜艳的花香涌起吉祥叶。一晃四十三年过去而我还没有留下这部漫漫千万言书的第一个本子。这片高处的叶子精神抖擞地梳起了日光、涌浪的辫子。精神抖擞地……我吟哦中得以自慰的第一片叶子。巨大的伞面切开了整个昼夜。我从最卑微的乡间降落,而这部书的第一个本子尚需等待一十七年方得形成。时光的高浪涌起,而我抵达了远处雁行一般的海。我还在那山巅住下从而得以成就我人生中第一片吉祥叶子。我与自我的书写反目成仇而这些吟哦多像那前日写过的凶兽。我看到了那蜀黍木叶高高冠。我看到了那蓝色高旷天低树。沿途造字的匠人都是我的亲人啊我从高处降落托他们的洪福而有了第一次梦中端阳的伞。我从高处降落从我广阔无边的乡间降落,我从我的心中骨肉中肺腑中降落。沿途山花烂漫,梦魇生长,居然有水流和树木。居然,五月花开仿佛似那残夜。雨珠淋漓地从高处降落,沿途有晶莹的水滴已经变大了成伞若瓢盆如屋檐下的一窝雀儿。我看到了那些芬芳树冠残丘荆棘洼地泥泞。张开那伞,我也看到了那些时间,它们凝聚成软弱、腐朽的铁剑穿墙飘摇过,成天像个浪荡汉子,捡起桃木梳,种下琉璃果。我也看到了那些造巨型书的匠人们穷极工巧而不书,站在了墙头下,倚马千言回头望:是否要写一部无遮挡的书无面目书无书之书。是否要学习那流荡四海的僧人们持戒念诵经文。我从高处降落从我卑微无极盛大如国重典的乡村降落。沿途有那些绚丽花瓣,也有万物欲燃的盛大节令有一颗菩萨心肠有花儿歌儿。我们从高处降落如果日光依然炫耀地高挂，我还看到了日光之中的海。似乎是二十世纪的事了我还看到了时间像一柄巨伞打开。我没有来得及仔细地辨别时间的颜色伞的颜色。往事如雷错身而过，它们掌中树木已经长得高大茁壮覆盖了整个世界田园，我还看到了它们脸色中的正容就像看到了时间逶迤的纹身。

二十八、书籍的诞生

每一部作品的文字容颜、内在的结构、逻辑性，以及它的装帧共同组成了写作者清晰无遗的面目。

在日夜运转的过程中，书籍和人的情绪都会变旧。时光即是尘土的衍生物，但它无比真实。如果书籍看起来新鲜如初，则它实质上便毫无用处。因为灰尘正是那经受考验的部分。它的日夜增长唯灰尘可以判别。知晓它的荣辱，集中那最为客观的部分赋予它一种隐形指纹。书的存在不会独立于万物之外。以此而论，书总是带着时光的体温，你的忧伤和惊奇都是它的附庸。

如果你不能清晰地意识到你的未来那又何妨？相对于你已经获得或失去的爱，书写本身就是个伟大的奇迹。你坚定地、毫不着力地把你的观察写了下来。如果再退一步，你还是坚定地把你的静默和思考（不去观察）写了下来。这是简洁而直接的书写，与那些充分构思和造作地措辞的著作有着本质上的不同。你没有在奔跑中书写，没有在观察景物中写，没有在运动和沉睡中写，但无时不在写！这几乎是书写的魔咒（星期天的清新的吻）。或许，书写才是真正的重物，因此它与你形影不分。但如果你实实在在地去观察和沉浸于花开，是否比执笔的一刻更值得爱？那些景物中没有荣耀和名字，但它们清晰地、缓慢地观察你，避而不见地接近和捕捉你。因此，书写是双向的，它神秘而运筹帷幄地绽开!

九年来,我总觉得《主观书》会通往一条具体的秘径,它的细部会被磨砺得愈加尖利,如针尖上的细纹。九年来,我利用了我的敏感性和做人的坚硬与悖谬,从而使整部书在展开时可以显现出此起彼伏的巨浪。九年来,我生活中的波涛会合了万种人间的雷电,我不惜夸张地使它具备了某种风格的意义。我认为它的特性之坚定要大过它的结构追求,因此,我尚未(或干脆毫无能力)进行它的结构设计。一切都既是想当然的,又将肆意地漫漶而去。九年来,《主观书》中有无数的诗、无数的梦呓、无数杂语,更有无数悲戚,更有无数的自我伪饰。九年来,我时常觉得自己已然走到了言语的尽头,又时常觉得时间广阔,而我的无知更深。九年来,人生更替,鸟兽齐鸣,但我心中的空旷感更深,我的未来感更深。九年来,我的步履急骤如临命运的密雨——我总觉得我会找到一条具体的秘径,而高峰陡峻,所有的言语只可浓缩为一个句子。但是,烦琐无尽的百余万言打破了我的梦想,那种单调到极致的风格追求渐渐寥廓不见,渐渐被遗忘殆尽。因此,无数刻意的回眸只是为了加深我对自我认知的判断。因此,我的无知和悖谬更深。《主观书》不是一道飞流直下的瀑布,它至多为一滴清水。我大体希望在这样清澈的映照中,可以完成我"从生到死的旅程"。

写到第九年时,整部书蓄势待发,像离弦之箭。书的腔调也渐成一体,无须过多调试即可内外相谐。但此书写了什么?这仅仅是一个问号,却张大了我的一切想象。我没有辩白,因为这是面向自我呼吸的沉默之书。对我来说,它有最大程度的沉默属性,也有尽可能多的声响。是一切动止之间的共同喧嚣造就了它的句法踊跃、江山万里。草木难移,因此它是一部土地之书。

众影飘荡,因此它是一部见证之书。见我时客套生分,因此它是一部距离之书。将其置于乡间,它是一部慌张之书;动声色时它的句子悬浮,因此它是一部梦幻之书;它是唯一无隐秘的书,因此是为书之潮汐。无论写出多少句子,我都觉得书写刚刚启动,因此无法见出书之终始。我见解如一,没有变化,因此它是单独的、反复的。我总在反对自己,持之以恒,因此它是客观之书。此书没有歌唱,无寒暑、无人间悲喜色,因此它疏离、本分,有几分执拗。但至少在这个层面上,它是可以确立的存在之书。相对于全世界,它自是主观之书。

二十九、书(2)

每编一书,无异于撕开自己的皮肉、筋骨和一切身体里的琐碎——即便如此,仍然无法保证它们最终呈现出来的面目就是新鲜的、正常的,直抵流逝者安息之光。因为每一个思考和编辑的时刻都未曾固定下来——它们不是唯一可抵达的道路,也没有真正地助力于(或曰介入)此刻生活。因为每一部书都是叙写中的活页,它们不会齐声结出果子,因此也不见得有最终的真实。如果祛除了编书的意愿,则书写本身就是结果,流逝和成为浮尘或灰烬就是结果。因此每编一书,都无异于向人世的妥协(向他人追寻无理的和解)。我的本心中其实无书可存,因为所有的书写都代表着文字的残缺和表达的乏力……

现在,整本书都放在了你的面前,它的每一页文稿,文稿上面的每一个字,每一个标点都那么清晰。但就是没有作者。如你所知,他(她)应该是、总是隐匿的。我们需要认同这个事实:书籍就从它自身诞生(来自内部的力量）这个逻辑出发而形成全部。没有任何多余的阐释。书籍不需要通过另外的部分增长，因为那样做，会使它的表达变得不纯洁。因为另外的佐证（无论来自哪一方面）都会带来阅读的拘束。我们最初的阅读也是这样的：在对作者完全无知的情况下去面对一本书；不需要任何演绎而接近文字的真理。总之，我所要说出的就是这些意思。花朵会在未来开放吗？会的。仍然会！但你不可能一生只写一本书，一直在写！任何情绪的波折都没有贯穿，连时间的痕迹也被完整清除。这怎么可能呢？那些最初的力量会慢慢发生变化，迎着朝阳出发而渐渐接近浓烈的光线，直至最后的余韵和消亡，这就是事实。所以，我觉得只信任文字力量的人才是最坦诚的。他们是百世之师。但现在大家不这么做了，因此文字会变得虚伪、飘浮，像一个人掩着嘴巴说话。书籍也在野外起落；风中下着雨，打湿了作者的照片，你知道那是多余的。让我看看你的证明——我不再提出这样的要求；写作因为坦荡、隐秘而变得真实可靠。就是这样，一幅幅无名头像完全正确。静默的阅读静悄悄的！任何波浪线都围绕着那自然的景观而划出弧形和圆。种子落在土里，依靠那最朴素的接触与融汇变成果实；扬尘而起的旧日带来你白发般的记忆和快乐。沿着梯级攀登，会看到土地渐渐隆升，从而变得更加广阔和寂寥；这也不仅仅是文字的魅力所在。但作者隐匿却会使你所写下的更富有信服感，直接而赤裸的文本，围着时间的萦绕而懂得进退。这是最具有终始感的文本，它就扎根在万物、烟雨、浮尘的正中。

三十、书（3）

我的工作似乎不是工作，因为我所做的这一切都是率性的，我的书写甚至也没有构成任何书写，因为任何书写似乎都在离我很远的地方开花结果。

我不求在这样的工作中得到解答,因为解答自在其中,但与其同时,谜面却得以更深地展开了。这样书写多年,并非庄严的启幕,当然也远非落幕之时——总而言之,我或是在为一种不透明的经验积累材料。或是受到思想的辎重主宰,而我看不见的魔鬼也并没有彻底地成型,所以,一切行动尚在途中。但一种大力始终都在涌动,它们既来自一切完美的种植和凋敝,也来自一切不彻底的变形。我现在便是这样:阐释似乎是无用的,但恰恰因此,它才变得无穷,不会有终结之期。而每一个细小的落地其实都关切一个整体形象。这样的形象并非是不确定的,它确实面对一些遮蔽,但实质却与这种日常性的启示豁然贯通。所以,这样的写作其实与生活融汇,生活的指示灯落在哪里,写作的率性之力也会落在哪里。让我足可自信的是,这个指示灯不为任何工厂所能制造,它只来自我们的心象孕育,所以看起来千差万别,其本源也不会与他人有任何雷同。这样一来,无论我们的襟怀和坐姿如何,最终得以落地的(所有的书写和结构都结束之时),便只能是完整的、准确的、唯一的一部书。